Tiara Label

ティアラ文庫

あやかしの執愛
黒き蛇は無垢な乙女を
夜ごとに貪る

蒼磨 奏

JN138489

プランタン出版

Contents

※本作品の内容はすべてフィクションです。

序章　神隠し

頬を撫でる南風《はえ》は生ぬるく、寺の軒先で風鈴がちりん、ちりんと涼しげな音を鳴らしていた。

羽化したばかりの蟬が短い命を削るかのように鳴き声を響かせ、朝から一日中、風鈴と混じり合って夏の音色を奏でている。

太陽が西に傾いても蟬の声はやまなかったが、肌を焦がす日射しが弱まったのを見計らって、紗夜《さよ》は人目を忍んで裏口から外へ出た。

着替えと食糧の入った風呂敷を背負い、寺の土塀沿いに村へ下りる山道を探す。

何度か下調べをして、あらかじめ山道の位置は頭に入れていたが、木の杖を使って足元を確認しつつ数歩進んでは土塀の位置を確かめた。

——早くここから離れよう。

紗夜は唇を噛みしめて自分の顔に触れる。柔らかな頬は腫れて熱を持っていた。お前は作業が遅い、いくら何でもできないことが多すぎると叱られながら、住職に何度も打たれたからだ。

じんじんと痛む頬を撫でて、その手を閉じた瞼《まぶた》に乗せる。

紗夜は生まれつき目が見えなかった。だから普段は眼球が乾かないように瞼を閉じているのだ。

『紗夜、目が見えなくてもできることはたくさんあるの。だから、できることから試してみましょう』

『そうだ。はじめは時間がかかってもいいからな』

——お母さん、お父さん。

亡くなった両親はいつも紗夜を励まして、前向きに生きるようにと教え諭し、周りの人々に紗夜について何か言われたとしても必ず守ってくれていた。

両親の教育があったからこそ、紗夜は困難にぶつかっても挫《くじ》けずに生きていこうと思っていたのに——。

『あいつ、いちいち話しかけてきて鬱陶《うっとう》しいよな。目が見えないくせに色々と手伝おうとしてさ。余計に手間が増えるだけだっての』

『ほんとだよ。任せたって時間がかかるし、失敗ばっかりしておれたちの仕事が増えるんだよな。相手するのが面倒くせぇ。住職だって、あいつにだけ厳しいし』

両親亡きあと、紗夜が身を寄せた寺で出会った他の孤児たちの会話である。井戸まで水を汲みに行った時、たまたま耳にしてしまった。

紗夜は根が明るい性格で、どうにか寺の生活に馴染もうと努力していたが、すべて空回りだったらしい。

これ以降、紗夜は人に話しかけるのが怖くなった。心の内を明かせる相手もおらず、しまいには孤立して、ある日とうとう耐えきれなくなった。

この寺を出て、どこか別の場所で生きよう。

もし父母が生きていたら、なんて浅慮な真似をするのだと叱っただろうか。

しかし、十三歳の紗夜は世間知らずで無鉄砲で、何とかなるはずだと考えていた。

寺の外へ出たことがなく、土地勘もない盲目の娘が一人で山を歩くことが、どれほど危険なのかを考えもせずに。

身をもって己の愚かさを実感したのは、村まで山道を下りるはずが、途中で道に迷った時だった。

日が落ちてしまったので山寺まで参拝にくる者もおらず、紗夜は前も後ろも分からない状態で歩き続けた。

やがて山を登っているのか、下っているのかも判断できなくなり、疲労で足の動きが鈍り始めた頃――あっけなく山の斜面から落ちた。

「きゃっ……！」

足が空をかいて視界はぐるぐると回転し、全身が険しい斜面に打ちつけられて転がり落ちていく。

――ああ……どうして、こんな馬鹿なことをしてしまったんだろう。

死への恐怖と、自分の浅はかな行動に対する後悔がとめどなく押し寄せてきた。

もし生きて帰ることができたら、衣食住を与えられるだけでも感謝する。

諦めず、萎縮せずに人との関わりを作って、孤独を感じても支えてくれる相手と出会えるよう精一杯生きるのに――。

次の瞬間、どんっと全身に強い衝撃があって紗夜の意識は暗転した。

それは、いつもと変わらぬ夏の夕暮れ。

盲目の少女が神隠しに遭った日の出来事である。

第一話　供物の儀

——五年後。

紗夜は花嫁衣装を着せられて、村の裏山にある社殿の中央で正座をし、周りの音に耳を澄ませていた。

ここは〝黒蛇様《くろくちなわさま》〟と呼ばれる蛇神が祀られている社《やしろ》だ。

社殿は物々しい空気で満ちている。村人の緊張した息遣いが聞こえ、入り口のほうでは葬儀のように銅鐘がカーンと鳴らされた。夏を奏でる風鈴の音よりもやや低めで、よく耳に馴染む音だ。

——鐘の音は好き。昔からよく聞いていたから。

寺育ちの紗夜にとって鐘の音は身近にあった。

朝昼晩と鐘が鳴るので時刻を知るのに役立ち、大晦日《おおみそか》に鳴らす除夜の鐘をはじめとして季節の折り目を報せるためにも鐘が鳴らされたからだ。

人が近づいてくる気配がして、威厳ある男の声が降り注いだ。

「覚悟はできているな、紗夜」

寺で生活していた紗夜を養女として引き取り、衣食住の面倒を見ていた村の名家、冷泉《れいせん》家の当主の声がする。

——覚悟も何も、私には嫌だと拒否する権利は与えられていない。

紗夜は唇を震わせてから細い声で「はい」と頷いた。

「支度は整っておるか」

「はい、こちらに」

古い社殿の床があちこちで軋《きし》んだ音を立てる。控えていた村人が動き始めたようだ。

周囲の音と気配に神経を尖らせつつ、紗夜は両手をぎゅっと握りしめた。

これより行なわれるのは〝供物《くもつ》の儀〟だ。

古くから、この村はたびたび水害に見舞われている。

ゆえに数十年に一度、土地に棲むとされる蛇神〝黒蛇様〟に供物——妙齢の生娘を捧げることで水害から土地を護ってきた。

そして今年がその忌まわしい慣習の年回り。

村で暮らす娘の中から選別が行なわれて、冷泉家の養女である紗夜が選ばれた。

「紗夜、これを飲め。零さぬようにな」

当主の指示で、大きめの酒盃を持たされる。おそるおそる顔を近づけたら鼻腔を刺すような強い酒の香りがした。

つい顔を顰《しか》めてしまったが、当主に「飲め」とまた促されたので、紗夜はおとなしく口をつける。強烈な酒気に噎《む》せながら飲み干したら、すかさず更に酒を注がれた。

かなり強い酒らしく二杯、三杯と飲まされると、耐性のない紗夜は身体が火照って頭がふわふわとし始める。

思考が麻痺して手まで震えてきた頃、盃を取り上げられて、酔ってゆらゆらと揺れる身体が冷たい床に横たえられた。

「堪忍な」

「これも村のためじゃ」

遠くで村人たちの声が聞こえる。

供物の儀。それに選ばれた娘は〝神に嫁ぐ〟という名目で花嫁の支度を整え、社に棲む蛇神の餌となる。

とはいえ生きたまま蛇神に喰われるのは惨《むご》すぎるということで、強い酒を飲ませて酩酊している間に村人の手で命を絶つらしい。

蛇神はその絶命したての生々しい血肉を供物として喰らい、水害を治めて、村に庇護を与えるのだとか。

紗夜は酔いで朦朧《もうろう》としながら唇を噛みしめた。

――本当に、私は殺されるのね。

実在するのか分からない黒蛇様のために、と胸中で嘆く。

古い信仰というものは年を食った者ほど熱心だ。しかし実際に蛇神の姿を見た者はいないのだと、儀式の準備中に村人たちが小声で話しているのを聞いた。

それでも数十年おきに供物の儀は行なわれてきた。

紗夜がまだ寺にいた頃、住職が寺に保管された近隣の村の記録を読み聞かせてくれたことがあるが、供物の儀を行なうたび、翌日には娘の遺体が跡形もなくなっていたと記されているらしい。

蛇神に供物を捧げ始めてから水害も起きていないため、連綿と伝わる慣習をやめようと言い出す者がいないのだろう。

手足を押さえつけられると恐怖心がむくりと頭をもたげて、喉がひゅっと鳴った。

――やっぱり、死ぬのは怖い。

誰かが請け負わねばならない役目と分かっていても、いざその時になると覚悟したはずの心が揺らぎそうになる。

これも村のため。昔からの慣習だからな。堪忍な、堪忍な。

あちこちから宥める声が聞こえても震えは止まらない。

「あ……い、や……」

呂律の回らぬ舌で言葉を紡いだが、舌を噛まないようにと猿轡《さるぐつわ》をされて余計に恐怖が煽られた。

――怖い……！

覚悟して、諦めていても、死ぬのは恐ろしかった。

目尻から涙がつうっと流れ落ちたが、村人たちは紗夜を憐れみこそすれ押さえつける手を緩めたりはしない。

やがて胸元に激痛が走り、恐怖に取って代わった苦痛に襲われながら思う。

――苦しい……悲しい……。

生温かい血とともに命が流れ落ちるのを感じて、光を灯さない目から涙が溢れた。

両親が亡くなってから、紗夜は生き方を選べなかった。

周りの人々の言うことに唯々諾々《いいだくだく》と従って、死に方すらも選ばせてもらえない。

せめて村人に恩義を返すためだとか、紗夜が犠牲になることで大切な人が救われるだとか大義名分があれば、この死だって受け入れられただろう。

だが、この村は生まれ育った場所ではなく、誰も紗夜を必要としていない。

育ての親である住職でさえ、紗夜がどうなろうが関心を抱いておらず、村人は同情こそすれ彼女の命を捧げることで生活が守られると信じている。

その根底にあるのは、紗夜は盲目で身寄りがないから構わないだろうという侮りだ。

薄れゆく意識の中、口惜しさに猿轡を噛みしめた時だった。

やにわに外が騒がしくなって、儀式に参加していない村人が駆けこんできた。

「黒蛇様だ！　黒蛇様が社の外に現れたぞ……！」

怖れと不安の叫びが響き渡り、あたりが一気にざわめく。

しかし、冷泉家の当主が一喝した。

「うろたえるな、皆の者！　黒蛇様は、この村の守り神！　きっと供物の儀のために参られたのだろう。我らに危害を加えることはないはずだ……！」

冷静を装っているが、その声には明らかな動揺があった。

——何か……音が、する……。

力なく床に横たわっている紗夜の聴覚は、その音を拾った。

ずる、ずる、と。村人たちの足音や慄く声の向こうから、まるで重たい土嚢《どのう》を地面で引きずるような音が近づいてくる。

ずる、ずる、ずる、ずる。

——これは……生き物が、這う音？

その時、近くにいた村人が堪りかねたらしく「うわああ！」と悲鳴を上げた。

それを皮切りに逃げ出す足音が交錯し、紗夜の周りから人の気配が一気になくなる。

――本当に、黒蛇様なの……？

ずる、ずる、ず、ず……。

異質な音が真横で止まった。途轍もなく巨大なものが、すぐそこにいる。

紗夜が薄目を開け、暗闇に向かって縋るように手を伸ばしたら、指先に硬くて冷たいものが触れた。

それが生き物の鱗であると理解した途端、眦《まなじり》から涙が溢れ落ちる。

――ああ……私は、ここで死ぬのね……。

そう確信し、死への恐怖に包まれると同時にかすかな安堵もあった。

息をするのもままならないほどの身体の痛みも、悲哀の底に沈んだ心の痛みも、これですべて終わるのだ。

肩の力をふっと抜こうとした時だった。

「――紗夜」

真上から男の低い声が聞こえた。蛇神の声だろうか。

――どうして……私の、名を……？

疑問に思った瞬間、指先から鱗の感触が消えて、代わりに人の形をした大きな手で握り返された。

噛まされていた猿轡をすばやく解かれ、労わる手つきで頬を撫でられてから、いきなり逞《たくま》しい腕に抱き上げられる。

そうかと思えば力強く地を蹴る音がして、涼しい風が頬を切った。木々と草の匂いが鼻腔を満たす。どうやら山を駆けてどこかへ運ばれているらしい。

てっきり蛇に丸呑みされると思ったのに何が起きているのだろう。

「……あなたは、蛇神様……?」

紗夜を抱えて疾走する誰かに尋ねてみたが、その声はほとんど音にならない。

質問の途中で吐息がひゅーひゅーと音を立てた。苦しくて、男の肩にぐったりと頭を凭せかけたら返答があった。

「しゃべるな。死なないことに集中しろ」

ずいぶんと無理を言うものだ、と紗夜は思う。

なにしろ胸の痛みがひどくて満足に息もできない。今にも事切れそうなのだ。

——ああ、でも……何故だろう……。

自分を抱きかかえる手は、なんだかとても優しい。

紗夜は曖昧模糊とする意識を保ちながら手を伸ばし、そこにある男の顔に触れた。咎められなかったので輪郭をなぞってみる。それは、やはり人の形をしていた。

指先で口元を探り当てると、彼の唇が動く。

「今は天狗《てんぐ》のもとへ向かっている。あの爺《じい》さんなら、お前を癒す術《すべ》も知っているはずだ」

——天狗？

幼少期、母が語って聞かせてくれた民話に登場したが、神やあやかしといった人ならざる存在である。

「だから、それまで死ぬなよ」

紗夜は小さく肩を揺らした。村の者たちは古臭い慣習にのっとり、自分たちが生きるために紗夜の死を願ったのに、この得体の知れない誰かは「死ぬな」と言うのだ。

しかし、まともに意識を保っていられたのはそこまでだった。痛みと強い眠気のせいで思考が鈍り、手から力が抜けていく。

すると風前の灯火である紗夜の命を繋ぎとめようとでもいうのか、抱きかかえる手に力がこもって抱擁された。

名前は知らない。顔も分からない。それどころか人かどうかさえ判然としない相手の腕の中にいるのに、紗夜は消え入りそうな笑みを浮かべた。

誰にも必要とされていないと思ったが、自分の死を惜しんでくれる人がいる。

ただそれだけのことが嬉しくて、ひとりでに涙がぽろりと頬を伝い落ちていった。

その直後、大事な糸を断ち切られたみたいに紗夜の意識は途切れた。

◆

紗夜は生まれた時から目が見えなかった。

だが、それを悲観しながら生きてきたわけではない。

『紗夜、目が見えなくてもできることはたくさんあるの。だから、できることから試してみましょう』

『そうだ。はじめは時間がかかってもいいからな』

愛情深い両親は一人でできることはたくさんあると教えてくれて、幼少期は貧しくも幸福な日々を送ることができた。その日々は紗夜の心を明るく健やかに育てた。

しかし、両親との暮らしは長く続かない。

集落で伝染病が流行して、一家全員が罹患したからだ。

幼い紗夜は優先的に治療を受けて命を取り留めたが、両親は重症化して逝去した。

集落の半分以上が亡くなるという惨事で、身寄りを失くした彼女は『盲目の娘はいらぬ』と親戚に引き取ってもらえず、やむなく山向こうの寺に預けられることになった。

『目が見えない娘だからといって、お前を特別扱いはせぬぞ。自分でできることは自分でするのだ。一人で生きられる術を身につけよ』

寺の住職は厳しい人だった。説法を用いて礼儀や教養を教えてくれたが、叱りつける時は容赦なく手を上げた。

とはいえ衣食住は与えられたし、寺の構造を把握して掃除や洗濯のやり方を覚えてしまえば、時間はかかるが他の人と同じ作業ができた。

――両親のぶんまで、私は精一杯生きよう。

紗夜は父母を失くした喪失感を埋めるように寺のお務めをこなし、住職の厳しさも優しさの裏返しだと信じて馴染もうとした。

それでも〝目が見えない〟というだけで、たびたび困難に直面した。

特に行動範囲は、かなり制限された。

山間の寺から村へ下るには長い階段と山道を通らなければならず、崖や斜面があり危険だったので敷地の外に出られない。

寺にいる孤児たちの輪にも入れてもらえなくて、紗夜はいつも一人ぼっちだった。

十三歳の頃、一度だけ、寺の生活が嫌になって逃げ出したことがある。

しかし、途中で山道を外れて斜面を転げ落ち、頭を打って昏倒した。

それからの数ヶ月間、どうやら紗夜は行方知れずになったらしい――が、その間の記憶はすっぽりと抜け落ちていた。

崖から落ちたところまでは覚えているのに、気づいたら寺の一室で寝ていたのだ。

住職の話によると、夏の夕暮れに行方をくらまし、初冬の夕暮れに傷だらけの状態で境内に横たわっているところを発見されたのだとか。

まさに神隠しのごとき出来事であった。

結局、紗夜は自分がどこで何をしていたのか思い出すことができなかったが、ほどなく檀家の間で〝神隠しから戻った娘〟として有名になった。

有名な商家である冷泉家が話を聞きつけて、身寄りのない紗夜を養女として引き取りたいと申し出たのは翌年の春のこと。

『お前は冷泉家へ行くのだ、紗夜。幼子で盲目ゆえに行き場がないからと、この寺で引き取ったが、お前もそろそろ年頃だ。妙齢のおなごを寺に置いておくのは体裁も悪い。冷泉家は裕福な家だから、そこの養女となれば何不自由なく暮らせるであろうよ』

住職はそう言って話を進めてしまい、紗夜は寺から追い出されるようにして冷泉家に迎え入れられた。

住職が言っていたとおり、そこでの暮らしは確かに不自由はなかった。

けれども一人では何もさせてもらえなかった。

屋敷の奥にある離れに居を与えられて、どこへ行くにも使用人が付き添い、外出は禁止。気ままに庭を散歩することも許されない。

家人との交流はなく、人目を避ける生活を余儀なくされたため、紗夜はどうして自分が引き取られたのか分からなくて困惑した。

そんな戸惑いの日々は、ある会話を耳にしたことで終わりを告げる。

夜半に用を足したくなって壁伝いに母屋にある厠《かわや》へ向かった時、冷泉家の当主が妻と話す声が聞こえたのだ。

『あの娘をいつまで離れに置いておくつもりなのですか』

『儀式までの辛抱だ。供物として選別するのは村の娘という決まりだが、どの家も若い娘を差し出したくはないからな。だからといって、古くから伝わる慣習を辞めるわけにはいかんのだ。よそから身寄りのない娘を連れてくるしかあるまい』

『ほんに恐ろしい儀式ですこと。もし百合子《ゆりこ》が選ばれていたらと考えたら、わたくしは怖気が走ります』

百合子、というのは冷泉家の一人娘だ。紗夜よりも二つ年下で、邸宅へ連れてこられた際に一度だけ顔を合わせたが、紗夜を無視してまともに会話ができなかった。

『今しばらく我慢してくれぬか。供物の儀にあの娘を選ぶというのは、村人も了承しておる。あの寺は隣村にあるゆえ、この村に招くには養女にするのが一番だったのだ』

『仕方ありませんね。でも住職は納得されているのですか？　あの娘は寺で育てられたのでしょう』

『本堂の改修費用を出すと申し出たら、娘のことは好きにせよと快諾されたぞ』

固唾を呑んで聞いていた紗夜は喉がきゅっと詰まったかのような感覚を抱いた。

『あの娘は数ヶ月も姿を消していたそうだが、記憶を失くした上、栄養状態もよく戻ってきたのは気味が悪いと顔を顰めておったな。化生《けしょう》の者に取って代わられたのではないかとも疑っていたようだから、さっさと追い出したかったのだろう』

『まぁ、化生の者ですって？　なんと恐ろしい……』

『真偽のほどは分からぬが、どうせあの娘は盲目で身寄りもない。神隠しから戻った娘と周知されているのならば、神に捧げる供物としてもちょうどよいであろう』

その後、どうやって部屋に戻ったのかは覚えていない。

気づけば部屋の隅で膝を抱えて泣いていた。

以前、住職が近隣の村について話してくれたことがあり、供物の儀がどういった儀式であるかは知っていた。

そして供物に選ばれた娘が村人の手で命を絶たれるということも。

養女にされた理由はもちろん、住職が改修費用と引き替えに紗夜を差し出したということが衝撃的で、ぼろぼろと涙が溢れて止まらなかった。

――私が死のうが、どうでもいいんだわ。

恐怖もあったが、それ以上に、自分がどうなろうが誰も気にかけないという事実を突きつけられて悲しかった。

ただ懸命に生きてきただけなのに、何故これほどまでに蔑ろに扱われなければならないのか。

——もう、ここから逃げてしまいたい。

そんな考えが過ぎったものの、逃げたところで行く宛てはなく、このあたりの土地勘もないため遠くへは行けない。やみくもに脱走したせいで崖から転げ落ちたことまで思い出してしまった。

紗夜は失意の底に沈みながら、普段は目が乾かないようにと閉じている瞼を開けた。

そこにあるのは、真っ暗な無の世界。瞼を開けても閉じても変わらぬ暗闇が広がっていて、彼女はいつも一人きり。

誰かと心を通わせることができず、抱きしめてくれる人もいない。

——なんて寂しくて、悲しい。

どこへも行けないまま、ここで死を待つだけなんて。

小刻みに震える両手で自分の身体を抱きしめた。

目の前に広がる深淵に呑みこまれて、どこまでも続く孤独に圧し潰されそうだった。

◆

虚しい記憶の水底から意識が浮上していく。

紗夜は小さな呻き声を漏らした。炎に投げ込まれたように全身が熱く、胸の中心がひどく痛むせいで身じろぎ一つできない。

——ここは、どこ……？

背中が柔らかいので褥《しとね》に寝かされているのだろうが、それ以上の状況把握ができない。

力なく横たわって荒い呼吸をしていたら、話し声が聞こえた。

「——傷は塞がっておるようじゃが、このままでは死んでしまうぞ」

「ここまできて死なせるものか。どうすればいい？」

「手っ取り早いのは、おまえさんの妖力をできるだけ多く与えることか。この娘は人の身ゆえ、本来であれば時間をかけて順応させなければならぬが、猶予はない」

「だが、妖力を与えるなんてやったことがないぞ。やり方を教えろ」

——ようりょく？

耳慣れぬ言葉だが、二人の声量が落ちて続きが聞こえない。

それから会話を聞く余裕もなくなり、熱さと痛みの狭間で苦しんでいたら、誰かが出ていく襖《ふすま》の音がした。まもなく傍らで声がする。

「意識はあるのか」

紗夜をここまで連れて来た男の声だった。声を出すのも億劫で弱々しく頷くと、静かな口調でこう言われた。

「じゃあ、そのまま死なないことに集中していろ」

またもや無理を言うものだと、紗夜は苦痛に呻きながら思う。

口を開いてみるが、漏れ出たのは「うう……」という苦しげな吐息だけだった。

男の気配がぐっと近づいてきた。顔の近くで息遣いを感じ、火照った頬に冷たいものが触れる。

「……？」

すりすりと撫でられたので、冷たいものは大きな手のひらなのだろう。

燃えるような熱さを感じていたところにひんやりとした感触が心地よく、ほうと嘆息したら、身体をそっと起こされて帯を解かれる。衣擦れの音がして、腰をきつく締めあげていた圧迫感が消えた。

そのまま衣装を脱がされるが、袖を抜くために腕を持ち上げる動作すら痛みを伴い、紗夜は呻く。

「いた、い……」

細い声で囁いたら、粛々と衣装を脱がせていた手が止まった。

数秒後、男の吐息が首筋にかかり、柔らかいものが押し当てられる。太い針で刺したかのようにちくりと痛みが走った。

「っ……」

「痺れ毒だ。動きは鈍るが、痛みを麻痺させる。お前は衰弱しているから、あまり使いたくなかったんだけどな」

毒、という響きに不安を覚えたが、彼の言ったとおり全身を苛んでいた痛みが少しずつ薄れていく。

「痛みが和らいできただろう。これで、だいぶ楽になったはずだ」

確かに楽になったが、今度は指先に微弱な痺れが広がって虚脱感に見舞われる。

四肢を動かそうとしても、小刻みに震えるばかりでうまく力が入らない。

――胸の痛みは遠のいたけど、全身が痺れて、頭がふわふわする。

ぐったりとしているうちに着物をすべて脱がされる。

男が自分の帯も解いているのか、しゅるしゅると音がして後ろから抱きかかえられた。

背中いっぱいに硬くてひんやりとしたものが当たっているが、彼の胸板だろうか。

――あれ……彼も、裸なの？

ろくに回らぬ頭で不思議に思ったら、ぎゅっと抱きしめられた。

うなじに彼の吐息がかかり、生温かい舌で舐められたので、死への恐怖とは違った本能的な恐れがぞわりと駆け抜けた。

男の手のひらが意図をもって動き出し、紗夜の肌を撫で始めた。ほっそりとした首を辿り、浮き出た鎖骨をなぞって膨らんだ乳房に触れる。

「あ……」

「準備をするから、おとなしく身を委ねていろ」

男が静かな口調で囁いた。

視力に頼れないぶん、紗夜は人の声を聞き分けるのが得意だが、彼の声はこれまで聞いてきた男たちの声と比べると特徴的だった。声質はやや掠れ気味で、音の調子はかなり低め。落ち着いたしゃべり方をするので一音一音がはっきりと聞き取りやすい。

聴覚に集中していたせいか、硬い手のひらで乳房を揉まれた瞬間、紗夜は驚いて身震いをした。

――この人は、私を抱こうとしている？

紗夜も年頃の娘であるから、男が女を抱く細かい手順は分からずとも、子供を作るための行為であるという知識はあった。

いよいよ本能が警鐘を打ち鳴らし、力の入らない手を必死に持ち上げる。胸に添えられた男の手を振りほどき、ふらつく身体を支えながら前のめりになった。

死ぬことは、この上なく恐ろしい。

しかし、紗夜とて女だ。何者か知れない男に身体を暴かれて、女として貶められるのもひどく恐ろしかった。

褥の上を這おうとするが、脱力した四肢は意思のとおりに動かない。

敷布を握りしめて身を捩るのが精一杯で、次から次へと恐ろしいことばかり起きるから鼻の奥が熱くなった。閉じた眦に涙がじわりと溜まってくる。

決死の思いで、背後の男から逃れるために震える手を上のほうへ伸ばした。

「……嫌……怖い……」

痺れのせいで舌もうまく回らなかったが、口から零れ落ちた言葉を掬い上げるように顎をとられる。

男の吐息が頬を掠めて、恐れおののく唇の端に口づけられた。

「怖がるな。ただ交わるだけだから」

交わる……ならば、やはり抱かれるのだと涙が溢れたが、背中をさする男の手つきは乱暴に手籠めにするというよりも穏やかで宥めるみたいな触れ方だ。

「お前を生かすために必要なことなんだ。応急処置ではあるがな」

彼の声色には憂いの響きがあった。欲に駆られている様子はなく、紗夜が落ち着くまで辛抱強く待ってくれる。

力ずくで犯される気配はないと分かり、恐怖に支配されていた紗夜の頭も冷えてきた。

しかし交わるのが必要とは、いったいどんな理屈なのだ。

見ず知らずの男が、何故そこまでして彼女を生かそうとするのかも理解できない。

「……よく、分からない、けど……生き延びた、ところで……意味が、ないの」

紗夜はそう絞り出して敷布に突っ伏した。手の甲に顔を押し当てると、睫毛がしっとりと濡れている。

この目は何も映さないというのに一丁前に涙が出るのだ。

「誰も、私を……必要として、いないから……」

村の人々は儀式のために紗夜の死を願った。生きて戻っても、今まで以上に腫れ物扱いされるに決まっている。そして自分は孤独であると思い知らされるのだ。

それならばいっそのこと身体や心の痛みに抗うことなく、楽になってしまったほうがいいのではないか。

途切れ途切れに心中を吐露したら、強めに肩を抱き寄せられた。大きな腕の中に包みこまれて、やや棘のある口調で叱られる。

「誰も必要としていないだと？　何を馬鹿なことを」

「……でも、本当で……」

「いいや。お前を必要としている奴はいる」

「どこ、に……？」

「……ここに」

「？」

「俺が、お前を必要としている」

紗夜ははっと息を止めて、男の相貌があるはずの場所に顔を向けた。

何もない暗闇の向こうから苛立った彼の声がする。

「だから、馬鹿なことを言うな」

「……あなた、こそ……何を、言うの……私、あなたの、名前すら……知らないのに」

「俺の名は、時雨《しぐれ》だ」

「時雨……？」

発音してみて、あれ、と思う。この名の響きはどこかで聞いた気がする。

けれども、どこで？

紗夜が口を噤むと、男――時雨の手のひらが頬に添えられた。

「俺の名を覚えておけ。生きる望みも捨てるな。それとも、本当にこんなところで死にたいのか？」

力強い声色で問いかけられて奥歯をぐっと噛みしめた。

紗夜は盲目でも諦めてはならぬと自分を鼓舞し、これまで生きてきたのだ。

人々から蔑ろにされて、いっそ死んでしまったほうが楽だと思えるくらい絶望していても、心の奥底では――。

『俺が、お前を必要としている』

先ほど男が放った言葉が脳裏を過ぎって、わななく唇を動かした。

「……死にたく、ない……」

なけなしの矜持をもって答えたら、褒めるように頭をぐしゃぐしゃと撫でられる。

「だったら、そう駄々を捏ねるな。苦しいことはしないから」

仰向けに転がされて、指の腹で慰撫するみたいに睫毛の縁をなぞられる。目尻に溜まった涙の雫まで拭いとられた。

その手つきがあまりに優しいから、紗夜は強張った肩の力を抜く。

先刻まで逃げ出したくなるほど怖かったはずなのに、なんだか毒気を抜かれた心地になってしまった。

「時雨、さん……」

「時雨、でいい」

「……時雨……どうしても……交わらないと、だめ、なの？」

「だめだな。放っておいたら、お前は死んでしまうから」

時雨の手が離れていき、ぽんっと密封されたものの蓋を開ける音がした。たちまち甘い香りが鼻腔をくすぐる。

何の香りだろうかと不思議に思っていたら、太腿の間にとろみのある冷たい液体――おそらく香油が垂らされた。

驚いて揺れた足首を摑まれ、横に押し開かれる。垂らした香油を不浄の場所に塗りつけられた。

「っ、ん……」

「怖ければ眠らせることもできるが、何をされたか分からず、あとで怖くなるかもしれないだろう。お前がおとなしくしていたら、さほど時間もかからない」

「……そう、なの……経験が、ないから……よく、分からない……」

消え入りそうな声で告げたら、時雨が身体を少し揺らし、くくっと喉を鳴らした。どうやら笑ったらしい。

「俺も交尾の経験はないぞ」

——交尾？

なにやら動物的で生々しい言葉選びにうろたえると、また紗夜が怖がっていると思ったのか「安心しろ」と言われた。

「やり方は分かる。乱暴に扱ったりはしないからな」

紗夜は見えない目をおそるおそる開ける。

——何故なのかしら。

彼女に触れる時雨の手つきや、降り注ぐ言葉とそれを紡ぐ声は、どれも出会った瞬間から優しい気がする。

——それに、彼は私を『必要としている』と言った……『死ぬな』とも。

いつも相手の声色から心情を推し量るが、時雨は終始真剣で、冗談で言っているようには思えなかった。なによりも直球の言葉が胸にしみる。

村人たちの憐みや同情の言葉よりも、出会ったばかりの男の言葉のほうが胸に響くなんて、まったくもって皮肉なことだけれども。

——それに彼が来なかったら、私は間違いなく死んでいた。

「まだ怖いか?」

「……さっきより、怖くは、なくなった……あなたは、優しい、気がして」

「そうだろう。俺は存外、優しい男だからな」

応じる声がどことなく嬉しそうである。

「その調子で、身を委ねていろ」

足の間を探っていた指が秘部を見つけて、香油を絡めながら挿しこまれた。

麻痺のせいで感覚は鈍っていたが、ぬるぬると緩慢に出し入れをされると腹の奥がじんと熱くなる。

「はぁ……」

時雨の指が動くたびに下半身からくちゅくちゅと濡れた音がした。

蜜路を入念にほぐされて痒いような、もどかしいような感覚に見舞われて、苦痛の呻きとは違う吐息が零れる。

「ん……は……ふぅ……」

顔を横に向けて、あえかな声を漏らしていたら急に顎を摑まれた。

柔らかいもので口を塞がれたので、今度は何だと困惑するが、時雨の舌が口内に入ってきたことで接吻だと知る。

「あ……し、ぐれ……ん、っ……」

初めての口づけに動揺していると、いたいけな唇をたっぷりと舐め回された。長くてざらついた舌が口の中を好き放題にかき混ぜて、ちゅっと音を立てて離れる。

紗夜がはふはふと息をしたら、次は顔の至るところに唇を押し当てられた。

たえまなく降り注ぐ口づけは甘く、ひたすら愛でられている気がする。

再び接吻されたので無意識に口を開けると、すかさず時雨の舌が忍びこんできた。

「ん……んん、っ……は……」

「……ふ……口吸いは、心地いいものだな……だが、そろそろ、こっちも——」

時雨の乱れた呼吸が鼻先をくすぐっていく。

下半身を弄っていた指が抜かれて、蕩けた隘路に硬い逸物が押しつけられた。

「ほら、お前の中に入るぞ」

「……あ、っ……」

じっくりとほぐされて、濡れそぼつ割れ目に太い陰茎が埋められる。狭い道をずぶずぶと抉じ開けられても破瓜の痛みはなかった。

一度も止まることなく、ずんっと最奥まで穿たれて重たい衝撃が駆け抜ける。

紗夜が思わず息を止めたら、耳元で「怖くないから」と掠れた声がした。

「手を貸せ……怖ければ、握っていろ」

狼狽する紗夜を宥めつつ、時雨が痺れた手をとって恋仲のように指を絡めた。口を吸い、淫蕩に舌を動かしながら腰を揺らし始める。

深々と埋められた陰茎がずるりと出ていって、再び奥まで入ってきた。

「あっ……うっ……は、っ……は……」

ゆったりと腰を揺すられて勝手に声が出てしまう。

ぐちゅり、ぐちゅり、と秘部からぬかるんだ音がした。下半身を押しつけられるたびに彼の太腿が臀部に当たり、ぱんっと軽やかな打擲音《ちょうちゃくおん》が交じる。

そこに時雨の荒々しい吐息が加わると、鼓膜に届く音が何もかも卑猥に感じられた。

「ん、っ……あっ、あ……」

「ふぅ……」

紗夜にのしかかり、身体を揺らしている時雨は時折、感じ入った低めの声を漏らす。

——ああ、もう……何が、どうなっているのか、分からない……。

徐々に腰の動きが速くなる。ぱんっ、ぱんっ、と肌のぶつかる音が激しくなった。

低く色っぽい吐息が耳朶《じだ》に吹きかけられて、時雨の息遣いが段々と切羽詰まったものに変わっていく。

「は、っ……紗夜……」

「ん……ん……時、雨……」

紗夜が名を呼び返した途端、獲物を齧るように口づけをされ、繋いだ手をほどかれる代わりに抱きしめられた。下腹部から臍《へそ》のあたりに、体内に押しこまれている男根とよく似た棒みたいなものがずりずりと当たる。

しかし、その正体が判然としないうちに腰をずんっと押し上げられた。

深く繋がった瞬間、最奥で熱が弾ける。

「……あっ……」

思わず身動《みじろ》ぎをしたら臀部を摑まれ、動けないよう固定された。

時雨の腕にがっちりと抱きこまれたまま、緩やかに腰が揺れて腹の奥にびゅくびゅくと精を注がれる。

「紗夜……」

顎をとられて、ちゅうっと口を吸われた。

口づけている間も吐精は続き、結合部から溢れるほどに種付けされる。

紗夜はぐったりと身を委ねていたが、やにわに体内がどくん、と脈打った。

どくん、どくん、と脈打つたびに、温かな湯に浸かった時みたいな心地よさに全身が包まれていく。

痺れは抜けてきたが、気だるい身体はぽかぽかと温かく、あれだけ身を苛んでいた痛みも消えていた。

「……あたた、かい……」

「妖力を注いだから、それに順応しているんだ。これで、もっと楽になる」

——ようりょく、って何……？

呆けていると、隣に寝転んだ時雨が「よく頑張ったな」と褒めて頭を撫でてくれる。

彼の声と手のひらはやっぱりとても優しくて、抱かれてしまったというのに安堵感に包みこまれた。自然と涙まで溢れてくる。

「っ、う……ふぅ……」

「ああ、泣くな、泣くな」

時雨が緩やかな口調で宥めて、泣きじゃくる紗夜を腕に抱きこんだ。

「もう苦しくはないだろうが」

紗夜はくすんと洟《はな》を啜って彼の胸板に顔を押しつけた。もともと体温が低めなのか、ひんやりとして心地よい。

「ひとまず、これで死にはしないはずだ。あとは、ゆっくり休め」

時雨の声に耳を澄ませていると強い眠気が襲ってきた。

紗夜が泣き疲れて寝入ってしまうまで、彼の温もりはすぐそこにあった。

◆

夜が更けて、室内は薄ぼんやりとした行灯《あんどん》の光に照らされていた。

時雨は覚束ない手つきで紗夜の肌を清めると、首まで蒲団をかけてやる。

彼女の口元に手を翳し、しっかりと呼吸をしているのを確かめて、温もりが戻った頬を手のひらで撫でた。

——呼吸は安定しているな。

しばし、紗夜の寝顔を眺める。もともと色白だったが、まだ血色が悪いせいか肌が一層白く見えた。長い睫毛が目元に影を作っている。

時雨は指先で、紗夜の丸みを帯びた輪郭をなぞった。

人間の美醜は分からないが、柔和な垂れ目と小ぶりな鼻は愛嬌があり、唇は柔らかくてふっくらとしている。

ひとたび目を開けると、そこにあるのは夜の底のような呂色《ろいろ》の瞳で、見えてはいないはずなのに突き刺さるほどまっすぐに射貫いてくるのだ。

――まぁ、さっきは怖がっていて、ほとんど瞼を開けなかったが。

時雨はため息をつき、観察をやめて立ち上がる。庭に面した障子を開け、縁側へ出て数歩進んだところでよろめいた。

緊張の糸が切れたからか、立ち眩みに襲われて近くにあった柱に凭れかかるが、その場に立っていられなくてずるずると座りこむ。

「はぁ……」

眩暈《めまい》と虚脱感を堪えながら、片膝を立てて柱に寄りかかった。

――ひどい体調だ。しばらく動けない……妖力をごっそりと持っていかれたからな。

青白い顔で息を整えつつ、乱れた黒髪をまとめている紐をほどく。

背中のあたりまで伸びた髪は鬱陶しいが、切ってもすぐに伸びてしまうため、普段は邪魔にならないよう三つ編みにしていた。

ほどいて緩やかに波打つ髪をかき上げたら、草を踏みしめる音がした。

時雨はぴくりと肩を揺らし、音のしたほうへ瞳孔の開いた双眸を向ける。黄金色の目を凝らすと、月影に照らされた庭先に銀髪の男が立っていた。

「うまくいったのか、時雨」

一本歯の下駄を履いた美丈夫――梧桐《あおぎり》である。見た目こそ壮年の男の姿をしているが、本性は長命な天狗だ。

年齢はゆうに八百歳を越えており、腰の曲がった老爺の姿で現れることもあった。

「天狗の爺さんか。あんたは気配がないから、いきなり現れると驚くんだが」

「気配を消すのは癖でな、悪かったのう。その様子だとうまくいったようじゃな」

「なんとかな」

「あの娘は？」

「今は寝ている。呼吸も安定しているようだ」

「そうか。……して、おまえさんの体調は？」

「最悪だ。立ち上がることもできない」

「まぁ、そうであろうな」

「分かっているなら訊くなよ。性格の悪い爺さんだ」

顔を顰めたら、梧桐がくつくつと笑った。

「ただでさえ弱っていたところに、あの娘に分け与えたぶん、妖力が枯渇しかけておるんじゃろう。しかし、死にはせぬよ。休めば治る」

そう言って、梧桐が右手に提げていた笹の包みを見せてくる。離れていても笹の中からほのかな味噌の匂いがした。

「どれ、儂《わし》が滋養のある飯でも作ってやろうな。おまえさんが動けなければ、大事な娘の世話もできんじゃろうて」

お節介な天狗だな、と時雨は内心ぼやく。

――この爺さんをはじめとして、街で暮らす連中はお節介が多い。

とはいえ、そのお蔭で、時雨みたいな素行の悪い存在でも受け入れてもらえるのだ。

この世界には、人間とは別に〝あやかし〟という異形が存在した。

あやかしは人の世における〝妖怪〟と同義であり、人間と同じように街を作って暮らしていて、そこは人間界と少しずれた異界にある。

人間界とは行き来も可能だが、異界への入り口は山奥に隠されているため、妖力を持つ者だけが探し出すことができる。

時雨が紗夜を連れてきたこの場所も、幽朧街《ゆうろうがい》と呼ばれる、あやかしの街だった。

梧桐は、その幽朧街で名の知れた天狗だ。神通力を扱える天狗は山神や土地神に近い存在とされ、あやかしの中でも一目置かれる存在である。

「相変わらず余計な世話を焼くな、爺さん」

「ほっほっほ。おまえさんは危なっかしいからのう、放っておけぬだけじゃよ」

時雨は不機嫌そうに鼻を鳴らしたが、梧桐は気にしたそぶりもなく近づいてきて下駄を脱ぎ、廊下に上がった。

そして紗夜の寝ている部屋を無遠慮にひょいと覗きこむ。

「あの娘、紗夜と言ったかのう。なかなかに美しい御魂《みたま》を持っておる。霊力は強くなさそうじゃから、あやかしに絡まれることは少なかったであろうが、その存在くらいは感知していたかもしれんな」

「いや。気づいてはいないと思う」

「気づいていない、とは？」

「紗夜は目が見えないからな。そのせいで儀式の供物にされたんだ」

妖力の弱いあやかしは、人の世で霊力を持つ人間を見つけると話しかけたり、わざと転ばせたりして悪戯することがある。

しかし目が見えなければ、違和感があってもあやかしを見分けるのは難しそうだ。

「ああ、そうであったな。目が見えない者は他の感覚が研ぎ澄まされるという。あの微弱な霊力は、それで発現したんじゃろう」

梧桐は重々しく呟くと、黙りこむ時雨を振り返った。

「あやかしの存在に気づいておらぬのならば、どう説明するつもりじゃ」

「どうって、そのまま説明するつもりだが」

「急なことで混乱し、怯えるかもしれぬだろう」

「一度にすべてを話すつもりはない。まずは俺たちや、この街のことを説明して、慣れるまで様子を見る。……もっと詳しい話をするのは、それからだ」

「ふうむ。確かに、そのほうがよいか」

神妙に頷いた梧桐が含み笑いを浮かべて厨《くりや》へ向かう。

「おまえさんが血相を変えてあの娘を連れて来た時は驚いたがのう、ひとまず心配はいらなそうじゃ。怖がられないとよいな」

時雨は吊り目を細めて天狗を見送ると、その眼差しを夜空へやった。

——もう、すでに怖がられたんだが。

目を閉じると、この腕で抱きしめた紗夜の艶めかしい姿が蘇ったが、そこに怯えて逃げ出そうとした彼女の姿が重なる。

抱かれてしまうのが怖いと震えて泣いていたのだ。

——紗夜には相手の顔が見えない。その上、理由も分からず抱かれるなど、怖がるのは当然だろう。しかし、まさかあそこまで怯えられるとは。

どうしたものかなと物憂げに息を吐く。

濃紺の空には人の世と変わらず星が散っているが、ここは幽朧街。

紗夜が人の世に未練があるかどうかは不明だが、あやかしの街へ連れて来たのだと告げた時、彼女がどう反応するのかは想像できなかった。

◆

暗闇の中で意識が覚醒し、紗夜は喉の渇きで呻き声を漏らした。気だるげに寝返りを打ち、震える手であたりを探る。

ふかふかの敷蒲団があり、その向こうに畳が広がっていた。藺草《いぐさ》の香りがして、どこか涼しい風が吹いてくる。

——ここは、部屋……？

だが、おそらく冷泉家の部屋ではない。生活していた離れの敷蒲団はここまでふかふかしておらず、敷き詰められた古い畳から藺草の香りはしなかった。

紗夜は、自分の身に何があったのかと記憶を遡った。

確か供物にされて死にかけた時、謎の男——時雨が現れたのだ。

交わらないと死ぬと言われて、朦朧としながら肌を重ねたところまで覚えているが、そのあとはどうなった？

——意識が飛んでしまって、思い出せない。

ひとりでに身体が震え始めたので、それを押さえつけるように自分で抱きしめる。

——私は、ちゃんと生きているのよね。

村人たちの手で殺されかけた時、胸から多量の血が溢れたのを感じた。呼吸をするのも苦しくて、ここで死ぬのだなと覚悟したのである。

紗夜はおそるおそる着物の合わせ目に手を入れた。汗ばんだ胸元を探ってみたら、ちょうど真ん中あたりに傷痕がある。

供物の儀を行なうまでこんな傷はなかったはずだ。

——でも、傷は塞がっているみたいだし、痛みもない。

時雨と交わったからだろうか……ただ交わっただけで傷が塞がるなんて、そんなことが本当にあり得るのか？

およそ現実味がなく、その時の記憶も朧げだから、苦しみから逃れるために夢でも見ていたのではないかという気がしてくる。

しかし、そうなると、どこからどこまでが夢だったのか。

紗夜はひとまず蒲団を出て、手のひらで畳を探りながら進んだ。

——とにかく、ここがどこなのか確かめないと。

誰かいるのなら話を聞きたいところだが、大きな声で呼ぼうとしても喉が渇きすぎていて掠れた声しか出ない。

障子を探り当てて開けてみると、ひんやりとした空気が頬を撫でる。

どうやら廊下のようだが、しーんと静まり返っていた。

——静かすぎる。

壁伝いに突き当たりの角を曲がってみても人の気配がまったくないので、段々と不安になってきた。身体に力も入らなくて壁に凭れかかると、全身がずきんと痛む。

ずき、ずき、と四肢に疼痛が走り、その場に蹲《うずくま》ってしまう。

「っ……身体が、痛い……」

紗夜は唇を噛みしめ、膝を抱えて骨ばった膝小僧に額を押しつけた。

どこかも分からない真っ暗闇の中、人の気配もなくて一人きり。

疼痛とだるさで身体は動かず、心細くて堪らなかった。

——何も分からなくて、怖い……どうしたらいいかも分からない。

瞼を開けても、そこに広がるのは何もない深淵だ。

凍えそうな孤独を感じて、紗夜は身震いをした。弱りきっていて心を奮い立たせることもできず、子供みたいに丸くなって震えていた時だった。

自分の来たほうから、ぎしっ、と廊下の床が軋む音がした。

——誰かが来る。

ぎし、ぎしと床の軋みが近づいてきたので、廊下の隅で身をひそめる。

まさか村人が死に損なった自分を連れ戻しに来たのではないかと、そんな恐怖に駆られてぶるぶると震えていたら、少し離れたところで足音が止まった。

障子を開ける音がし、怪訝そうな男の声が聞こえる。

「ん？　……は？」

——あれ、この声は……。

聞き覚えのある声だったため、紗夜はおずおずと面を上げた。

部屋に駆けこんだのか慌ただしい足音が響き、あちこち探し回る音がしたかと思えば、今度は床の軋む音がこちらへ向かってくる。

息をひそめて待っていると、すぐそこまで迫ってきた足音がぴたりと止まった。

「なんだ、こんなところにいたのか」

頭上から降り注ぐ声は、紗夜を社から連れ去った男、時雨のものに間違いなかった。

「目が覚めたのなら、俺を呼べ。どこへ行ったのかと思ったぞ」

肩に触れられた瞬間、全身がびくりと揺れた。

時雨も彼女が緊張していると気づいたのか、不安をほぐすように肩を撫でてくれる。

「傷つけたりはしないから、そんなに緊張するな。ここへ来るまでに何があったのかは覚えているのか?」

逡巡ののち、こくりと頷けば時雨の声が近くなった。

「俺のことも覚えているか?」

「……ええ。時雨でしょう」

小声で応じたら、時雨が満足げに「そうだ」と答えて、今度は手のひらを紗夜の額に添えてくる。ひんやりとして心地いい。

「無事に目が覚めたのはよかったが、だいぶ熱は高そうだな。しばらく寝こむぞ」

そう言われてようやく、紗夜は身体のだるさと喉の渇きが疼痛のためだけではなく、自分に熱があったからだと気づいた。

「ひとまず部屋へ戻ろう。廊下は冷える」

「……ここは、どこなの？」

「安全な場所だ。自分で歩けるか」

促されて立とうとするが、どうしても足に力が入らない。

すると、いきなり身体が浮いて、あっという間に部屋まで運ばれた。

さっきまで寝ていた寝床に横たえられて、呆気に取られているうちに首まで掛け蒲団をかけられる。

「何か欲しいものはあるか？」

「……喉が、渇いて……」

「白湯を持ってくる。粥は食べられるのか」

「……ちょっとだけなら」

「分かった。用意してくるから待っていろ」

時雨の声が遠ざかっていき、念を押すような言葉が聞こえた。

「俺が戻ってくるまで、そこを動くな。おとなしく休んでいろよ」

紗夜の返事を聞く前に足音が離れていく。

掛け蒲団にぬくぬくと包まり、耳を澄ませていた紗夜はゆっくりと起き上がった。

――時雨に助けられたのは夢じゃなかったんだ。

彼の手が触れた肩に、自分でも触れてみる。

時雨は傷つけたりはしないと言った。信じてもいいのだろうか。

――今は、信じるしかない。

身体は弱り切っていて歩くのもままならない。

もし逃げるとしても、自分のいる明確な場所が分かっていない状態で逃走するのは愚策であることを、紗夜は過去の経験から理解していた。

さほど待たないうちに時雨が戻ってきた。温かい白湯を紗夜に飲ませてから、冷めた粥を匙ですくって食べさせてくれる。

「ほら、口を開けろ」

「……う……」

「どうした?」

「身体が、痛くて……」

全身がずきずきと痛むのだと細い声で告げたら、そっと手を取られた。

やにわに時雨の息遣いが接近し、心の準備をする間もなく唇に柔らかいものが触れる。

「えっ……ん……」

接吻をされているのだと気づいた時には、口の中まで彼の舌が忍びこんでいた。反射的に時雨の胸に手を添えたが、それ以上は力が入らない。ぬるぬると口内を舐められているうちに、また身体の内側がぽかぽかしてきた。

それと同時に疼くような痛みが消えていく。

たっぷりと舐《ねぶ》られて口づけを終えると、紗夜は戸惑いぎみに自分の唇に触れた。

「……今のは、何？」

「俺の妖力を分けた。楽になっただろう」

「痛みは、消えたけど……」

――ようりょく、って何なの？　前も聞いたような……。

首を捻っていたら口元に粥の匙を押し当てられた。

「粥だ。口を開けて食べろ」

「あ、うん……は、む」

促されるまま粥を食べて腹が満たされたところで、再び寝床に横たえられる。

しかし先ほどとは違い、時雨が隣にもぐりこんできた。

「そっちへ寄ってくれ」

「……あなたも、ここで寝るの？」

「ああ。俺も、さすがに疲れた……横になって休みたいんだ」

紗夜の世話をしていた時は飄々としていたが、彼の声には疲労の色が滲んでいる。

時雨は紗夜を抱きかかえると、当然のように腕枕をして眠る体勢に入った。

「たっぷりと寝て元気になったら、たらふく飯を食い、まるまると肥えろ」

「……肥えろ？」

「そうだ。うまそうになるまでな」

うまそうになるまで、とは——肥えたら食べられてしまうのだろうか。

湧いた疑問を口には出さず、紗夜が少しためらってからおずおずと時雨に寄り添うと、緩やかな手つきで髪を撫でられた。

その手の優しさに涙腺が緩みそうになり、奥歯を噛んで堪える。

こんなふうに誰かと寄り添って眠るのは、亡くなった両親に添い寝された時以来だった。

「ねぇ、時雨……私が寝ても、側にいる？」

消え入りそうな声で尋ねると、時雨が「何を訊くかと思えば」と呆れた声を出す。

「当たり前だろう。俺の他に、誰がお前の世話をするというんだ」

「世話を、してくれるのね」

「そのつもりだが。あまり手を焼かせるなよ」

またしても、じわじわと目の奥が熱くなってきた。

紗夜は深く息を吸いこんでから消え入りそうな声で問う。

「……あなたは、何者？　どうして、私を助けて……世話まで、してくれるの？」

わずかな沈黙をおいて、時雨は「さぁな」と静かに応じた。

「それを知りたければ、今は余計なことを考えずに寝ろ」

彼が小声で「側にいるから」と付け足したので、紗夜はくすんと洟を啜った。

「おい。まさかとは思うが、ここで泣くなよ」

「……っ」

「泣くなって言っただろうが」

時雨がため息をつき、ぽろり、ぽろりと涙を流し始める紗夜の背中をさすった。

その仕草が、また優しかったから胸に巣食っていた不安や恐怖、孤独感まで薄れていく。

ひとしきり泣いたら疲れてしまい、眠気と戦いながら時雨の胸に顔を押しつけていると宥めるような囁き声がした。

「お前は弱りきっている。だから、さっさと寝るんだ。紗夜」

紗夜――そういえば、どうして名前を知っているのか。

問いかけようとしたけれど、とうとう睡魔に軍配が上がって意識が飛んでしまった。

第二話　蛇

凍てつくような冬の寒気が、指や耳の先といった身体の末端を冷やす。

紗夜はぬかるんだ地面に横たわり、かすかな呻き声を漏らして疑問を抱いた。

——あれ……ここは、どこ？　いったい、何があったんだっけ……。

瞼を閉じたまま考えようとした瞬間、後頭部に鈍痛が走った。

どうにか呼吸を整え、手探りであたりの様子を確かめる。地面は濡れており、接していた背中の体温が奪われていた。

近くで川の濁流の音が聞こえる。ぬかるんだ地面から立ちこめる泥臭さと人の気配のなさで、ここが山の中であると推測した。

——どうして、私はこんなところにいるの？

分からない。何も思い出せない。

強《した》かに頭と身体を打ちつけたらしく激痛が走って、ぐっと息を呑んだ時だった。

ずるり、ずるり。

どこからともなく何かを引きずる音がした。

紗夜は敏感に音を聞きつけて、そちらへと顔を向ける。

ずるり、ずるり、ずるぅり。

——何かが、近づいてくる……?

重量感のある荷を引きずって運ぶ時のような音が近づいてきても、正体が分からない。

あたりに人けがないので、もしかしたら大型の獣だろうか。

混乱する頭で、逃げるべきかと考えるが、この目と痛む身体では遁走したところで徒労に終わると歯噛みする。

引きずる音が真横で止まった。自分のものではない荒い息遣いが聞こえて、大きなものが傍らにいる気配がする。

土の泥臭さに交じり、魚の腹を捌いた時の生臭さとよく似た臭いが漂っていた。

やはり獣だろうか。紗夜を喰いにきたのか。

心臓がきゅっと縮まる心地がしたが、喰われるのならばせめて自分が何に喰われるのかを確かめようと手を伸ばす。指先に当たったのは硬いものだった。

そこにいる何かがびくりと身を震わせたが、紗夜は更に手を動かした。

体表が鱗みたいなものに覆われていて、手を滑らすと尋常ではないほど大きい。

これは、ただの獣ではない――〝人ではない何か〟だ。

打ちつけた頭の痛みがひどくなってきた。雨のせいで身体が冷え、意識は混濁し始める。

ここで喰われるのだと覚悟を決めて寝転がれば、傍らにいる生物の息遣いが近づいた。

鱗に覆われた冷たいものが腕に触れて、ざらりとしたものが額を撫ぜていく。

その不可解な感触と体温の低さに、どうしてか、紗夜は泣きたくなるような懐かしさを覚えて――。


「紗夜」


いきなり名を呼ばれて、紗夜ははっと我に返った。

今朝、見た夢を追想していたら上の空になっていたらしい。

「反応がなかったが、まさか寝ていたのか？」

「……ううん、ちゃんと起きていたわ。ただ、ちょっとぼんやりしていたの」

「まだ熱が高いからな。さっさと終わらせるぞ。……袖を抜け」

真横から聞こえる時雨の指示に従い、のろのろと浴衣の袖を抜くと、ほっそりとした腕を温かい手拭いで拭かれた。

「お前、少し痩せたな」

「ここのところ、食欲がないから」

「何でもいいから口に入れろ。喰いたいものがあれば用意してやる」

会話の最中も、時雨が粛々と紗夜の身体を拭いていく。腕から脇、首元と背中にかけて手早く拭いたあとは、正面に回って胸元や腰回りまで清拭してくれた。

はじめの頃はぎこちない手つきだったが、今は動きに迷いが一切ない。

時雨に保護されてから、目覚めるたびに彼が側にいた。

ただ、紗夜は身体の痛みが軽減した代わりに高熱が出て、寝床から動けない日々が続いている。自分の足で歩くのすら億劫で、手を借りなければ厠へ行くこともできない。

時雨は、そんな紗夜を甲斐甲斐しく世話してくれる。

汗ばんだ肌の清拭と着替えに、食事の介助から熱に浮かされて心細いと訴える紗夜の添い寝まで、文句も言わずにこなした。

「新しい浴衣だ」

「……ありがとう」

清潔な浴衣を着せてもらって半纏《はんてん》で包まれる。

本来であれば男性に素肌をさらし、拭いてもらうなんて考えられなかったが、他に介助を頼める相手がおらず、全身だるくて衰弱しきっていたからやむを得ない。

ぬるくなった白湯の椀を持たされたので、ゆっくりと時間をかけて嚥下する。

「身体の痛みは？」

「今は、ないわ」

「粥は？　昨夜から何も食べていないだろう」

「あまり食べたくない」

「ならば、白桃はどうだ。果物なら食べやすいはずだ」

「……果物なら、食べられるかも」

「よし。厨から取ってくるから待ってろ」

時雨の声色が明るくなった。食べられるかもと言っただけなのに嬉しそうである。

紗夜が横になって彼の足音に耳を澄ませていると、部屋を出て行った時雨はあっという間に戻ってきて、蒲団の横で桃を切り始めたが――。

「痛っ……」

という声と、悪態が聞こえた。おそらく桃を切ろうとして指を切ったのだろう。

「……大丈夫？」

「たいしたことない。包丁は使い慣れていないんだ」

時雨は献身的に世話してくれるが、料理は不得意のようだ。紗夜が食べる粥も、作って持ってきてくれる人がいるらしい。

おっかなびっくり桃を切っているのが伝わってきたので、紗夜はかすかに笑んだ。

「私が切ろうか？」

「病人はおとなしくしていろ。切るだけだから、もう終わった。……さぁ、口を開けろ」

のろのろと身を起こすと楊枝に刺した桃を口元に押しつけられた。小さく切ってあったが皮は付いたままだ。

寺にいた頃、白桃は高価な果物とされていたが、たまに貰い物だからと一欠片だけお零れに与ることがあった。その時、皮は剝いてあった気がする。

——まぁ、いいか。

皮付きでも気にせずに咀嚼する。わずかな渋みがあったが、ごくりと飲みこんだ。

「おいしい……もう一個、食べてもいい？」

「何個でも食べろ。お前のぶんだ」

「時雨は食べないの？」

「俺は、桃は喰わない。……喰ったことがない」

紗夜は二口目をもぐもぐと食べながら、それきり黙りこむ時雨に話しかけた。

「試しに食べてみたら？」

熟れた白桃は瑞々しくておいしい。せっかくなら一緒に食べたい。

そう伝えても返答がないから、紗夜はひとまず楊枝に桃を刺してもらい、自分で受け取って彼のほうへ差し出した。

「甘くて、おいしいのよ。……口、開けて。二人で分けて食べましょう」

いつも食べさせてもらっているみたいに掲げたら、時雨が息を呑む気配があったが、ほどなくして楊枝の先から桃が消失する。おとなしく食べてくれたようだ。

「どう?」

「なんだこれ、甘すぎる。よく平気で喰えるな」

「おいしいけど」

「甘いものが好きなのか?」

「どうかしら……私、寺で育ったんだけど、甘いものはあまり出なかったの。村の食事でも食べる機会は少なかったわ。でも、おいしいとは思う。だから、好きなのかも」

「やっぱり残りは全部、お前が喰え」

彼が心底嫌そうな声で「俺はいい」と言うものだから、紗夜はつい笑ってしまった。

「時雨は、甘いものが苦手なのね」

「好きではないな」

「じゃあ、好きな食べ物は?」

「考えたことがない。何でも喰うから」

そもそも頻繁に食事する必要がないからな、と時雨は小声で付け足し、きょとんとする紗夜の額を小突いた。

「さっさと喰って寝ろ。また顔が赤くなってきた。熱が上がってきたんじゃないか」

「……そうかも。食べて寝るわね」

桃を食べられるぶんだけ口に運んで、ぬくぬくと蒲団に包まると、当然のように時雨がもぐりこんでくる。ここへ来てから彼とは一緒に寝ていた。

最初は驚いたものだが、紗夜も少しずつ慣れてきたので拒否せず受け入れる。

それに体調が悪いと人の温もりが恋しくなるのだ。

紗夜はほっと胸を撫で下ろして、時雨の胸に顔を寄せた。

――私は一人じゃない。

眼前には、いつもと変わらぬ真っ暗闇が広がっている。でも寂しいとは思わなかった。

寝かしつけるみたいに髪を撫でる時雨の手と、いつの間にか頭の下で枕代わりになってくれている腕。彼のしてくれることがすべて温かい感情に変わり、紗夜の心に入りこんでくる。

ゆっくり、ゆっくりと時間をかけて凍てつく氷を解かしていくかのように。

安心しきってうとうとし始めた時、かすかな声が鼓膜に届いた。

「……まだ……まだ、だめだ……」

これは時雨の声だろうかと朧げに思う。

「……焦《あせ》らず……急かさず……」

髪を撫でていた手が離れていく。続いて下唇に指が置かれて、くっと押されたので口が少し開く。

紗夜は夢うつつの状態で、口内にそろりと忍びこんでくる長い舌を受け入れた。

ぬる、ぬる、と舐められているうちに身体が温かくなる感覚があり、ほっと嘆息する。

——これ……気持ちが、いい……。

朦朧としながらそう思って、時雨の着物の襟をぎゅっと掴んだら、その手を優しくほどかれて繋がれた。

一本ずつ指を絡め、口の中まで舐められて、ふわふわとした夢見心地になるが、同時に不思議だなと思った。

繋いだ手はがっちりと握られている。身体は彼と隙間なく密着していた。

そのことに安心し、尚且つ、ぴたりと寄り添った状態がとても自然な気がして——。

今はまだ、その感覚が何であるのかは分からなかったけれど、じわり、じわりと何かが這い寄ってくるような異変を、紗夜はかすかに感じ取っていた。


それから何日も寝込み、ようやく微熱まで下がって身体もだいぶ動くようになった。

「ほら、口を開けろ」

時雨の指示に従って紗夜はのろのろと口を開けた。夕餉《ゆうげ》の粥を食べさせてもらい、ゆっくりと呑みこむ。

時間をかけて食べ終えると濡らした手拭いで汗を拭かれた。さっさと清潔な浴衣に着替えさせられて、新しい蒲団に寝かされる。

寝返りを打った際に少しだけ身体が痛み、紗夜がかすかな呻きを零したら、冷たいものが額に添えられた。時雨の手のひらだ。

「まだ痛むか？」

「少しだけ……でも、大丈夫。熱もだいぶ下がって、楽になってきたから」

「身体を起こすぞ」

時雨は皆まで聞かずに、頭の下に腕を入れて抱き起こしてくれた。

「じっとしていろよ」

頷いたら接吻が降ってきた。唇がぴたりと重なり合い、紗夜はあえかな声を漏らす。

「ん……う……」

口づけをしているだけで体内がぽかぽかして痛みが薄れていく。

どういう理由かは分からないが、時雨と接吻すると身体が楽になった。そのため頻繁に口を吸われるのだ。

おとなしく身を委ねていると、唇をねっとりと舐められたので口を開けた。

すかさず時雨の舌が入りこんできても受け入れて、彼の着物の袖を握りしめる。

「は、っ……ふ……」

いつの間にか膝の上に抱きこまれ、たっぷりと口づけられてから唇が離れた。

「どうだ、痛みは消えたか」

紗夜は肩で息をしながら「ええ」と小さな返事をした。

痛みを軽減するための口づけだと分かっているが、ここのところ体調とは関係なく顔が火照ってしまうのだ。

「なんだか顔が赤いな。熱が上がってきたか？」

また額に手のひらが置かれて、そのまま頬まで移動したので、紗夜は大きな手のひらに自分から頬を押しつけた。

時雨は体温が低くて、いつも手がひんやりとしている。

「気持ちいい……」

頬をすり寄せて嘆息したら、いきなり鼻を摘まれた。

「んっ？」

「急に、おかしなことを言うな」

「あなたの手、いつもひんやりとしているから……普段から、こんなに体温が低いの？」

「まぁな。だけど気温の変化には弱い。俺は蛇だから」

「そうなのね、蛇だから……」

相槌を打とうとして、はたと口を噤む。

——いま、蛇って言ったの？　山とか草むらの中にいるっていう、あの蛇のこと？

「あの、よく分からないんだけど、蛇ってどういうこと？」

「俺は人間ではない。蛇のあやかしなんだ」

「!?」

あやかし。民話に出てくる異形の存在である。

驚きのあまり硬直すると、肩を抱いていた時雨の手にわずかな力が入った。どうやら顔を覗きこまれているらしく鼻先に彼の吐息を感じる。

「いい機会だ。少し、その話をするか」

「……ちょっと待って。時雨は人の姿をしているわよね」

「人型をとっているからな。だが、俺の本性は地を這うけだものだ」

人の姿をして言葉も通じるのに、急に蛇のあやかしだなんて言われても理解が追いつかない。混乱していたら頬をするりと撫でられた。

「俺は人間界の社から、お前を攫ってここまで連れて来たんだ」

人間界の社……そういえば、と思い至る。

供物の儀の最中、ずる、ずると重いものを引きずる音が聞こえた。その直後、村人たちが「黒蛇様だ」と叫んで逃げ出したのだ。

「……つまり、時雨が黒蛇様だったということ？」

「いいや、それは違う。黒蛇様とやらは村に祀られた蛇神のことだろう。俺は神格を持つあやかしではないし、本来の姿も身体がでかいだけの大蛇だ」

そもそもな、と時雨がため息交じりに続けた。

「あの社は、もう空っぽなんだ。昔は本当に神がいたのかもしれないが、今は村人たちが存在しない蛇神を勝手に崇めている」

「でも、黒蛇様が水害から村を守ってくれていて……」

「天変地異が起こると、人間はよく人柱を捧げるんだろう。若い娘を捧げたら、たまたま水害が起こらなかっただけだろうな」

「捧げられた娘の身体は、いつも翌日にはなくなっているって、近隣の村の記録として寺に残っているみたいだけど」

「それは蛇神のふりをして、あやかしが喰っていたからだ」

「あやかしが、喰っていた……まさか、あなたが……」

「俺は人を喰ったことはない。つい最近まで悪辣なあやかしが、お前のいた村の周辺を縄張りとしていたんだ。そいつが、供物にされた娘を餌にしていた」

「じゃあ、今も、その人を喰うあやかしが村の近くにいるの？」

「今はいない。もう死んだ」

「そう、なの……」

あやかしという存在だけでも信じがたいのに、人を喰うやら縄張りやら、人の世での常識を超えた説明である。

騙そうとしているのではないかと声の調子から読み取ろうとしたが、時雨の口ぶりは真剣そのもので、でたらめを言っているとは思えない。

自分はあやかしであると、わざわざ嘘をつく必要性も感じなかった。

それに——と、紗夜は心を落ち着かせるために息を吐き出す。

——幼い頃から、たまに人ではない何かがいる気がしていたわ。

何もないところで転んだり、人のものとは思えない妖しげな笑い声が聞こえて、はっとさせられたりする経験が幾度もあった。

しかし紗夜には人と、人ではない存在の区別がつかないから、きっと足元の石に躓《つまず》いただけで、おかしな笑い声は気のせいだと思うようにしていたのだ。

驚くべきことだが、あやかしの仕業だったのかもしれない。

——とはいえ、あやかしの件はまだ半信半疑だけど、時雨の話を聞いて一つ確信したことがある。

村では、誰一人として蛇神を見たことがあるという者はいない。

実際に儀式の場に現れて、紗夜を連れ去ったのは蛇神ではなく時雨だった。

もし、本当に蛇神がいたとしたら、数十年に一度、捧げられる供物を誰かに盗られることを良しとしないだろうし、その場で紗夜を丸呑みにしていたはずだ。

「あの供物の儀には、意味がなかったのね」

蛇神どころか、供物を喰うあやかしとやらもいないのなら、村のためだと殺されかけたことは無意味だったのだ。

——私の味わった恐怖や苦痛は、いったい何だったのかしら。

力なく俯いた時、膝の上で握りしめた手に、時雨の手が乗せられた。

「意味がなかったわけじゃない」

「？」

「お前が俺のもとへやって来た」

慰めるように手を繋がれたので、項垂《うなだ》れていた紗夜は面を上げる。

村人たちに命を絶たれそうになった瞬間の恐怖は筆舌に尽くしがたかった。形骸化した儀式のために、人はあそこまで簡単に他人の命を奪える。

一方、時雨は紗夜の命を繋ぐために手を尽くしてくれた。

交わりの件も、彼が本当にあやかしであるならば、肌を重ねることで妖術的なものを使ったのではないだろうか。

――時雨が何度か言っていた〝ようりょく〟っていう言葉も、もしかしたら〝妖力〟ってことだったのかも。

民話でもあやかしは面妖な力を使うと伝わっているし、接吻で痛みが軽減するのは、そういった術の一端なのかもしれない。

――いずれにせよ、時雨は私の命を助けてくれた。それは確かな事実だわ。

紗夜は深呼吸してから時雨の手を一旦解き、自分の両手で彼の手を包みこんだ。

手探りで指の長さを確かめ、節くれだった指の形と手のひらの厚み、全体的な大きさまで確認していく。

――ひんやりとした大きな手ね。ちゃんと人の形もしている。

死への恐怖に絶望し、諦めかけた紗夜の心を掬い上げてくれた手だ。

「あなたの顔に触れてもいい？」

「好きにしろ」

時雨は即答し、紗夜が腕を辿って顔に到達するまでの間、嫌がることなく身を委ねてくれた。滑らかな輪郭を辿り、指の腹で顔立ちを探る。

薄く柔らかい唇、高い鼻筋、睫毛の少ない目元。眉はきりりと吊り上がっていた。

紗夜はひとしきり時雨の顔を撫でて、目元にかかるほど長い前髪に触れる。髪の一本一本が細く、さらさらして手触りがいい。

全体の髪の長さを確かめてみると一つに纏められていて、途中から編み目があった。長い髪が邪魔にならないよう三つ編みにしているらしい。

半ば抱きつく体勢で髪に触れていたら、時雨の手が背中に添えられた。子供をあやすような手つきで上下にさすられたところで、紗夜は探索の手を止めた。

時雨は顔に触れるという親密な行為を受け入れ、口を挟まずに待っている。

──彼は私を傷つけたりはしないし、私から触れても嫌がらない。むしろ苦痛を取り除いて、寝こんでいる間もずっと側にいてくれた。

紗夜は彼の腕に包まれて眠る安堵感と心地よさを、とっくに知っていた。

これまで周りにいた人々より、よほど優しいではないか。

──私は彼を信じたい。

そう結論を下すと、時雨の膝の上で座り直して、こう切り出した。

「あなたがあやかしだというのなら、どうして人間の私を助けてくれたの？」

しばし沈黙が流れたのち、時雨がふんと鼻を鳴らす。

「深い理由はない。阿呆な村人たちに殺されかけていたお前から、うまそうな匂いがしたから攫って来たんだ。たっぷりと肥えさせたあとで喰ってやろうと思ってな」

額面通りに受け取るのならば、恐ろしい返答だが──紗夜は眉根を寄せた。

物騒な台詞なのに声色はとても静かで、反応を窺う響きがあったからだ。

間近で息遣いも感じる。たぶん、すぐそこに時雨の顔があるのだろう。こちらの表情の変化を見逃すまいとしているらしい。

紗夜は少し考えて、時雨のほうへ自分から顔を寄せる。

「さっき、時雨は人を食べたことがないと言っていたでしょう。だったら、あなたは人を食べないんじゃないの？」

「食べたことがないだけで、食べないとは言っていないだろうが。蛇は肉食だから、うまそうなものは何だって喰うんだ」

彼の口調はやはり慎重なもので、本気なのか、わざと意地悪なことを言って怖がらせようとしているのか定かではない。

——ここまで、そういうそぶりが一切感じられなかったけど、本当に蛇のあやかしだというのなら私を食べるっていうのもあり得るのかしら。

なんだか釈然としないが、悩んだ末に、紗夜は光を灯さない両目を開けた。

「じゃあ、あなたは本当に私を太らせて食べるつもりなのね」

もう一度、意思を確認して、時雨の顔があるあたりを見つめる。

大事な話をする時は、真摯に相手の目を見なさい。

寺の住職が、他の孤児にそう説いているのを聞いたことがあった。

誠実な想いを相手に伝えたい時、真摯な眼差しでもそれを伝えるのだと、そこで知ったのだ。

以来、人とうまく付き合えなくても、せめて真剣に耳を傾けていると伝えたくて、紗夜はまじめな話をする際に相手の顔を見るようにしていた。

もちろん、実際に何かが見えるわけではないが。

「そのつもりだ。まるまると肥えたら、俺がお前を丸呑みにして……」

瞬きをせずに見つめていると、どうしてか時雨の言葉が途切れてしまう。

「時雨。丸呑みして、の続きは？」

「……お前、本当にそれを聞きたいのか？」

「ええ。どういう理由であなたのもとへ連れて来られたのかは、知っておきたくて」

心の準備もいるし、と小声で付け足した。

――それに食べられるのは怖いけど、私が本気で怖がったり痛がったりしたら、時雨はやめてくれる気がする。

紗夜は彼の手をとって握りしめた。ここのところ常に側にあったひんやりとした感触にほっと息をつく。

この手が瀕死の淵から彼女を救い出し、苦痛を取り除いて、甲斐甲斐しく寝食の世話までしてくれた。

そのせいだろうか。時雨の手に触れていると、何故かとても安心するのだ。

すると黙りこくっていた時雨がぽつりと言った。

「なんなんだ、お前」

「？」

「蛇とか、あやかしとか、肥えさせて喰うとか、いきなり聞かされたら、普通はもっと驚いたり怖がったりするものだろう」

「私だって驚いているわ。食べられるのは怖いし、混乱もしてる」

「嘘つけ。泣いて怯えて、俺のもとから逃げ出そうとすると思っていたのに、そんなそぶりが一切ないだろうが」

時雨がつっけんどんに言い放ち、強めに手を握ってくる。

確かに〝普通〟であれば怯えるかもしれないが――紗夜は困ったように首を傾げる。

「逃げようとは思わないわ。だって、ここがどこなのかも分からないのよ」

「ここは幽朧街だ」

「ゆうろうがい？」

「あやかしの街」

「あやかしの街があるのね。じゃあ、今いる場所は、あなたのお家？」

「俺の屋敷だ。以前は天狗の爺さんが住んでいたが、譲り受けた」

「天狗のお爺さん？　どんな方なの？」

「どんなって……妖力が高く、見た目は壮年の男の姿だ。白髪の爺さんの姿をしている時もある」

「うん、それで？」

「それで……妙に人の世話を焼きたがる、お節介なやつだ。暇な時は、やたらと足を運んでくるし……って、あの爺さんの話なんてどうでもいいだろう」

つらつらと語っていた時雨がつっけんどんに説明を打ち切ったが、紗夜は神妙な面持ちで頷く。

「その天狗のお爺さん、時雨にとって大切な方なのね」

「はぁ？　なんでそうなる」

「声色が少し柔らかかったから」

「気のせいだ。俺はなんとも思っていない。……ったく。なんで、こんな話になったんだ」

時雨がぶつくさと呟いている。

それに耳を傾けつつ、紗夜はふうと一息ついて彼の肩に頭を預けた。

情報量が多すぎる上、誰かとこんなに話したのは久しぶりで少し疲れてしまった。

時雨に凭れかかって寛ぐ体勢に入ったら「だから、お前な」と呆れた声が降り注ぐ。

「どうして、そんなに寛いでいるんだ」

「話しこんだら、疲れてしまって」

「危機感がないのか？　俺は蛇なんだぞ」

「……蛇が、どういう生き物か分からないの」

「何？」

「山や草むらにいる、細長い動物という知識はあるわ。だけど触ったことはないし、人づてにしか聞いたことがない」

「………」

「正直に言うと、こうして話ができるのなら、蛇も人も……あやかしですら、私には姿かたちが見えないから違いが分からないの」

紗夜にとって怖いか怖くないかの基準は見た目ではない。

自分に触れる手つき、放たれる言葉、それを紡ぐ声色――視覚以外の要素を繋ぎ合わせることで、信頼に値する相手なのかを判断しているのだ。

「だから人ではないと言われても、すぐに〝怖い〟とは直結しない。触れて確かめて、抱いた感覚と、その相手に何をされたか、のほうが重要なのかも」

「っ……」

「それに、あなたは私を必要だと言ってくれた。食べるため、って意味だったのかもしれないけど……誰にも必要とされないと思っていたから、あの言葉、とても嬉しかった」

声をひそめて言い終えるやいなや、繋いだ手を強く引っ張られた。

瞬く間に、時雨の腕が巻きついてきて息苦しくなる。

抱きしめられているのだと気づき、おそるおそる抱き返そうとしたが、それより先に時雨が身を引いてしまった。

「あっ……」

「やっぱり、お前は危機感がない」

時雨の声が遠ざかっていく。

「人間たちの手であんな目に遭わされて、こんなところまで連れて来られて、やむなく俺に抱かれたんだぞ。もっと泣き喚いて、恨み言を吐けばいいのに……俺の言葉が嬉しかったなんて、能天気なことを言いやがって」

「時雨……」

声のするほうへ手を伸ばしかけた時、ずず、と何かが畳をこする音がした。

ずる、ずる、と鈍い音とともに、先ほどまでは無かった圧迫感のようなものが部屋中を満たしていく。

すぐそこで息遣いを感じて、紗夜は直感的に理解した。

——何かが、いる。

それも部屋がいっぱいになるほど巨大な生物だ。

一瞬で緊張と怯えが全身を駆け抜け、さすがに尻込みしそうになったが、ここにいるのは自分と時雨だけのはずだからと意を決して尋ねる。

「……時雨なの？」

答えの代わりに、太い胴体らしきものが身体に巻きついてきた。きつく締めつけられるのかと身を硬くするが、緩やかに絡みついているだけで衝撃は訪れない。

紗夜は巻きついているものにおそるおそる触れてみた。鱗に覆われた表面はひんやりとしてつるつるしている。

――これ、もしかして蛇？

手触りを確認して怖くないと判断してから、紗夜はおもむろに両手を伸ばした。

「時雨……？」

ためらいながら息遣いのするほうに差し伸べると、人差し指と中指が硬いものにこつんと当たった。そこから手のひら全体を押し当て、大きく丸みを帯びた輪郭を確かめる。

――この触り心地には覚えがある。

社で死にかけた時、近づいてきた巨大な生き物に触れた時の感触と同じだ。

「これは……」

「俺の顔だ」

「わっ……！」

思いのほか近くから時雨の声がしたため、吃驚して声が出てしまった。

「お、驚いた……顔がここにあるの？」

「ああ。これが俺の本当の姿だ」

時雨が普通に応答してくれたので、紗夜は強張った身体の力を抜く。

顔だと言われた部分は丸くて、両腕を広げても余りあるほどの大きさのようだ。

しかし顔の造りや、実際どれほど大きいのかを調べる勇気はなく、とりあえず硬い表面を指でつつくだけに留めた。

「これが蛇なのね。こんなに大きなものが、山の中で暮らしているなんて」

「他の蛇はもっと小さい」

「そうなの？」

「こんなにでかいのがたくさんいたら、人間界は大騒ぎになるだろうが」

確かにそのとおりだなと、紗夜はつるつるの鱗を撫でて思う。

「それで、なんで怖がらないんだ。今の俺は、お前なんて一口で丸呑みできる。普通なら一目散に逃げ出すか、怯えて泣き出すかだぞ。村人もそうだっただろう」

言われてみれば、そうだった気がする。

紗夜は儀式の記憶を辿って顔を顰めると、緩く巻きついている蛇の胴体を撫でた。

「さっきも言ったでしょう。逃げないわ。……逃げたところで、行くあてもない」

「…………」

「はぁ……でも、急に大きなものが現れて、何かと思ったわ」

その身に触れたことで、時雨が本当に人ではないと実感できたが、緊張が解けてずるずると座りこんでしまう。病み上がりで話しこんだため身体もだるくなってきた。

傍らにある胴体にぐったりと凭れかかると、不機嫌そうな声が降ってくる。

「お前が寄りかかっているのは、俺の身体だぞ」

「……あ、ごめんなさい。邪魔だったかしら……立つわね」

「邪魔だとか、そういう意味じゃ……」

時雨が何かを言いかけたが、諦めたようにため息を吐いた。

「もういい。よく分かった」

そんな言葉とともに、傍らにあった巨大な気配が消える。

脱げた着物を手早く纏う音がしたかと思えば、長い腕が伸びてきて、ふらふらと立ち上がる紗夜を支えた。

「俺の本性を目の当たりにしても動じないとは。お前にとっては、本当に人もあやかしも関係ないんだな」

気が抜けた、と時雨がぼやくものだから、紗夜は苦笑した。

「さすがに、人ではないと言われたら驚きはするのよ。でも子供の頃から、なんとなくそういうものの存在は感じていたし……なにより、時雨は私の命を救ってくれた。傷つけたりもしない。だから、信じたいと思ったの」

「甘いな。俺はお前を喰うと言ったのに」

「だけど、今すぐではないんでしょう」

「……最初はあんなに怖がっていたくせに」

「あなたが何者か分からなかったし、急に交わると言われたら怖いわ」

「あれは応急処置だったんだ。他に手段があれば、そっちを選んだ」

だが、怖がらせるつもりはなかった。悪かったな、と。

彼は聞き取りづらい声で謝ると、ふらつく紗夜を抱きかかえて蒲団に寝かせてくれた。

ふかふかの掛け蒲団を顎の下までしっかりかけられて「白湯はいるか」とまで訊かれたので、思わず笑みが零れてしまった。

「ううん、ありがとう。……あなた、やっぱり優しいわ」

「お前は、やっぱり危機感がない」

心底呆れきった声だったが、はにかむ紗夜の額に柔らかなものが押し当てられる。

すぐに時雨の唇だと分かったため、蒲団の端から手を出し、彼の着物をくいと引いた。

「私が寝ても、側にいてくれる？」

「仕方ないから、いてやる」

「優しいのね」

「どこが。俺は優しくないんだが」

「存外、優しい男だ……って、前は言っていたのに」

「もう忘れた」

彼が着物を握る手をそっと解いて、さりげなく指を絡めて繋いできた。

ほら、こういうところだと、紗夜は思う。

時雨は最初からずっと彼女を労わり、慰め、まるで壊れ物を扱うように触れた。

だから蛇のあやかしだと言われても恐れが吹っ飛んで、手を握られただけで心臓の拍動がとくとくと速くなる。

蛇の姿の時も、その存在感には圧倒されたが、どこも傷つけられなかった。

――時雨の言い方だと、蛇って怖がられるものなのね。

紗夜には、見えないから怖いと思ってしまうことがたくさんあるし、そのせいで心身ともに傷つく時も多い。

しかし、ただ姿かたちを見ただけで怖がる、という事態は避けられるのだ。

「もう話は終わりだ。さっさと寝ろ」

「分かった。でも、最後にもう一つだけ聞かせて」

蒲団にもぐって眠る態勢に入り、紗夜は長々と息を吐いてから尋ねた。

「私が名乗る前から、名前を知っていたのはどうして?」

「儀式の時、村人たちが呼んでいたんだ」

時雨は平坦な声で応じて、またもや額に口づけてくる。

「もう休むんだ、紗夜」

名を呼ばれただけなのに、彼の声で紡がれると胸が疼いて、また鼓動が速くなった。

だが、同時にどこか懐かしい心地になるのは何故なのだろう。

紗夜は不思議に思いながら深い眠りに落ちた。

第三話　用心棒と甘味

あやかしが暮らす街、幽朧街は黒い山々に四方を囲まれた盆地の形をしていた。

昼の空は水色と桜色を混ぜ合わせたところに、水を垂らして滲ませたような淡い色合いだ。そこに彩雲がぽつぽつと浮かんでいる。

あやかしの街は各地に点在し、どこも独特な空気感があるものだが、とりわけ幽朧街においては建物のあちこちから吊り下げられた紅提灯が目を惹いた。

細い路地の軒先に至るまで、薄ぼんやりと光る紅い提灯がぶら下がり、風がなくても同じ方向に揺れている。その景観がなかなかに妖しげで美しいと有名なのだ。

幽朧街の目抜き通りには、妖狐が経営する廓《くるわ》や、たぬきの高級旅籠《はたご》が軒を連ねていた。

しかし、すべて素通りして郊外に出ると、東の山に向かって細い山道が伸びている。

その道を一刻ほど上った先に〝泉門屋《せんもんや》〟という老舗の湯屋があった。

山を切り開いて作られた湯屋は、とにかく湯殿が大きく、大型のあやかしであっても悠々と浸かれる広さだ。

傷によく効く泉質で、妖力の回復にも効果があると言われていた。

二階建ての母屋には湯殿があり、渡り廊下で繋がった別館は旅籠として併設されているので、幽朧街の外から泊まりがけで訪れる客も多い。

そのため、この湯屋では多種多様なあやかしを目にすることができるのだ。


時雨は腕組みをして、泉門屋の玄関の外にある太い柱に凭れかかっていた。

長身の体軀に烏色の着流しを纏い、一つにまとめて編んだ黒髪を右肩に垂らして、腰には一振りの太刀《たち》を佩《は》いている。秀麗な面立ちに細身ですらりとした立ち姿は、傍目には湯屋で女をひっかける色男といった風貌だ。

その出で立ちに目を惹かれる客は少なくないけれど、時雨の双眸を見た途端、大抵の者は視線をさっと逸らす。

切れ長かつ、瞳孔の開いた黄金色の瞳。滲み出る妖力の強さと相まって一瞥されただけでも畏怖を与えるその眼は、蛇の一族の証である。

蛇の種族は神格を得られるほど妖力の高い個体が生まれることがあるが、貪婪《どんらん》で凶暴な者が多いとされて、あまり好まれない。

時雨はそそくさと通り過ぎる客を気にせず、屋敷に置いてきた娘の顔を思い浮かべた。

――ここの湯は傷に効果があるんだったな。いずれ紗夜を連れてくるか。だいぶ動けるようになったし、貸し切り湯もあるからな。

ちらりと湯屋の玄関に目をやる。

古い邸宅の佇まいをした玄関には〝泉門屋〟と書かれた藤色の暖簾《のれん》がかかり、営業中は客足が途絶えることはない。

暖簾をくぐると、すぐ正面には大きな番頭台があり、そこに座っている毛むくじゃらな熊のあやかし――泉門屋の番頭、芳雲《ほううん》が応対する。

湯浴みならばその場で勘定して、宿泊ならば後払いになるので別館まで案内されるという流れであった。

時雨が指をとんとんと動かし、次々とやってくる客を眺めていたら、二足歩行で着物姿の猫又が暖簾をくぐって出てきた。

「ちょっと、時雨。そんなところで客に睨みを利かせるのはやめてくださいな。怖いからどうにかしてくれと苦情が来ているんですよ」

開口一番に甲高い声で叱りつけられて、時雨は顰め面をした。

「俺はここに立っているだけだ。睨みなんて利かせていないんだが」

「何度も言っているでしょう。おまえさまは目つきが悪いから、ただ立っているだけで客を怖がらせるんです。ほら、さっさと中へ入りなさい」

遠慮なくぴしゃりと言い放った猫又——泉門屋の女将で、時雨の雇い主でもある常盤《ときわ》が手招く。

常盤と昔馴染みである梧桐の紹介で、彼は現在、この湯屋で用心棒をしているのだ。

時雨はふうと息を吐き、常盤に続いて暖簾をくぐる。

「おまえさまのお蔭で乱暴者は寄り付かなくなったから、あたしもありがたいんですけどねぇ。ずっと玄関を見張る必要はありませんよ。何かあった時だけでいいんです」

「だが、他にすることがないんだ」

「湯殿の掃除なら、いつでも大歓迎ですよ」

「掃除は苦手だ」

「であれば別館の宴会場で配膳か、厨で料理を作るか、どちらかですねぇ」

「どっちも苦手だな」

「それなら文句を言わず、おとなしく芳雲の後ろに座っていてくださいな。でなければ営業妨害だと叩き出しますよ」

「……分かった、従うから」

半目でじとりと睨まれたものだから、時雨は両手を挙げて降参し、芳雲が座っている番頭台の後ろへ移動した。そこにはちょうど座れるほどの隙間があり、大柄な芳雲に隠れるため客側から時雨の姿が見えなくなる。

腰帯から太刀を抜き、おとなしく胡坐《あぐら》をかいて座ったら、じっと眺めていた常盤が満足そうに離れていった。

「はぁ……」

「気を悪くしないでくださいよ、時雨殿。小心者の客が多いだけであって、あなたに非はないんです」

番頭の芳雲が毛むくじゃらの顔を綻ばせながら振り返った。

芳雲は体格のいい熊のあやかしだが、厳つい見た目とは裏腹に、物腰が柔らかくて温厚だった。日頃からよく笑うため接客にも向いている。

「さっきみたいに目を光らせてくれていると、おかしな客が来ないから心強いですよ。でも、いかんせん客商売だから、苦情があれば無視できなくってね」

「分かってる。俺も気にはしていないし、ここでおとなしくしている」

泉門屋には様々なあやかしが訪れる。

たまに道理を弁えない連中が交じっていることがあり、時雨が用心棒として玄関横に立つのは一定の効果があった。

ただし、これまでも常盤に「ありがたいけど、怖いと苦情が来ている」と苦言を呈されて、そのたび番頭台の裏に座っていろと連れ戻されるのだ。

——さすがに、俺も雇われている身だからな。

周りにどう見られようが構わないが、雇用主の言葉には従わなければならない。この湯屋は俸禄がよく、紗夜が屋敷で生活を始めたから銭も必要だ。

客足が一段落した頃、台帳を閉じた芳雲が話しかけてきた。

「そういえば、時雨殿。紗夜殿は、だいぶ調子が良くなってきたそうですね」

「ああ。やっと寝床を出られるようになった」

この街に連れて来てから、紗夜は一ヶ月以上、寝こんだ。

時雨も休みをとって付き添っていたが、ようやく元気になってきて、話しこんでも疲れたそぶりを見せない。

——そのぶん、よくしゃべるようになった。

寺や村にいる時は、親しく話せる相手がいなかったようだが、明朗な性格もあってか積極的に意思疎通をしようとする。

盲目だからと卑屈な態度をとることもないし、むしろ人の手を借りずにできることは自分でやりたがっていた。

先日、夕餉を口元まで運んでやった時は、快復して羞恥心が出てきたのか顔を赤らめてそわそわと身体を揺らしていた。

あの反応は見ていて愉快だったなと、時雨は薄い唇に笑みを乗せる。

「しかし、時雨殿が若い娘さんを屋敷に住まわせるとは。しかも人間界から連れて来たなんて驚きですよ」

「言いふらすんじゃないぞ」

「しませんよ。ただ、妻から話を聞くので気になるだけです。紗夜殿は穏和で愛らしい娘さんだとか。仲良くなれて嬉しいと、妻も喜んでおりました」

芳雲の妻――雪柳《ゆきやなぎ》は人間の女性だ。

ある日、雪柳が幽朧街に迷いこんできたところを芳雲が保護して、心を通わせて夫婦の契りを交わしたのだとか。

幽朧街は、あやかしの街だが、まったく人間がいないというわけではない。

雪柳のように山中から迷いこんでくる時もあるし、あやかしと相思相愛になって婚姻を結んだり、人間に好意的なあやかしの庇護下で働いている者もいた。

そういった人間の共通点は、皆それなりの霊力を持っており、幼い頃から人ならざる存在に接してきた者たちということ。

「ですから、これまでどおり屋敷で妻を雇っていただいて感謝しています。この街では、人間が安心して働ける場所は限られていますからね。しかも、息子たちのお守りまでしてもらえて大助かりです」

「子供のお守りは、紗夜が好きでやっているようだ。あいつにとっても、いい気晴らしになるんだろうな」

時雨の屋敷はもともと梧桐の住居だが、別の棲み処へ移り住む際、勤め先を探していた雪柳に管理を任せたらしい。

時雨が屋敷を譲り受けたあとも、雪柳は通ってきて黙々と掃除をしていたものだ。

しかし紗夜を連れて来てから、雪柳にはしばらく粥だけ届けてもらっており、時雨が仕事に復帰したあとは再び屋敷の家事をこなすついでに、二人の息子まで連れてくるようになったというわけだ。

ちなみに息子たちは子熊の姿をした半妖で、元気いっぱいのやんちゃ坊主だ。

お蔭で屋敷が賑やかになり、紗夜もずいぶん楽しそうである。

「時雨殿も、もし私に何かできることがあれば言ってください」

「そうだな……ならば、さっそく一ついいか。貸し切り湯の予約を取りたい。今日、明日じゃなくていいが」

「お安い御用ですよ。貸し切り湯ですね」

芳雲がぱらぱらと予約の台帳を捲り始めた。

「木々に囲まれた山側と、川が見える川側と、どちらがいいです?」

「どちらが人気なんだ」

「川側ですね。川の音を聞きながら湯に浸かるのは趣があるんだとか。直近で予約を入れられそうなのは二十日後になりますね」

「じゃあ、そこで頼む。勘定は当日でいいな」

「はい。もしや紗夜殿を連れてくるんですか？」

「まぁな」

「仲がよろしいですな。別館の部屋も空いていますが、取っておきましょうか」

「茶化すな。部屋は取らなくていい」

時雨の屋敷は、泉門屋から走って半刻の場所にある。部屋を取るまでもない。

大らかに笑う芳雲に、時雨が顰め面を向けた時だった。

新たな客が暖簾をくぐって入ってきた。湯上がりに玄関近くの廊下を通った客が、その姿を見て「うわっ」と声を上げたので、時雨も玄関口へと目をやる。

そこには深編笠《ふかあみがさ》で顔を隠した男が立っていた。人型をとっているが、深緑の着物から覗く腕には赤黒い縄みたいな痣《あざ》がある。

あやかしは妖力の強さと、その妖力がいかに美しく澄み渡っているかが個々の魅力と比例する。

男は身に纏う妖気こそ強いが、それは淀んでいた。

もともと青く澄んでいる水に、赤、黒、黄……と、あまりに雑多な色を混ぜこんだせいで、元の色が分からなくなったかのような濁りである。

他の客たちの怯えを感じ取り、時雨は太刀を持って立ち上がった。芳雲の後ろから出て、そこに佇む深編笠の男のもとへ歩み寄っていく。

「お前、空木《うつぎ》だな」

見知った相手だったので声をかけると、男が深編笠を持ち上げた。

「……時雨か？」

そう呼び返してきた男は涼やかな面立ちだが、顔色は悪く、頬には赤黒くて丸い甲殻みたいなものが点々と張りついていた。口元からは大きな二本の牙まで見える。

「あれ、まさか蟲《むし》じゃ……」

「間違いない、蟲だよ。近づかないでおこう」

遠目に見ていた客たちが口元を手で覆い、ひそひそと話しながら離れていった。

それを横目に、時雨は深編笠をとった男――空木に尋ねる。

「いつ幽朧街へ戻ってきたんだ」

「数日前。行商の仕事で」

「ここへは湯を浴びにきたのか」

「うん、貸し切り湯へ。時雨は、相変わらず、湯屋で働いているんだな」

牙のせいで話しづらいのか、空木のしゃべり方はゆっくりで、少しぎこちない。

「まぁな。貸し切り湯の予約は取ってあるのか」

「うん」

「それならいい。面倒ごとは起こすなよ」

念のため空木が湯屋の客であると確認してから、時雨はそっけなく会話を終える。

番頭台の後ろへ戻ろうとした時、時雨を見つめていた空木が口を開いた。

「時雨、その太刀」

「太刀?」

「前は、持ってなかった」

「天狗の爺さんにもらったんだ。鬼が打った浄化の太刀だと」

「天狗? どこの?」

「どこの天狗だろうが、お前には関係ないだろう」

「知りたい」

「しつこいぞ」

時雨はかぶりを振り、何か言いたげな空木を無視して元の場所へ戻った。

空木も諦めたように口を噤み、番頭台で勘定を済ませると廊下の向こうへ消えていく。

その背を目で追うと、一部始終を見ていた芳雲がちらりと視線をくれた。

「あのお客さん、蟲の一族ですね。知り合いなんですか?」

「まぁな。ちょっとした因縁がある」

「それは訊いてもいい話ですか？」

「知りたければ話すが、たぶん聞かないほうがいいぞ」

時雨は太刀を肩に立てかけて、きょとんとする芳雲に皮肉たっぷりな笑みを向ける。

「気分が悪くなって、飯が喰えなくなるかもしれないからな」

◆

紗夜は昼餉《ひるげ》の握り飯を頬張り、もぐもぐと咀嚼した。中には梅干しが入っていて塩気もちょうどよい。

黙々と食べ進めていると向かい側から女性の声がした。

「紗夜さん。食べやすいように握り飯にしてみたんだけど、どうかしら」

柔和でおっとりとした声の主は、雪柳という人間の女性だ。時雨が仕事へ行っている間、掃除や洗濯といった家事をしに来てくれている。

床で臥せっている時、毎日粥を作って持ってきてくれたのは彼女だったそうだ。

紗夜は梅干しの種をそっと出して頷いた。

「これなら食べやすいです。箸で食べると、落としてしまう時があるので」

「じゃあ、これから昼餉は握り飯にしましょう」

雪柳の言葉が終わるやいなや、右手のほうから子供の甲高い声がした。

「あ、兄ちゃん！　それは、ぼくのおにぎりなのに」

「お前、のこしていただろ。食べないなら、おれが食べる」

「あとで食べるんだよ。かえして」

「うるさいな」

「こら！　食事中に喧嘩しないの！」

雪柳に叱られて、二人の子供たちはぶつくさと文句を言っている。

彼らは双子の兄弟で、やんちゃな兄は凪《なぎ》、おっとりとした弟は紺《こん》という。

賑やかなやり取りを聞いて、紗夜は口元を綻ばせた。

雪柳は人間だが、夫は時雨と同僚のあやかしで、凪と紺は半妖なのだとか。

――あやかしと夫婦になって一緒に暮らす人がいるなんて、これまで想像したこともなかったわ。

種族や寿命の差以外にも、きっと大変なことはあるだろうが、そういった壁を乗り越えて想いを交わすこともあるのだなと少しときめいたのは内緒の話である。

「騒々しくて、ごめんなさいね」

「いいえ。時雨がいないと屋敷が静かなので、賑やかだと嬉しいです」

凪と紺が屋敷へ来るようになったのは、雪柳に子供を預ける場所がないと打ち明けられて、ならば一緒に連れてきたらどうかと提案したのがきっかけだ。

人懐こい双子は興味津々で紗夜にも話しかけてくれて、今では縁側で共に日向ぼっこをしたり、拙《つたな》い口調で会話をしたりする。

——賑やかでいいけど、時雨が側にいないのは不思議な感じがする。

療養中は、朝から晩まで彼と一緒だった。

だから寝床を出られるようになった時、時雨に仕事へ行くと切り出されて「時雨も働いているんだ」と一驚してしまった。

よくよく考えてみれば、あやかしの街にも営みはあるだろうし、働いて銭を稼ぐという感覚は人間と同じなのだろう。

ちなみに何の仕事をしているのか尋ねたら『湯屋の用心棒だ』と返ってきた。

——なんとなくだけど想像できるわ。

仕事へ行く時は太刀も携えているようで、皆に怖がられるという蛇の特性を生かしているのかもしれない。

紗夜は一人で想像を膨らませながら握り飯をぺろりと食べ終えた。

午後は縁側に座り、日向ぼっこをして過ごした。

散歩できるほどには回復していたものの、すっかり体力が落ちていて、あまり動きすぎると微熱が出る。

そのため時雨に「しばらく何もせずに休んでいろ」と厳命されたのだ。

ぽかぽかとした日射しを浴びていると眠たくなって、紗夜は小さな欠伸をする。

あまりに平穏すぎるので自分が死にかけたことや、ここがあやかしの街であることも忘れてしまいそうだった。

――でも、自分の状況を忘れてはいけない。時雨は、私を太らせて食べるために連れてきたと言っていたんだから。

といっても、本気で彼女を食べるつもりなのかは怪しいところである。

一応、動けるほど回復したら餌扱いされるかもしれないと覚悟していたが、時雨の態度は変わらなかった。壊れ物を扱うように紗夜に触れて、就寝時になると蒲団にもぐりこんできて添い寝をする。

時雨の腕に包みこまれると夢見がよく、朝までぐっすり眠れるし、目覚めると「起きたか、紗夜」と気だるげに挨拶されるのだ。

そのお蔭か、時雨のもとへ来てから寂しいと感じることはなくなった。

屋敷の暮らしも気を張る必要がなく、いつまでもいたいと思えるほどに心地いいから、すでに帰る場所のない紗夜にとって心の拠り所になりつつあった。

そして時雨の存在も、特別なものになり始めていたが——。

——だからこそ、食べるための餌としてみなされているんだったら笑えないわ。

相手は蛇のあやかし。人の道理とは違う考え方のもとで生きている。

紗夜には人とあやかしの差を識別するのが難しいが、時雨が交わりや接吻を用いて相手を回復させることや、蛇の姿をとることは知っていた。

他のあやかしも面妖な力を使い、見た目が人ではない場合も多いそうだ。

実際、凪と紺は四つ足の子熊の姿をしているが言葉を話すし、雪柳に人を喰うあやかしがいるのかと尋ねた時も「恐ろしいことだけれど、そういう事例もあるわね」と小声で教えてくれた。

——私はどうしたらいいのかしら。

時雨には命を救われた恩がある。

だからといって、餌みたいに食べられてしまうのは嫌だった。

それに時雨の態度からは、もしかしたら紗夜のことを特別に想ってくれているのではないかと思えてしまうのだ。

自惚れてはならないと戒めようにも『お前を必要としている』と言われ、さりげなく額や頬に口づけをされる時もあり、治療と称して接吻までされていたら何も感じるなといううほうが難しい。

ただ、そうは言っても、出会って間もない紗夜を特別扱いするなんて、よほどの理由がなければあり得ない。食べるための餌と言われたほうが、まだ納得できる。

——でも、一つ気になることはある。時雨は以前から私を知っていたのかもしれない。言動の端々からそう感じているが、今は疑惑の域に留まっていた。

——いずれにせよ、時雨の本心はもう一度、きちんと確認したいわ。

ひとしきり考えこんでいたら庭先から凪と紺の走り回る足音がした。取っ組み合いをしているのか歓声まで聞こえる。

庭の掃き掃除をしていた雪柳が「騒がしいからやめなさい！」と叱る声が響いた。

「紗夜～。母上にしかられた」

「ぼくたち、あそんでいただけなのに」

双子の声が近づいてきて、縁側に乗せてくれと着物の裾を引かれた。

紗夜は笑って前屈みになり、足元にいる子熊を一人ずつ持ち上げて縁側に乗せてあげる。

途端にじゃれつかれて膝や背中によじ上られそうになって、また雪柳の「こら！」という声がした。

「大丈夫ですよ、雪柳さん」

苦笑してから背中に上ろうとする元気のいい子熊たちを下ろしてやる。

あやかしは時雨みたいに人型をとることも多いそうだが、子供の頃は大抵、獣の姿をしているらしい。

凪と紺も四つ足で歩き、だいたい小型犬くらいの大きさだ。鋭い爪を持つが普段は引っこめていて、柔らかい体毛は少しちくちくしているものの手触りはよい。

「いきなり上られると驚いてしまうから、次からは声をかけてくれる？」

紗夜の腕の下に頭を入れて、膝に乗ろうとする子熊たちにお願いすると「分かった！」と元気な返事が重なった。

「紗夜は目が見えないもんな。びっくりするよな」

「ちゃんと声かけるよ」

「ごめんなさいね、紗夜さん。この子たち、あなたのことを遊び相手だと思っているみたいで」

「いいんです。こんなふうに懐いてもらえて嬉しいですよ」

毛並みに沿って撫でてあげていると、眠くなってきたのか双子はおとなしくなる。

これまでは子熊どころか、人間の子供であっても触れ合う機会がなかった。

盲目だからと距離を置かれることもなく、純粋な好意を向けられるのは嬉しいものだ。

雪柳が掃いた落ち葉をまとめて運んでいく音がする。

じゃりじゃりと土と砂利を踏む足音と、木の葉のこすれる乾いた音に耳を澄ませていたら、右手の下から眠たげな凪の声がした。

「紗夜って、いい匂いがするな」

「いい匂いって、どんな匂いなの？」

「母上の匂いと似ていて、おいしそう。会ったときから、おもってた」

「ぼくも、おもってた」

「おいしそうってことは、ご飯の匂いみたいな感じかしら」

「似たかんじだけど、なんていうか……かじりたくなる」

「そう、かじりたい。かじらないけどね」

もしかしたら、あやかしにとって人間はいい匂いがするのだろうか。

時雨も紗夜からうまそうな匂いがしたと言っていた気がする。

——おいしそうな果物を前にしたら齧りたくなる、みたいな感覚なのかも。

眉根を寄せて考えていたら、凪が不思議そうに続けた。

「だけど、はじめて会ったときとは、ちょっと匂いがちがう」

「どういうこと？」

「うーん……たぶん、蛇の匂いがするのかな」

「蛇ということは時雨の匂いかしら。一緒に暮らしているから、それで匂いがついたのかもしれないわね」

凪と話していたら、紗夜の脇腹に顔を押しつけていた紺がおっとりとした口調で言う。

「うん。これ、蛇の匂いだよ。ぼく、蛇はあんまりすきじゃない。目がこわいんだ」

「そうなの？」

「うん。にらまれると身体がびくってするんだ」

「おれも。蛇はこわいし、時雨もこわい」

凪が欠伸交じりに相槌を打ったので、紗夜はことりと首を傾げた。

「時雨のことは怖がらなくても大丈夫だと思うけど。優しいのよ」

「やさしくないよ。ぼくたちのこと持ち上げて、じゃまだからあっち行けって放り投げるんだ。ちょっと楽しいけどね」

「そうそう。紗夜にくっつきすぎるなって、足を掴んでぶら下げたりもするし。まぁ、ぶらぶらされるのも、ちょっと楽しいけどね」

「もしかしたら時雨なりに遊んでくれているんじゃない？」

「「それはぜったいちがう」」

双子の声がきれいに重なった。

紗夜がきょとんとした時、雪柳が庭先へ戻ってくる。

「あなたたち、昼寝するならお蒲団を敷くから、そっちで寝なさいな。紗夜さんがゆっくり休めないでしょう」

雪柳の声がぐっと近くなり、ごそごそと音を立てながら家から持参した双子用の蒲団を縁側に敷いた。紗夜にくっついている息子たちを一人ずつ引き剝がして寝かせる。

ほどなくして、傍らから寝息が聞こえ始めた。

ぽかぽか陽気が心地いいのか、あっという間に寝入ったのだろう。

「紗夜さん、お茶を淹れましょうか。街で買った甘味も持ってきたから、よければ一緒にどう？」

「はい。いただきます」

「じゃあ、ちょっと待っていてね」

雪柳が廊下の床を軋ませて遠ざかっていく。厨へ向かったようだ。

気が利く女性だなと感心しつつ、紗夜は右耳に触れた。厨で動き回る足音とともに、土瓶を火にかける音がする。お盆にのせられた茶器がかちゃんと鳴った。

雪柳がどこにいて、何をしているのか。

静謐な屋敷内には音がよく響くため手に取るように分かった。

耳に手を当てたまま意識を集中していたら、今度は庭のほうから落ち葉が地面に落ちたのか、かさり、という音がする。掃き掃除をしたばかりなので庭に枯れ葉は残っていないはずだ。

ならば屋敷の敷地の外にある木から、枯れ葉が落ちた音だろうか——。

その時、廊下の床がぎしっと軋んだ。

「紗夜さん、湯が沸くまでしばらく時間がかかりそうなの。先に甘味を持ってきたわ」

横から聞こえた雪柳の言葉で、紗夜ははっとして集中を解く。

「ありがとうございます。甘味って何ですか？」

「草団子よ。串に刺さっているから食べやすいと思うわ」

「わぁ。今まで、あまり食べる機会がなかったので嬉しいです」

寺の食事は質素で、甘味をもらえるのは正月だけだった。

冷泉家に行ってからは白米に汁物、おかずに香の物と栄養ある食事が出たが、そこに甘味は含まれなかった。

紗夜は手渡された団子を頬張り、顔を綻ばせる。

もぐもぐと口を動かしながら耳を澄ませると、また庭の向こうから、かさりと葉の落ちる音が聞こえた。


雪柳はいつも昼頃にやって来て、夕暮れ前に帰っていく。今日も食事を作り置きして、日が落ちる前に帰っていった。

一人になった紗夜は時雨が帰宅するまで、大抵は部屋で過ごす。

しかし、いつもより体調がよかったので、誰もいないのをいいことに屋敷の間取りを把握しようと思い、壁伝いに廊下を歩き回った。

一階には厨と湯殿、庭に面した南向きの居間があり、廊下を挟んだ向かい側には朝日の射しこむ東の間があった。

紗夜が生活しているのは、その東の間だ。蘭草の香りがして、だいたい八畳ほどの広さがある。室内に置かれたものは蒲団が一組と鏡台がついた化粧箱、大きな箪笥《たんす》。その中には女性ものの着物や浴衣が揃えてあった。

時雨から、どれも好きに使っていいと言われたので、ありがたく借りている。

――以前も女性がここで暮らしていたのかもしれない。時雨か、もしくは前の家主だっていう〝天狗のお爺さん〟と関係のある人が。

一階の探索を終えて、二階へ続く階段の戸を見つけ出したが、段差に触れると埃が積もっていた。古びた匂いもするので今は使われていないのだろう。

――てっきり、時雨の部屋は二階にあると思っていたわ。

彼は屋敷にいる時、いつも紗夜の部屋で過ごすが、着替えを置いておく部屋は別にあるようだ。それが二階ではないとすると――。

壁に沿って廊下を進み、東の間とは正反対にある西の間へ辿り着く。

「入るわね」

部屋に入るなとは言われていないが、念のため一声かけてから入室すると、壁際に箪笥があった。広さは六畳ほど。蒲団はないが文机と書物が何冊か置かれていたので、もしかしたら、ここが時雨の私室かもしれない。

――時雨は何を読むんだろう。

書物を手に取り、ざらついた表紙に触れた。硬い紐で綴じられており、寺の書庫に保管されていた書物とよく似た古びた紙の匂いが鼻をつく。

――そういえば子供の頃、母が民話の書を持っていて、私も自分で読んでみたかった。当時は幼かったから、いずれ目が見えるようになるんじゃないかと思っていた。成長してから思い出すと、なんだか切なくなるけれど。

紗夜は書物を元の場所に戻し、探索を終えて庭と接する縁側へ出た。

この屋敷は山の中腹にあるらしく、昼は暖かいが、日が落ちると小袖一枚では少し肌寒い。雪柳が落ち葉を掃いていたのを鑑みても、だいたい秋の気候だろうか。

――あやかしの世界にも季節があるのね。

沓《くつ》脱ぎ石に揃えてあった草履をひっかけて、庭先で外の音に耳を傾ける。

寺にいた頃、秋の山は賑やかだった。夏の余韻でまだ虫の鳴き声が多く、冬を控えた動物が動き回り、大地は着物を纏うかのごとく落ち葉で覆われる。生き物が動くたび、かさかさと音が鳴るのだ。

──ここも、自然の音は変わらない。

秋風に木の梢が揺れて、まるで秘密の話でもしているかのように、こすれ合った葉がさわさわと音を立てる──この秋風の響きを爽籟《そうらい》というのだと、前に住職が教えてくれたことがある。

紗夜は視覚で季節の変化を知ることはできないから、時節によって呼び方が変わる風や雨、雪といった気候にまつわる言葉の響きが好きだった。

聴覚を研ぎ澄ませていた時、不意に誰かの足音が聞こえた。

遠くのほうから、たっ、たっ、と一定の速度で地を蹴る音が近づいてくる。

この力強い足音は、おそらく──。

「時雨？」

耳に手を当てた時には足音がすぐそこまで迫っていて、紗夜の目の前で止まった。

予想どおり、時雨のため息交じりの声が降り注ぐ。

「どうして庭に突っ立っているんだ」

「おかえりなさい、時雨。屋敷の探索をして、外の音を聞いていたの」

「とっくに日は暮れているんだぞ。明かりもつけていない」

「明かりは必要ないから」

「必要かどうかの問題じゃない。こんな暗いところにぼんやりと立っていたら、変なあやかしが寄ってくるかもしれないだろうが」

時雨が小言を口にしながら何かをごそごそと取り出して、紗夜の肩に厚手の上着をかけてくれた。

「これは……」

「冬用の半纏だ。これから寒くなる。日が落ちたら冷えこむし、それでも着ていろ」

「もしかして買ってきてくれたの？」

「たまたま呉服屋へ寄る用事があったから、ついでにな」

「そうなのね。ありがとう」

――これを買ってきてくれたということは、少なくとも冬まではここで生活してもいいってことね。

紗夜は冬用の半纏に包まって笑みを浮かべる。

「屋敷の探索をしていたと言っただろう。ずいぶん体調がよさそうだな」

「ええ。今日はだいぶいいの」

「ならば、少し出かけてみるか」

いきなり時雨の腕が膝裏に回されて、ひょいと持ち上げられたので爪先が浮いた。

突然のことに吃驚して「わっ」と声が出てしまい、咄嗟に手を伸ばしたら彼の身体がすぐそこにあったため胸がどきりとした。

「街へ行く。掴まっていろ」

「今から？　もう日が暮れたんじゃ……」

「ここは、あやかしの街だぞ。夜行性のやつも多いし、夜のほうが街の通りは賑やかだ。距離もそう遠くない」

くっくっと時雨の笑い声が聞こえて、また胸がどきりと鳴る。

――彼の笑い方、好きかもしれない。

喉の奥を低く鳴らし、ほんのり意地悪な雰囲気がありつつも、落ち着きのある笑い声が耳に心地いい。

そんなことを考えていたら額に柔らかいものが押し当てられた。

時雨の息遣いを近くで感じ、さりげなく口づけられたのだと気づいて心臓がとくとくと鳴り始める。

胸に手を当てて鼓動を鎮めていると、時雨が「行くぞ」と駆け出した。


山を下りて街に入った途端、時雨が速度を落として歩き出し、めまぐるしく様々な音が耳に飛びこんできた。

「ここが幽朧街の目抜き通りだ」

目抜き通りというだけあって、かなり大きな通りなのだろう。

雑踏の真っただ中にいるかのようなざわめきに、あちこちから笑い声が聞こえる。

「ふうん、ここが……あ、自分で歩くから下ろして」

「今日は俺が運ぶ。はぐれたら困るだろう。本調子でもないし、じっとしていろ」

「……そうね、分かった。じゃあ、よろしくお願いします」

知らない土地を歩くことは、かなりの気力と体力を消耗する。

無理して迷惑をかけても本末転倒だし、時雨は紗夜を抱えて移動しても平然としているので、ここはお言葉に甘えることにした。

囃子《はやし》か相撲でも行なわれているのか、遠くで拍子木がかんかんと鳴っていた。

これまで嗅いだことのない様々な匂いが混じり合っていて、山の獣に近づいた時に鼻をつく野性味ある匂いもする。

紗夜は耳に手を当てて音と匂いに集中しようとしたが、誰かとすれ違うたびにうなじがぴりぴりしたので首を傾げる。

しかし、その違和感を解明する前に、耳からの情報量が多すぎて額を押さえた。

四方八方から聞こえる足音、話し声、笑い声、怒声、やたらと響く甲高い拍子木……強烈な音の奔流が耳に流れこんで気分が悪くなり「うっ」と呻き声が漏れる。

「紗夜？」

「……ごめんなさい。どこか、静かなところへ行って」

両手で耳を塞いで「音がうるさすぎるの」と訴えたら、時雨が歩調を速めた。

裏通りに入ったのか喧騒が遠ざかり、鼻梁に皺を寄せていた紗夜は胸を撫で下ろす。

「ありがとう。音が遠くなったわ」

「悪い。気が回らなかった」

「ううん、平気よ。ただ賑やかで、びっくりしてしまっただけなの。あんなにたくさん人がいるところへ行ったのは初めてだったから」

「初めて？」

「ええ。寺は静かだったし、村で暮らしていた時も外出は許されなかったの。だから色んな音が聞こえてきて驚いたわ」

苦い笑みを浮かべて説明した時、時雨が身体を横へずらした。向かいからやって来た誰かを避けたのだろう。

するとまたうなじがぴりぴりしたので、紗夜は首に手を当てた。

「どうした？」

「さっきから首が変な感じがするの」

まだおかしな感覚が残っているうなじを指で示す。

寒かったり、恐ろしいと感じたりした時に鳥肌が立つ感覚とよく似ていると説明したら、あっさりと答えが返ってきた。

「妖力を感じ取っているんだな。俺以外のあやかしに会ったことがなかっただろう」

「でも、凪と紺は？　あの子たちと会っても何も感じないのよ。時雨に対しては気にしたこともなかったし」

「あの子供らは半妖だ。子供の頃は妖力が弱く、人間とさほど変わらない。俺の妖力については耐性があるんだろう」

――妖力の耐性って、まさか……。

心当たりがあったので頬がじわじわと熱くなっていく。

「社で俺と会った時は、それどころじゃなかったしな」

「確かに、そうかも……」

「気にせずとも、そのうち慣れる」

それからしばらく時雨は黙々と歩いた。大通りの賑やかさが遠くで聞こえ、あたりには寺でよく焚かれていた白檀《びゃくだん》を連想させる香りが漂っている。

「ちょいと、そこの蛇のお兄さんとお嬢ちゃん。寄って行かないかい？」

右側からしゃがれた老婆の声がしたけれど、時雨は立ち止まりもしなかった。

「蛇のお兄さん、って時雨のことよね。見ただけで、蛇のあやかしだと分かるのね」

「妖力の気配で分かることもあるし、俺たちは特徴的な瞳をしているからな。ちなみに、さっきの声は茶屋の客引きの婆さんだ」

「茶屋って、お茶を出すの？」

「そういう茶屋ではなくて、男が女を連れこむ場所のことだ」

「えっ？　……あっ、そうなの……茶屋って、そういう意味もあるのね」

「寺育ちのお前には無縁の場所だっただろうな」

「……ええ。一つ勉強になったわ」

寺では耳にしなかった知識なので感心しつつも頬が薄《うっす》らと熱くなった。

すると紗夜の反応に目敏く気づいたらしく、時雨が意地悪そうに声を低める。

「興味があるなら、婆さんのいる茶屋まで戻るが」

「戻らなくていいわ。興味もないし……」

「そうか？　ありそうな顔をしているぞ」

そう言って本当に身体の向きを変えたので、紗夜は止めなければと慌てふためき、咄嗟に彼の肩に垂れている三つ編みを掴んでしまった。

「時雨、まさか本気で戻ってる？」

「いいや。ただ角を曲がっただけだ。そんなに焦るな」

愉快そうな口調でからかわれて頬の火照りがますます強くなったが、時雨の三つ編みを握ったままだと気づいて慌てて離す。

「ごめん。手に触れたから握ってしまって」

「別に構わない。好きな時に触り、好きなように握っていろ」

「……いいの？」

「ああ。そのほうがお前も落ち着くんじゃないか」

——落ち着く？

よく分からないが許しをもらったので、紗夜はもう一度、彼の三つ編みに触れた。引っ張らないよう両手に包みこんでみると、確かに〝時雨がここにいる〟と実感できて落ち着く気がする。

「髪は自分で編んでいるの？」

「ああ。こうして編めば蛇のようだろう。邪魔にもならないし、気に入っているんだ」

「そういうことなのね。三つ編み、とても上手だわ」

きっちりと編まれた三つ編みを褒めたら、時雨が喉を鳴らして笑った。

ほどなくして飲み屋や食事処が立ち並ぶ通りに出たのか、食欲をそそる料理の匂いと馥《ふく》郁《いく》たる酒気が鼻腔を満たした。

「このあたりは食べ物の店が多そうね」

「いい読みだ。もう着くぞ」

「着くって、どこに……」

皆まで言い終わる前に時雨が暖簾をくぐって「いらっしゃーい」と若い娘の声がする。

「汁粉を一つ。あと、煎茶を二つ。外にいるから、そっちに運んでくれ」

「はぁい。かしこまりました～」

再び暖簾をくぐって外に出ると、紗夜は木の長椅子に座らせてもらい、ぐるりと顔を巡らせた。あたりには香ばしいお茶の匂いが漂っている。

目の前をあやかしが行き交っているのか、またうなじがぴりぴりした。

目抜き通りほど混み合っていないけれども食べ物屋がある通りだから、それなりに人通りはあるのだろう。

「お茶のいい匂いがする」

「ここは茶葉を取り扱っている店だが、店内で茶や甘味を出しているんだ」

「じゃあ、さっきの店と違って、本当にお茶を売っている、という意味の茶屋なのね」

「そうなるが……なんだ、やっぱり〝茶屋〟に興味があるんじゃないか」

時雨が隣に腰を下ろし、前振りもなく冷たい手のひらで紗夜の頬を撫でていったので背筋が伸びてしまう。

「っ、時雨……あまり、からかわないで」

「分かったよ。お前の反応を見るのは愉快だから、つい」

声色が明るくなり、にやりと笑っていそうな口ぶりである。

きっと意地悪をしているんだなと胸中でぼやいた時、先ほど出迎えてくれた娘が「お待たせしました～」と汁粉とお茶を運んできた。

「俺は腹が減っていないから、お前が喰え。前に甘いものが好きだと言っていただろう」

「覚えていてくれたのね」

「まぁな。夕餉もまだ喰っていないはずだ」

「ええ。では、お言葉に甘えていただきます」

せっかく連れて来てもらったので、紗夜はありがたく両手を合わせてから椀を持ち、小さな匙で食べ始めた。

寺にいた頃、汁粉は冬場に出た。正月は入っている餅の量が多くて嬉しかったものだ。ここの汁粉は餡子が甘めで白玉を用いているらしい。柔らかく、つるんとした食感が格別においしい。

甘味を堪能している間、時雨はしゃべらなかったが横から視線は感じていた。

和やかな空気の中で汁粉をぺろりとたいらげると、紗夜はお茶を飲みながら口を開く。

「時雨、改めて訊きたいことがあるんだけど」

「何だ」

「私を助けてくれた理由のこと。太らせて食べるために連れて来たと言っていたでしょう。あれが本気かどうか確かめたくて」

数秒の間があり、時雨が「ああ、そのことか」と独り言みたいに呟いた。

「確かに、そんなことを言ったな。……で？　俺が本気だと言ったら、どうするんだ。おとなしく喰われるのか」

「……正直、食べられてしまうのは嫌よ。だから、もし本気で食べられそうになったら『私を食べないで』とお願いすると思う。代わりに、お礼をするわ」

「礼？」

紗夜はこくりと頷き、真摯な口調で続ける。

「時雨が望むことをする。体調が万全になってからになるけど、家事や労働でいいのなら雪柳さんに教えてもらって、ここでのやり方を覚えるわ。働きに出ろと言うのなら試してみる。他にも、私にできることがあれば、何でも――」

「それ以上は言うな」

強めに遮る時雨の声が冷たくなったので、紗夜ははっとして湯呑みを置いた。いつも閉じている瞼をぱちりと開け、見えない双眸を時雨のほうへ向ける。

「今、何でもすると言いかけただろう。それは、もう口に出すな」

「……もしかして、気に障った？」

「いいや。だが、お前が何も分かっていないから警告している」

時雨が身を乗り出したのか重低音の声が近づいてきた。生ぬるい吐息が頬を掠め、耳の横まで移動していく。

「死んだほうがましだと思うことを要求されるかもしれないだろうが。俺はあやかしだぞ。そして――その中でも、ひときわ貪婪と言われる、蛇だ」

耳に吹きこまれた言葉には威嚇するような棘があった。空気がぴりっと張りつめる。

紗夜が固まっていると、冷たい指で目尻をそっと撫でられた。

「俺は欲深いからな。お前に何かを要求したとして、それを手に入れたとしても、もっとよこせと食らいつくぞ」

「………」

「だから、本気で何をされてもいいという覚悟がなければ、何でもするとは言うな」

彼の言葉は警告というより脅しに近かったが、どことなく叱りつける響きがある。

聞き入っていた紗夜は、わずかに両眼を細めた。

――私はただ、それくらい感謝していると伝えたかったんだけど。

しきりに目元を撫でている時雨の手に触れると、思いのほか強い力で握られる。

「……分かった、もう言わない。でも、お礼をしたいと思っているのは本当なの。今日だってご馳走してもらったし、何もしないでお世話になるのは心苦しいから」

「そんなことは気にしなくていい。お前を助けたことで、俺は価値のあるものをもう手に入れた」

「？」

「今は、十分すぎるほどの見返りだってもらっている。――お前の、知らないところで」

時雨が繋いでいた手をほどき、ひんやりとした指先で耳の後ろをくすぐっていった。

紗夜は音に敏感なぶん、耳の近くだと反応しやすいため身体が勝手に跳ねる。

「んっ……」

耳朶を摘まれて、指の腹ですりすりと撫でられると変な声が出そうになり、紗夜は急いで口元を覆った。

「時雨。その触り方、やめて」

「何で？」

「ちょっと、くすぐったいから」

むずかる猫みたいに首を振ると、耳を弄っていた手は離れたが、代わりに腰を抱き寄せられる。肩がぶつかるほど近くなったので心臓の鼓動が跳ね上がった。

――時雨って、やっぱり距離が近いわ。当たり前のようにこういうことをするもの。

顔の火照りを自覚しつつも眉根を寄せたら、時雨が続けざまに言った。

「あ、それと、お前のことは喰うつもりはないからな」

「!?　……だったら、どうして食べるなんて言ったの？」

「どうしてって、まず、お前の反応を見たかったのと」

愉快な反応をするから、という意味かと思ったけれども、時雨の口調は殊の外、真剣みを帯びていた。

「実際、俺は蛇だから、うまそうなものを喰うためだけに行動したりもする。それを知らしめておきたかったのと、もしもお前が怖がって逃げようとするなら……俺も、それなりの対応をしなければならないと……」

時雨が途中で言い淀み、紗夜のうなじにそっと触れてきた。

あやかしの妖力を察知して未だにぴりぴりとした感覚が走るそこを撫でると、彼は憂いの息を吐く。

「……まぁ、そういうことだ。お前はとりあえず早く元気になれ。話はそれからだ」

質問を重ねようとする紗夜の唇を指で押さえて、時雨がやや早口で言った。

「汁粉は食べ終えただろう。茶を飲み終えたら帰るからな」

彼は半ば強引に会話を打ち切ってしまう。

どうして言葉を濁したのか気になるし、餌として食べるつもりがないのならば、何故助けてくれたのか。

いくつか疑問が湧いたが、時雨が今ここで話を続けるつもりがないというのは分かったので、紗夜は戸惑いつつも「うん」と頷く。

「だけど、あと一つだけ教えてほしいの。今後の生活のことで」

「言ってみろ」

「……元気になったあとも、時雨の屋敷で暮らしていい？」

「当たり前だ」

時雨がきっぱりと即答する。

「お前をこの街へ連れて来たのは俺だし、元気になったからといって放り出すつもりもない。屋敷だって、どうせ部屋が余るほど広いからな」

「……うん！」

さも当然のような口調で言ってくれるから、紗夜はにっこりと笑いつつも、目の奥がちくちくしてきて俯いた。

——私はもう村には戻れない。他に帰る場所も、行く場所もない。

周りにいた人々に蔑ろにされて、しまいには殺されかけた。

お前など要らぬと人の世から放り出されたも同然なのに、つらいとも寂しいとも感じないのは、ひとえに時雨が側にいてくれたからで、今いる場所が他のどこよりも居心地がいいからだ。

——ああ、よかった。

時雨が何か言いたげにしていたのは気になるものの、いずれ食べられてしまうのかと悩む必要はなくなった。

これからも時雨の側にいられて、凪と紺の笑い声や、穏和な雪柳の声が響く、あの屋敷で暮らすことができる。心の底からほっとしたら鼻の奥まで熱くなってきた。

お茶を飲んで誤魔化そうと試みるが、勘のいい時雨は気づいたらしい。

「まさかとは思うが、ここで泣くなよ」

「泣かないわ」

応じた傍から目尻に涙が溜まってくる。

着物の袖でさっと隠そうとしたが、すかさず手首をとられて目元を指で拭われた。

「この程度のことで、いちいち涙を流してどうするんだ」

「……私も、泣きたいわけでは、ないんだけど」

安心したら自然と溢れてきたのだと情けない声で応えたら、時雨がくっくっ、とまた喉の奥を鳴らして笑う。

「お前は存外、泣き虫だな。そんなに嬉しかったのか。……まぁ、勝手に溢れてきたのなら仕方ないな」

泣くな、泣くな、と彼は緩やかに繰り返し、紗夜が落ち着くまで寄り添っていた。

日常の何てことないやり取りの中で、たびたび目の当たりにする時雨のこういうふるまいが、いつも紗夜の胸を温かくするのだ。

「本当に、時雨は優しいのね」

「またそれか。俺はそこまで優しくないだろうが」

「ううん。今まで出会った相手の中で一番優しいと思うわ」

「お前の周りにいた連中がよほどの阿呆だったんだろう。特に、あの村の連中はまぬけばかりだ。……人の世へ行き、村ごと破壊してきてやろうか」

「そんなことができるの？」

「大蛇の姿で暴れ回ればいいだけだからな。俺は身体も頑丈だから、家は軒並み崩れるだろうし、人間は恐れおののいて逃げ出すだろう。阿鼻叫喚の光景が目に浮かぶ」

物騒を通り越した暴力的な想像を語る彼の声には、紛れもなく愉悦の響きがあった。

紗夜は驚きと困惑で息を呑んだが、ためらいがちに首を横に振る。

「そこまでしなくていいわ。……私も許せないことはあるけど、あの村とはもう関わりたくない。二度と戻りたくないし、村がどうなるか考えたくもないの」

「お前の立場からすれば、それも当然か。分かったよ。今後、村の話は出さない」

「ええ。そのほうが嬉しい」

「……で、もうお茶は飲み終わったのか？」

「ちょっと待って」

残り少ないお茶を飲み干すと、湯呑みを取り上げられて、かたんと銭を置く音がした。

紗夜が自分で立ち上がったところで、足元を攫うように抱きかかえられる。

「帰るぞ。摑まっていろ」

時雨の肩に垂れている三つ編みに触れて頷いたら、彼が颯爽と歩き始めた。

屋敷までの道中も他愛のないおしゃべりをし、いつの間にか、うなじの違和感や雑踏の騒々しさも気にならなくなっていた。

◆

宵も深まる丑三《うしみ》つ時《どき》。屋敷は寝静まって物音一つ聞こえない。

幽闇《ゆうあん》に包まれた東の間で、後始末を終えた時雨は立ち上がると、外に面した障子を開け放った。空気を入れ替えながら小さな縁側に出る。

烏夜《うや》に君臨する三日月を仰いで、乱れた黒髪をかき上げた。秋めいた夜風が火照った肌を撫でて、ひどく心地いい。

時雨はしばし佇んで熱を冷ましてから、肩越しに振り返った。

月影が闇を切り取るかのごとく畳の一角だけ照らし、青白い明かりが対比となって部屋の奥にある暗がりを一層濃くしていた。

ほの暗い室内には蒲団があり、紗夜が午睡に浸る猫みたいに丸まって寝入っている。

時雨は黄金色の双眸を細めた。

「俺が優しい、か」

ふん、と鼻を鳴らす。

紗夜はそれを繰り返し言うが、相変わらず能天気な娘だと思う。

何も知らず、何も気づかず、すっかり彼を信頼しきって平穏な日々を送っている。

――まぁ、そうさせているのは俺なんだが。

盲目だからといって紗夜は愚鈍な娘ではない。その眼で見えない代わりに他の感覚が鋭く、勘も悪くはない。

心身ともに成長したからか、かつての無鉄砲さもだいぶ落ち着いた。

その一方で、近ごろは時雨のふるまいにもいちいち反応し、照れると顔を赤らめるようになった。

本音を言うと、拒絶される覚悟をしていたが、時雨の献身的な態度が功を奏したらしく憎からず想ってくれているのだろう。

――前から思っていたが、あいつは騙されやすそうだな。

もともと純朴で寂しがり屋なところがあったけれども、優しく親切にされたからといって信頼するのは、いささか警戒心が足りないというものだ。

時雨だからよかったものの、蛇のあやかしなんぞ、そう簡単に信じてはならない。

種族柄、蛇が欲深いのは事実であり、腹に一物を抱えている連中も多いのだ。

——俺以外の輩にちょっかいを出されないよう、きちんと目を光らせておかないと。

その時、ばさっ、と屋根の上から翼の音がした。

時雨は眉をぴくりと動かし、すばやく部屋の障子を閉めきった。

ため息をついて縁側に胡坐をかくと、頭上から銀髪の天狗、梧桐が鷹のごとき翼を羽ばたかせて舞い降りて、目の前の地面にすとんと立つ。

「調子はどうじゃ、時雨」

「悪くはないが、いきなり来るのはやめてくれと言っただろう。先ぶれを出せないのか？」

「いちいち面倒じゃろう」

「急に来られると困る時があるんだ」

ぶすっとして障子を親指で示すと、梧桐はしたり顔で頷いた。

「心得ておる。現に、ここのところ顔を見に来ないようにしておったじゃろう」

「来なくていいんだが」

「そう言うでない。おまえさんの体調が気がかりでな」

梧桐が苦笑しながら近づいてきて、おもむろに手のひらを翳した。顰め面をする時雨の額に当てて「うーむ」と唸る。

「特に問題はなさそうじゃな。妖力も回復しつつある。して、紗夜の様子は？」

「屋敷の探索をするくらいには歩き回れるようになった。飯もよく喰う」

「よいことじゃ。その調子でたらふく飯を食い、たっぷりと寝ておれば近いうちに快癒するじゃろう。儂もそろそろ紗夜と話をしたいのじゃが」

「あんたは余計なことを言いそうだから、話をするのはもう少し待ってくれ。それに話したいなら昼に来い。紗夜は夜行性ではないし、今日は眠りが深いから、何があっても朝まで起きないぞ」

「分かっておる。今宵はおまえさんの様子を見に来ただけじゃから……いや、待て。起きないじゃと？」

梧桐がはたと口を噤んだ。

時雨は両目を細めて、無言になった天狗を仰ぐ。

「……おまえさん、紗夜に何も話しておらぬ、というわけではないじゃろうな」

「あやかしのことも、この街のことも、ちゃんと話したぞ。蛇の姿も見せてやったのに、紗夜は嫌がりもせずに受け入れた」

「ほう？　ずいぶん、あっさりと受け入れたものじゃな。人の世で生まれ、あやかしとは無縁の場所で育った娘だというのに」

梧桐がいつも穏やかに緩めている目をぱちりと開け、鷹のごとく鋭い眼差しで凝視してきたので、時雨はわざとらしく首を傾げた。

「何だよ、爺さん。そんな目で俺を見るな」

「儂はおまえさんたちのやり取りを見ていたわけではないからのう。すべて任せておったが、念のために確認しておく。強引な真似はしておらんじゃろうな」

「するわけないだろうが。今のところ、紗夜は俺を受け入れている。あいつが俺に何て言ったと思う？　今まで出会った相手の中で一番優しい、だと」

自嘲気味に言うと、梧桐の眼差しが和らいで、時雨の背後にある障子に向けられた。

「そうであったか。おまえさんを優しい、とな」

「あいつは寺育ちだからな。男を見る目が、まるでないんだ」

「今のおまえさんを受け入れたんじゃ。見る目はあるほうじゃろう」

「はっ。俺は蛇だぞ。昔も今も、地を這う醜いけだものだ。すべてを知ったらさすがに怖くなって、俺を拒絶するかもな。その時は……」

紗夜に拒絶される。想像しただけで苛立ちがこみ上げ、手放してなるものかという淀んだ感情に支配されそうになる。

血が滲むくらい両手を強く握りしめた時、梧桐の指が伸びてきて額を小突かれた。

刹那に脳が揺さぶられるほどの衝撃が走り、勢いよく首が後ろへ仰け反る。

「ぐっ！　……おい、爺さん……天狗の力で小突くな……脳が、揺れたぞ……」

梧桐が腕組みをして渋面を作り、ぐわんぐわんする頭を押さえる時雨を見下ろした。

「そう気を荒立たせるな。蛇の姿になったおまえさんを受け入れ、優しいと口にするような娘であれば拒絶などせんじゃろう」

「……ふん、どうだかな」

「相変わらず捻くれておるのう。まぁよい。ひとまずうまくいっておるのなら、儂が口を挟むことではなかったな。時に、雪柳には事情を伝えてあるのか？」

「そのあたりは、うまく言ってある。旦那の芳雲にもな。息子たちも、まだ年端もいかぬ半妖だ。問題はない」

「ならば、今しばらく様子見ができそうじゃな。……それから、これは念のため伝えておくが、久方ぶりに街で〝かどわかし〟が起きたぞ」

時雨は小突かれた余韻が残る頭を軽く叩きながら「かどわかし？」と反芻した。

「俺が街に来てから初めてだな」

「ここ数十年、幽朧街でそういった事件は起きておらんかったからのう。一応、気をつけておけ。かどわかされたのは〝人間〟じゃから」

「へぇ？」

「それで儂も日が落ちてから街を巡回しておったんじゃよ。街に住む人間たちとは、だいたい知り合いじゃからのう」

「あんたは人間好きだからな」

「儂は分け隔てなく接しておるだけじゃ。たとえ生きる時の長さや、考え方の尺度は違えども、人間と儂らには共通点もある。街を築き、他者に情を抱く」

口を噤む時雨をしばし見つめてから、天狗はくるりと踵《きびす》を返す。

「さて、おまえさんの体調も良さそうじゃから、今日のところは帰るかのう」

梧桐がふと立ち止まって、こちらを振り返った。

「そうじゃ、最後に一つ。——紗夜は思い出さぬか？」

「ああ。その気配はまったくない」

「そうか。……心は難しい。ままならぬのう」

梧桐は嘆きのような言葉を残して去り、夜の静寂が戻ってきた。

——本当にお節介な爺さんだ。なんであんたが嘆くんだよ。

時雨は心の内でぼやいて室内に戻る。寝入る紗夜を腕に抱きこみ、無意識にすり寄ってくる彼女の頭に頬を押し当てた。

——俺はむしろ安堵している。何も思い出さなくていいんだ。

紗夜は腹いっぱい食事をし、安全な場所で眠り、不自由のない生活をしながら時雨の隣でのびのびと生きていればいいのだ。

第四話　寝魂《ぬるたま》の交わり

その秘めごとの夢を見始めたのはいつからだろう。

見知らぬ場所に連れて来られて、高熱に苦しんでいた頃か……いや、当時の紗夜はむしろ悪夢に魘《うな》されていた。

冬の冷気が肌を刺し、雨が降った直後の泥くささと濁流の音に身震いしながら、大きな生き物が這い寄ってくる恐ろしい夢。

目覚めたあとも夢の余韻を引きずり、ぼんやりとしてしまうことが多かった。

ならば、少しずつ回復して熱が下がり始めた頃かもしれない。

寝床を出て、食事や着替えを彼の手を借りずにできるようになった一方で、ほんの少し歩くと息切れがし、厠との行き来だけでも、へとへとになるくらい疲弊していた時分——。

夜ごと魘されていた夢の中身が、がらりと変わった。

はじめの頃は、目覚めたらどんな夢なのかほとんど覚えていなかった。

ほんの少し気だるくて、妙に甘いひとときの夢を見ていた気がする、と漠然と感じる程度だったのだ。

しかし段々と夢の断片が記憶に残り、それに応じて現実で衰弱していた肉体が元気を取り戻す頃には、夢から覚めても一連の流れを思い出せるようになっていた。


夢は、いつも褥に横たわっているところから始まる。あたりは夜更けのごとく静まり返っている。

とにかく眠くて堪らなくて、夢かうつつか判然としない状態でしゅるしゅると帯を解く音がし、浴衣の襟をはだけさせられる。

その襟元へ、ひんやりとした手が忍びこんでくるのだ。

最初は肌の柔らかさを確かめるように、大きな手のひらでゆっくりと撫でさすってから膨らみを包みこむ。

年頃になって女らしく張りが出てきた乳房を揉みこまれて、敏感な先端を撫でられると、あぁ、と堪らず声が漏れてしまう。

するとと見計らっていたみたいに胸の愛撫が淫らなものに変わる。

胸の形が変わってしまうのではないかと危惧するほど、いやらしい手つきで揉みしだかれて、自分でも胸の先がつんと尖ったのが分かった。

それを気づかれたくないのに、無慈悲な手は膨らんできた先端を容赦なく摘まむ。

きゅっ、きゅっ、と乳頭を優しく抓られたあと、すりすりとこすられると、たちまち甘い刺激が駆け抜けて、あっ、とまた声が出た。

みだりがましい触り方のせいで腹の奥がじんわりと熱くなり、つい太腿をもじもじと動かしてしまう。

その愛撫が続くといずれ何が起きるか、身体はとっくに知っている。

大きな手は執拗に乳房を弄ってくる。ここが感じるのに知っているんだぞと言わんばかりに揉みしだき、花蕾のごとく育った先端をくりくりと苛めて、こちらが甘い声を上げるのを虎視眈々と待っているのだ。

息を荒らげ、眉根を寄せて必死に耐えると、痺れを切らしたのか胸元に生温かい吐息が降りかかった。

——ああ、それはだめ。それをされると耐えられなくなる。

心の叫びは届かずにざらりとした長い舌が乳房を舐め上げた。

ぬるぬると唾液を塗りつけて、奇怪なことに二又に分かれた舌の先で挟まれながら淫らにこすりたてられる。

たちまち全身を甘い感覚が駆け抜けた。身を捩ろうとしても、逃げ場を塞ぐように重たいものが乗ってくる。

しつこく乳房を舐め回されるから呼吸が荒くなり、心臓の鼓動の音がばくばくとうるさくなって、汗がぶわりと滲み出る。

——もう少し、もう少しで……あれが、きてしまう。

嫌がってかぶりを振ると唇を塞がれた。二又に裂けた舌が口の中まで入りこみ、戸惑う舌を搦め捕っていく。

んん、とくぐもった声が漏れた。腰の力が抜けるほど唇を吸われては舌を舐めしゃぶられて、唾液が混じり合い、くちゅくちゅと音がする。

淫蕩な口吸いに酔わされていたら、乳房を包みこんでいる手に力がこもり、指の隙間に挟まれた胸の頂をぐりぐりと転がされた。

あっ、あっ、と押し殺した声が漏れ出て「くる」と思った瞬間、為す術もなく官能の大波に呑みこまれる。

瞬く間に汗が噴き出して、本当に夢なのかと疑うくらい鮮烈な快感に全身を貫かれた。

褥に投げ出した爪先がぴんと伸びて、がくんと身体が揺れる。

もしかしたら部屋中に響き渡るほどの、はしたない声まで上げたかもしれない。

曖昧模糊とする意識の中、熱の余韻でふわふわしながら息をしていると、今度は足を撫でられる。

額にちゅっと口づけられた感触があり、あっという間に浴衣を剝ぎ取られて、乳房の愛撫でしっとりと濡れている秘部を触られた。

口をはくはくと動かすが、断片的な声を出すことができても言葉は発せない。手足もだるくて動かない。愛撫している相手も、ここに至るまで一言もしゃべらなかった。

当然だろう。これは夜更けに見ている、ただの夢なのだ。

ゆっくりと足の間を触られて、しとどに濡れた女陰を探り当てる。

そうすると次に何をされるのか分かっていた。

愛液を纏わりつかせた指がずぶずぶと中に入ってきて、そこで好きに動き始める。

あぁ、とあえかな声が漏れ出て、自力で遮ろうにも足に力が入らず、相手の重たい身体が割りこんでいて膝を閉じることもできない。

じっくりと出し入れされて、ぐちゅぐちゅとぬかるんだ音がする。

ひとりでに腰を浮かせそうになると、ちゅっと口を吸われた。舌の表面で唇をねっとりと舐められたあと、すぐそこで感じていた相手の吐息が下がっていく。

――私に触れている、この人は……時雨？

脳裏に彼の名が浮かぶ。目で見たことがないから、その姿を思い描くことはできない。

代わりに、耳によく響く低い声を思い出した。

優しい指先とひんやりとした肌の感触も蘇り、そういえば今、自分に触れている手もひんやりとして気持ちいいなと気づく。

——時雨なの？

しかし、太腿を横に大きく開かされたので夢心地の意識が逸れた。

まもなく、しっとりと濡れたものが足の間に這わされ、あぁっ、と、より大きな声が出てしまった。

熱っぽい吐息を感じて、指よりもっと柔らかい舌が中まで押し入ってくる。

隘路をぬるぬると舐め回されると、脳を麻痺させる快楽がぞくぞくと走り抜けた。

——やめて、やめて、お願いだから。

甘すぎる感覚に辛抱できなくなり、舌足らずに、やめて、とだけ懇願が零れ落ちた。力の入らない両手で足の間にある頭を摑み、必死にかぶりを振る。

——これ以上されると、どうにかなってしまう。お願い、やめて。

愛撫に没頭している相手はこちらの反応なんて意にも介さない。

すでに蕩けてぐずぐずになった蜜路を更に舌で押し広げては、ぷくりと膨れた陰核まで指の腹でこすっていく。

くちゅ、くちゅ。はぁ、はぁ。淫らな音と荒い息遣いだけが室内を満たした。

これまでとは比較にならない悦楽に呑みこまれていき、いっそ苦しくなって必死に身をくねらせるのに許してもらえない。

秘められた場所を十分すぎるほど舌で慣らされ、すっかり快感を覚えてしまった秘玉は胸の頂を嬲《なぶ》られていた時と同じように摘まれては、ぐりぐりと潰される。

あぁ、ああ、あ、と荒々しい呼吸の合間に断片的な嬌声を上げた。

それは、まさしく永遠に思える快楽地獄。

肌をまさぐる指が、秘孔を舐めほぐす舌が、終わることのない快感を教えこませて幾度となく法悦の彼方へ追いつめた。

——もう、だめ……気持ちがよくて、何も分からない……。

意識が飛んだり戻ってきたりを繰り返し、心地よさのあまり大粒の涙が溢れてきた頃、ようやく愛撫が止まって頬にひんやりとした感触が添えられる。

感じすぎてびくびくと震える身体を押さえつけるように相手がのしかかってきて、半開きになった口をちゅっと吸われた。

ぴたりとくっついた肌は硬く引き締まっており、自身の頼りなくてほっそりとした肉体とはまったく違う身体つきをしている。

甘やかに口を吸われて、全身を絡ませながらぼんやりと考えた。

——肌もひんやりとして、時雨がしてくれる接吻と、そっくり……やっぱり、これは時雨なんだわ。

そう信じ、だるい腕を持ち上げて彼に触れる。手探りで顔立ちを確かめたかったのに手首を取られて、今度は指先に至るまで舌を這わされた。

全身くまなく舐めしゃぶられ、まるで味見をされているようだと思った時、ぐいと手首を引かれて抱きすくめられる。

足の間に逞しい太腿が割りこんできて、濡れ具合を確かめるみたいに動かされたあと、準備が整った女陰に硬いものが押し当てられた。

——ああ、くる。

待って、と口を動かしたけれども無駄だった。

大きな昂りが蜜路に挿しこまれる。くちゅりと愛液の音がして、ずぶずぶと中を広げていき、ただの一度も止まることなく奥まで征服された。

押し殺した声は接吻に喰われて、そこからはひたすら淫靡に揺さぶられる。

あられもなく開かされた太腿に、逞しい腰が激しく叩きつけられて打擲音が鳴った。ぱんっ、ぱんっ、と一定の間隔で鳴り響いては、反り返った亀頭で奥を穿たれ続ける。

ごりごりと腹の奥をつつかれる感覚は、はじめは決して心地いいものではなかったはずだ……といっても初めての交合はほとんど覚えていないのだが。

とにもかくにも、この行為はひどく気持ちがよかった。

力強く揺さぶられるとひっきりなしに甘い声が出てしまうほどで、ひとたび始まれば夢

——すごく、気持ちいい、けど……これは……彼も、気持ちいいの?

上に乗っている彼にしがみつき、引き締まった肩にすりすりと頰ずりをしたら淫らな動きが止まって、くくっと喉の奥を鳴らす笑い声が降ってきた。

彼の乱れた息遣いが首に近づいてきて、ぺろりと舐められた。その唇が耳元まで移動していき、耳朶を甘嚙みされつつ腰の動きがゆるゆると再開する。

雄々しく太い逸物が出たり入ったりして、その動きに合わせてもう一本、硬いものが下腹部にごりごりとこすりつけられた。

――いっそ、このまま一つになってしまいたい。

彼の背に強く爪を立てて、そう願う。

きつく抱き合い、汗ばんだ肌を押しつけて、身体を揺すりながら甘い口づけをする。

ただの夢なのに恥ずかしくて、いやらしくて、どうしてこんなことをされているのかも理解できないというのに不思議と恐怖心はない。

それどころか蛇の交尾みたいに四肢を絡めていると何もかもすべて溶け合ってしまいそうで、胸がいっぱいになるほどの幸福感に満たされた。

しかし、夢の終わりはいつも唐突に訪れる。

睦み合いの最中でも関係なく意識が途切れて、はっと目が覚めると何ごともなかったかのように朝が来ているのだ。

重ね合った肌や、執着じみた愛撫の感触だけが生々しく残されたままで――。

◆

意識が覚醒すると、紗夜は欠伸をしながら耳を澄ませた。

外から鳥の鳴き声が聞こえる。森が活動を開始しているのを確認して褥を探った。

すぐに時雨の肩を見つけたので、そのまま首を伝って顔をそっと辿る。整った鼻筋と目元に触れたところで、彼が眠たげな声を上げた。

「あー……なんだ、もう朝か……」

「おはよう、時雨」

「ん」

紗夜が両手で顔に触れていても、時雨は気にせず大きな欠伸を繰り返した。

何度目かの欠伸の折、彼が口を開けた拍子に、顔を探っていた紗夜の指が尖った八重歯に当たる。

「あっ」

「おい、それは牙だ。あんまり触ると喰っちまうぞ」

「時雨には牙があるのね」

「蛇だからな。この牙で毒を回らせて、動けなくなったところで丸呑みにする」

時雨が朝っぱらから物騒な説明をして、ごろんと寝返りを打つと、顔の探索をやめた紗夜に腕を絡みつけた。

「あれだけ口を吸っているのに、俺の牙に気づかなかったのか」

「そんな余裕はなかったから」

「まぁ、それもそうか。お前はいつもわけが分からないという顔で、俺に口を吸われているからな」

時雨は笑いの滲んだ声で言い、寝起きで髪がぼさぼさになった紗夜の頭を、やや乱暴な手つきで撫でていく。

時雨に接吻される時は、いつも身体の痛みがひどい時だった。

しかし、よくよく考えれば、痛みが消えてからはまともに口づけをしていない。

――あの接吻は治療みたいなものだったから、しなくなって当然なんだけど。

時雨が「ふわぁ～」と、また大きな欠伸をしている。

紗夜は眠そうな彼の胸元に顔を寄せ、昨夜の夢を思い出して頬を熱くした。

――夢の中で、接吻どころか、それ以上のことまでされてしまった。

あまりに生々しい夢だったから起き抜けにも拘わらず、時雨がちゃんと隣で寝ているかどうか確かめたのだ。

自分の身体を触って確認するが、きちんと浴衣を着ているし、肌は汚れていない。

時雨の態度もいつも通りなので、やはり夢だったと恥ずかしくなってきた。

——なんて、はしたない夢なの。

ここのところ、よく似たような夢を見る。最中は常に意識がぼんやりとしているのに、目が覚めても何をされたのかを覚えていた。

いつだったか寺の説法で、夢には願望や潜在意識が表れるのだと聞いたことがある。

——つまり、私は時雨とああいう行為がしたいと思っているの？

初めて抱かれた時のことはうろ覚えだ。

紗夜は死にかけていたし、時雨も粛々と手順を踏んで、何をされているのか理解する前に終わった気がする。

しかし夢で見る行為は違う。惜しげもなく素肌を重ねて、たくさん口づけをした。

思い返すだけで赤面するほど淫靡でありながら、妹背《いもせ》の契りを交わした相手とするみたいな甘く幸せな行為なのだ。

——もしも、あれが私の願望だったとして、ろくに男性に抱かれた経験もないのに、あんなことやこんなことまで……。

いくら何でも想像力が逞しすぎやしないだろうか。

時雨の胸に火照った顔を押しつけて悶々としていたら「そういえば」と彼が欠伸交じりに言った。

「お前、何か欲しいものはあるか？　快気祝いをやる」

快気祝い——紗夜はすっかり身体が軽くなり、微熱も出なくなったため昼間は雪柳に家事を習うようになった。ほぼ快復したと言っていいだろう。

ただ色々と世話になっている身で祝ってもらうのは図々しいのでは、という気持ちと、せっかくの申し出だから断るのは逆に失礼では、という考えがせめぎ合う。

悩んだ結果、これからの生活に必要なものがあったと思い至った。

「じゃあ、一つだけ欲しいものがあるの。外を歩く時に使う杖なんだけど」

「杖？」

「うん。山で頑丈そうな棒を拾って来てもらえたら嬉しいわ。可能なら私の手でも握りやすい太さで、胸元くらいまで長さがあるとありがたいかも」

紗夜は起き上がって、自分の手のひらと胸元を示した。

「以前、元気になったらお礼をすると言ったでしょう。杖があれば一人で移動しやすくなるし、街にだって出られるようになる。もっと家事や、お遣いもできるわ」

言い終えた途端、額をこつんと小突かれる。

「それは生活に必要なものだろう。必需品以外で、欲しいものがないかと訊いたんだ」

「そう言われても……甘味、とか？」

「食べ物以外で」

「うーん……」

「まぁ、今すぐ答えなくてもいい。ひとまず杖は買うからな」

「わざわざ買ってくれなくてもいいのに」

「適当に拾った棒だと、すぐ折れるかもしれないだろうが。街の雑貨屋で探してみる」

時雨がきっぱりと言ってのけて、申し訳なさで眉を八の字にする紗夜の頭をよしよしと撫でていく。

「だから、他に欲しいものがないか考えておけ。着物や小物でもいいぞ」

紗夜も妙齢の娘なので着物や小物は気になるが、いざもらったところで生地の色合いや意匠は見抜けない。どちらかというと使いやすさを重視するし、その点、もともと屋敷にあったもので事足りている。

首を捻っていたら、時雨が笑い交じりに言った。

「まったく、お前は欲がないな」

――確かに物欲は少ないかもしれないけど、欲がない……とは違う気がするわ。

思い浮かんだのは昨夜の夢の内容だ。口が裂けても時雨には言えないが、欲がないどころか煩悩だらけである。

急に恥ずかしくなって唇を引き結んだら、時雨が「ん？」と怪訝な声を上げた。

息遣いが近づいて顔を覗きこまれるのを感じたので、紗夜は浴衣の袖で火照った顔を隠し、彼が二の句を継ぐ前に逃げるように褥を出た。

◆

「――時雨、時雨！　そのくらいで、もういいですよ！」

泉門屋の別館、宴会場にて。

常盤が慌てふためいて割って入ってきたため、時雨は顰め面で動きを止めた。

彼の足の下では四つ足の狼のあやかしが伸びていて、右手でもう一人、先ほどまで暴れていた猿のあやかしの胸倉を摑んでいた。

猿の一族はもともと赤ら顔の者が多いが、今は顔面蒼白で、時雨の剛腕で摑み上げられて爪先が浮いているせいか、焦ってぶらぶらと足を動かしている。

「その猿のお客さんを今すぐ下ろしてあげてくださいな！」

「だけどな、女将。こいつ、さっきまで酒の甕《かめ》を振り回して暴れていたんだぞ。周りの客は怖がって逃げ出したし、障子まで倒したんだ。ここで離したら、また暴れるかもしれないだろうが」

犬猿の仲と言われる通り、狼と猿の一族は種族間の相性が悪い。

本能的に相手が気に入らないらしく、たびたび喧嘩をするため、そういった不仲な種族が客として来た場合は湯屋側で顔を合わせないよう取り計らっていた。

ただ、泉門屋は旅館も併設されていて広く、端々まで目が届かない場合もある。

今日は宴会場にいた猿のあやかしと、泊まり客として廊下を歩いていた狼のあやかしが偶然鉢合わせし、酒が入っていたことも相まって喧嘩が始まった。

そこへ駆けつけた時雨が介入し、飛びかかってきた狼の首を絞め上げて、そのまま華麗な投げ技を披露。直後に酒の甕で殴りかかろうとした猿のあやかしを容赦なく殴り返し、ついでに胸倉を摑んで暴れないよう制圧したというわけである。

一連の流れは正味、十秒もかかっていない。

「もう暴れませんよ'　息ができなくなって白目を剝いているじゃありませんか！」

甲高い声で指摘されて気づき、時雨は「ああ、本当だ」と呟くと、失神して動かなくなった猿の胸倉から手を離した。

どさりと倒れる猿のあやかしを、伸びている狼のあやかしと一緒に隅っこへ転がしてから宴会場を見回す。

暴れる者はいなくなったものの、あちこちで料理の膳がひっくり返って障子は五枚も倒れていた。

宴会場の担当者に「狼と猿が暴れているから取り押さえてくれ!」と呼ばれ、時雨が駆けつけた時には、すでにこの惨憺《さんたん》たる有様であった。

「ああもう、こんなに散らかされたら、たまったもんじゃありませんね。時雨、そのお客さんたちはとりあえず縛っておいてくださいな」

「了解した」

「あと、誰か芳雲を呼んできておくれ。料理の弁償と障子の貼り替え代を、そちらのお客さんたちに請求しないといけませんからね」

常盤の合図で後片づけが始まるが、廊下には宴会場の客以外にも、無関係の客まで野次馬となって様子を見に来ていた。

その中に深編笠を被った空木の姿を見つけて、時雨は眉をひそめたが無視をする。

すぐに配膳係と思しき猫又の娘が近づいてきて、常盤の指示で持ってきた縄をおずおずと差し出した。

娘は女将とよく似た二足歩行の猫の姿をしており、時雨と目が合うと、びくりと身を強張らせて顔を伏せる。その反応を気にも留めずに狼と猿を縄でぐるぐる巻きにし、穴だらけになった障子を抱えて庭まで運んだ。

廊下の途中で、先ほど縄を持ってきた猫又の娘と、たぬきの娘が障子を運ぶのに四苦八苦していたので「おい」と声をかけた。

「それも貸せ」

彼女たちが何か言う前にさっさと取り上げ、まとめて運び出す。

一通り片づけが終わり、常盤の計らいで、宴会場にいた客たちは別の部屋に移動して宴を再開した。

暴れたあやかしたちも芳雲に預けて、時雨が廊下でふうと一息ついた時、猫又とたぬきの娘が近づいてきた。

ちらりと視線をやると、猫又の娘がおそるおそる口を開く。

「あ、あの、時雨さん……さっきは障子を運んでくれて、ありがとうございました」

「それに、あのお客さんたちを止めてくれたのも助かりました。あたしたちじゃ、どうしても止められなくって」

常盤と芳雲以外の従業員は、時雨を怖がっているのか話しかけてこない。

礼を言われたのも初めてだったが、時雨は「仕事だからな」と軽く受け流して、不意にあることを思いつく。

瞳孔の開いた黄金色の眼をぱちりと開けて、改めて二人を見下ろすと、びくびくした様子でこちらを窺っていた猫又とたぬきの娘は揃って背筋を伸ばす。

「お前たち、年はいくつだ」

「ええと、年ですか？　……わたしは、十九ですけど」

「あたしは二十二です」

「そのくらいの年齢の娘は、何をもらうと喜ぶんだ。特に、男からの贈り物だと」

「えっ……えぇぇ～っ⁉」

「男性からの贈り物⁉」

若い娘たちは吃驚したように声を張り上げ、お互いの顔を見合わせると、たちまち目を輝かせて身を乗り出してきた。

「も、もしかして女性に贈り物をするんですか？　意中の方がいるとか？」

「どこで出会ったんですか？　まさか、この湯屋の従業員ですか？」

娘たちが水を得た魚のごとく話に食いついてきたので、平時はあまり動じない時雨も少したじろいだが、咳払いをして手短に説明する。

「湯屋の従業員じゃないが、快気祝いで贈り物をしたいだけで他意はない。本人に訊いても食い物以外、思いつかないようだから」

つっけんどんに答えた瞬間、娘たちの目がますます輝きを放った。

それからしばらく質問攻めに遭い、時雨は若い娘の色恋への関心の強さと、できるだけ多くの情報を聞き出そうという気迫を間近で感じ取って辟易することとなる。

◆

両手で釜の蓋を開けた途端、熱い蒸気が顔に当たって、炊きたての米の匂いが一気に鼻腔を満たした。

髪を後ろで一つに纏めて手拭いを被り、小袖を襷掛《たすきが》けした紗夜は胸いっぱいにおいしそうな匂いを吸いこんで破顔する。

「炊きたてのお米の、いい匂いがします」

「少し冷ましてから握り飯を作りましょう。自家製の梅干しを持ってきたの」

「梅干し……もしよかったら、今度、梅の漬け方も教えてもらえませんか？」

「ええ、いいわよ。まずは時期になったら、梅を手に入れないとね」

雪柳と話しながら、米が少し冷めたところで手のひらに乗せて握り飯を作った。

寺にいた頃、紗夜は危ないからと厨へ立ち入ることは禁じられていた。

火の扱いはもちろん包丁も握らせてもらえなかったが、今はせめて握り飯くらいは作れるようになりたいと発起し、雪柳の指導のもと厨に立っているのだ。

紗夜がおっかなびっくり一つ握る間に、雪柳は手際よく握り飯を二つ作って、おとなしく土間で待っている凪と紺にあげている。

「そういえば、私が寝こんでいる間、雪柳さんが毎日お粥を作って持ってきてくれたと時雨から聞きました。その節はありがとうございました」

「どういたしまして。あれは時雨さんに頼まれたのよ。体調の悪い紗夜さんのために食事を作ってくれないかって。もともと、このお屋敷には掃除をしに来ていたんだけど、食事は作っていなかったから」

「そうなんですか？　じゃあ、時雨は食事をどうしていたんだろう」

「外で済ませていたんじゃないかしら。あやかしは人間のように頻繁に食事をとる必要がないから」

「なるほど。確かに、時雨はあまり食事をとらないなと思っていました。あやかしと人間には、そんな違いもあるんですね」

　作り終えた握り飯を皿に並べて呟くと、雪柳が「そうね」と相槌を打った。

「この街で暮らしていると、よく違いを感じるわ。人間を敵視したり、攫って利用しようと考えたりするあやかしもいるの。かどわかされる事件だって起きているのよ」

「それって、まさか食べる目的で攫う、ということですか」

「それもあるけど、一番の目的は人間を売ることだと思うわ。あやかしの街で暮らす人間は、大抵みんな霊力があるの。そういう人間を食べると、妖力が高まるんですって。それで街の外へ連れ出し、人間を食べたがっているあやかしに高値で売るの」

　衝撃的な話だった。あやかしの世界で人間が売買されるなんて想像したこともない。

「だから、あやかしの街で人間が生きるためには必ず庇護が必要になるわ」

「庇護？」

「そう。私も夫の庇護下にあって、あの人の妖力がこもった御守りを持ち歩いているの。熊は種族柄、腕力と嗅覚に優れているから、どこにいても夫が迎えに来てくれるし、他のあやかしに手を出されることもない。街を歩くだけで視線は感じるけれどね」

――かどわかされたり、歩くだけで視線を感じるなんて、あやかしの世で人間が生きるには危険を伴うのね。

紗夜は、自分が人の世で暮らしていた時のことを思い出した。

うまく周囲に馴染むことができず、盲人だからと一定の距離をとられる。

直接口で言ってくる人は少なかったが、自分だけが浮いているというのは肌で分かるもので、胸の奥がすっと冷たくなる感覚に見舞われるのだ。

この街で人間として生きる限り、あの感覚と似たものを味わうかもしれない――そう思ったら、なんだか無性に時雨に会いたくなってきた。

「じゃあ、私もこの街で生きるためには庇護が必要になるんですね」

「……紗夜さんの場合は、時雨さんと暮らしているでしょう。それだけで十分、周りのあやかしに対する牽制になっていると思うわ。時雨さんは、特に妖力が強い方だし」

「時雨って、そんなに妖力が強いんですか？」

「ええ、とても。――人間の私でも、側にいるだけで少し怖いと感じるくらいには」

雪柳の声が小さくなる。穏やかな声色にわずかな怯えが滲んだ気がしたが、深く尋ねる前に話題を変えられてしまった。


日が西に傾き、黄昏を控えた七つ時。

凪と紺が遊ぶ声に耳を澄ませつつ、縁側に腰を下ろして雪柳とお茶を飲んでいた紗夜は遠くから走ってくる足音を聞きつけた。

耳に手を当てて集中すると、足音は、たったたっ、と一定の速度を保っていた。

「時雨が帰ってきたかもしれません」

「え？　時雨さんが帰ってくるには、まだ早い時刻で――あら？」

雪柳の言葉が途切れると同時に、速度が緩やかになった足音が庭に入ってくる。

紗夜は顔を綻ばせて、足音の主が何か言う前に話しかけた。

「おかえりなさい、時雨。今日は帰りが早いのね」

「ああ。早めに仕事を上がったんだ」

返ってきたのは案の定、時雨の声だったが、それに被さるように凪と紺の声が響く。

「うわぁっ、時雨だ！」

「げっ、時雨……」

「お前ら、俺を見ただけで、その反応は失礼だろうが」

時雨がふんと鼻を鳴らし、紗夜の前までやって来ると手のひらで頬を撫でていった。

「顔色は良さそうだな。だけど、子熊の匂いがべったりとついてる。また、あいつらと遊んだだろう」

「いいじゃんか。おれたち、紗夜とあそぶのが好きなんだよ」

「そうだよ。少しくっついただけだし、やきもちなんて大人げな……」

「ほう？　まだ子熊のくせに生意気なことを言いやがるな」

時雨の声が遠ざかり、凪と紺が「こっちくるな！」「時雨こわい！」と騒ぎ始めた。

賑やかな声に耳を澄ませていたら、隣にいた雪柳が手早く荷物を纏める音がし、時雨を恐れて叫んでいる息子たちを呼ぶ。

「凪、紺！　今日の仕事は終わっているし、時雨さんも帰ってこられたから、私たちはそろそろお暇しましょう」

「はーい、母上！」

「はーい！」

「それでは、紗夜さん。また明日」

「はい。また明日、雪柳さん」

「時雨さんも、私たちはこれで失礼します」

雪柳の挨拶に、時雨はそっけなく「ああ」と返答した。

紗夜は凪と紺の声が聞こえなくなるまで手を振っていたが、まもなく時雨にその手をとられて、なにやら長い棒を持たされる。

「約束していた杖だ。街の雑貨屋に依頼したら、桜の木で作ってくれた」

歩くための杖が欲しいと頼んだのは一週間ほど前だ。

もうできたのかと驚きつつも、紗夜は渡された杖を両手で撫でてみる。

滑らかに削られた表面は手触りがよく、太さは右手で握ってちょうどいい。長さは胸元あたりまであり、女の細腕でも地面に突いて歩くのに気にならない重さだった。

杖の上部には小さな穴が空いていて、丈夫そうな紐が結ばれている。逆に地面に突く下部のほうは、杖を軽くするためか細めに削られていた。

そして、もう一点——上部に結ばれた紐の先には、親指の爪ほどの大きさの珠がついている。珠自体はとても軽いが、表面はまるで細かい鱗がついているみたいに少しごつごつとした触り心地だ。

「俺の妖力をこめた珠だ。まぁ、御守り代わりだな。持ち歩けば、よほどの馬鹿じゃない限りお前に手を出そうとするやつはいないし、どこかで失くしても場所が分かる」

夫の妖力がこもった御守りを持っている、と語っていた雪柳の台詞が蘇り、紗夜は唇をきゅっと引き結んだ。

杖を握りしめて佇んでいたら、時雨の手が腰に回された。

「欲しいものはないかと尋ねても、悩んでいただろう。湯屋で働く娘たちに訊いたら、金で買えるものじゃなくても喜ぶと言われたんだ」

「それで、これを？」

「ああ。……気に入らなかったか？」

「ううん。その逆よ」

紗夜の願いをすべて取り入れた上、当然のごとく御守りまでつけてくれた。

こんな心配りの行き届いた贈り物をもらうのは初めてだったから鼻の奥がじんじんしてきたが、紗夜は手の甲で目元をこすって彼のほうへ顔を向けた。

「こんなにすてきな贈り物をありがとう。私、すごく嬉しいわ」

喜色満面で礼を言えば、時雨がしばし黙りこみ、それから紗夜を抱き寄せる。

無言で抱きしめられ、手のひらで慈しむように髪を撫でられると、先ほど堪えたはずの涙が零れそうになった。

時雨といると事あるごとに大切にされている、自分は必要とされているのだと思えて、どうにも涙腺が緩くなってしまうのだ。

紗夜は杖を右手に持ち直し、空いている左手を時雨の背中に回した。

——私、この先もずっと時雨の側にいたい。

他に行き場所がなく、ここは居心地がいいから。

時雨が付きっきりで世話をして、この屋敷で暮らしていいと言ってくれたから……胸の内に秘めていたそれらの思いに加えて、紗夜は何よりも自分自身が時雨を必要としているのだとこの瞬間に自覚した。

両親が亡くなってから、紗夜を必要だと言ってくれた人はいない。

人に歩み寄るのも怖くなり、孤立を受け入れて諦観しながら生きてきた。

しかし、時雨は盲目だからと侮辱したりせず、情と優しさをもって接してくれる。

『俺が、お前を必要としている』

その言葉を体現するかのごとく力強く抱きしめてくれる腕の中で、紗夜は微笑む。

もう薄らと分かっていたのだ。

優しくされるたびに胸が温かくなり、時雨の前だと鼓動が高まって顔が火照るのも、ただ添い寝されているだけであんな夢まで見てしまうのも、それはひとえに——時雨のことが好きだからだ。

——誰かを好きになるなんて、人の世にいた時は考えたこともなかった。

しかも相手は人間ではなく、あやかしだ。

異なる理で生き、寿命差もあると分かっているけれど、紗夜はこの先もずっと時雨の側にいたいと思った。

誰とも分かち合えない孤独に苦しんでいた彼女にとって、ここまで心惹かれる相手と出会えたことは奇跡みたいなものだったから。

見えない目をぱちりと開けて時雨を仰いだら、指の腹でそっと目元を撫でられたので反射的に瞼を閉じてしまった。

「紗夜。もう一度、目を見せてくれ」

請われるままに瞼をおそるおそる開けると、時雨の吐息が近づいてくる。

「お前の目、気に入っているんだ。大抵のやつは俺を前にすると顔を背けるのに、紗夜はまっすぐ俺を射貫いてくるから」

「でも、視線は合わないでしょう」

「まぁな。だが、それは構わないんだ。特に、お前の場合は……瞳が綺麗だから、こちらに向けられているだけで悪い気はしない」

「私の瞳、綺麗なの？」

「ああ。ここまで綺麗な瞳をしているやつは、なかなかいないぞ」

「…………」

「いきなり顔が真っ赤になったんだが」

「急に、綺麗だなんて言うから……びっくりしたのよ」

彼を好きだと自覚したばかりなので余計に恥ずかしくなって両目を閉じた。

袖を持ち上げて顔を隠そうとするのに、時雨がすかさず紗夜を抱き寄せて、嫌がる顎をとらえようと追いかけてくる。

「時雨、離して」

「嫌だ。その赤くなった顔を見せてみろ」

「赤面は見せたくないの」

「別に減るものじゃないんだから、いいだろうが」

「なんだろう、何かが減る気がする……」

「いいから隠すな、俺から逃げるな」

彼は楽しそうに笑うと、もぞもぞと身を捩る紗夜を抱きしめてしばらく離そうとしなかった。


ひとしきり時雨にからかわれたあと「湯を浴びに行く」と言われて支度をさせられた。

紗夜は二人分の浴衣と手拭いの入った風呂敷包み、もらったばかりの杖を携えて、待ち構えていた時雨にひょいと抱き上げられる。

「さぁ、泉門屋へ行くぞ。走れば半刻くらいで着く」

「せんもんや?」

「俺が用心棒をしている湯屋。今日は貸し切り湯の予約をとっているからな」

軽快に走り出す時雨の腕の中で、紗夜は怪訝そうに首を傾げた。

「わざわざ貸し切り湯を予約してくれたのね」

「お前ひとりで女湯に入れないだろう。手探りで湯船に近づいてそのまま落ちても、誰も助けてくれないぞ」

「それは……想像すると、ちょっと悲しいわね」

「慌てふためくお前を想像すると、俺は愉快だが」

くっくっ、と笑う時雨に対する抗議も含めて、紗夜は彼の三つ編みを摑んで軽く引っ張ってみたが効果はなく、お返しにぐりぐりと頬ずりまでされた。

しばらく山を駆けて泉門屋に到着した。

どこからともなく鼻をつく刺激臭がしたため首を傾げたら、立ち止まった時雨がその場に下ろしてくれる。

「この山道を上れば泉門屋だ。周りに客の姿もないから、その杖で少し歩いてみるか」

「うん。腕を摑んでもいい？」

時雨が「いいぞ」と返事をして風呂敷を持ってくれたので、紗夜は左手で彼の腕に摑まり、右手で杖を突きながら歩き出した。

ゆったりとした足取りで進み、時雨も歩調を合わせてくれていたが——。

突然、たんっ、たんっ、と軽やかな足音が聞こえて、行く手に何者かの気配が現れた。

――誰かが目の前にいる？

そう思った瞬間、紗夜はうなじにびりびりとした強い痺れを感じ、腕や足にまで鳥肌が立ったので息を呑んだ。

「！」

「――時雨。この女、誰？」

聞き覚えのない男の声だった。声色には抑揚がなく、また鳥肌が立った。

隣にいた時雨がすばやく紗夜の腕を引き、後ろに下がらせて守るように前に出る。

「空木。いきなり現れて何の用だ」

「以前も、仕事中に、時雨を街で見かけた。この女、連れていただろう」

「お前に関係ないだろうが」

「気になる。時雨が、女を連れているの、珍しい。……どいて、顔が見たい」

時雨を強引に押しのけたのか、独特なしゃべり方をする男の声が近づいてきた。

「あんた、何者？」

顔を覗きこまれているらしく吐息を感じた。

近づかれただけなのに、紗夜はうなじがぞわぞわとして身体が動かなくなる。

「あ、蛇の気配……これ、時雨の……」

ぼそりと落とされた囁きに身震いし、思わず時雨の腕を掴む手に力をこめた時、謎の男が「痛い！」と声を上げた。

「死にたくなかったら、今すぐ離れろ」

「分かった、分かったから」

時雨に何かされたようで男の気配が離れていく。

「相変わらず、乱暴」

「これ以上、俺に干渉するな。周りをうろちょろするのもやめろ。今はもう、俺とお前は無関係だろうが」

「無関係じゃない。忘れたのか。時雨は、おれの……」

「黙れ。それ以上しゃべるな」

厳しく一喝されて、男はこれ見よがしに「はぁ～」とため息をついた。

「横暴。そういうところ、よく似てる」

「っ！」

「まぁ、いいや。……ねぇ、あんた。気をつけな」

男の声と足音が遠ざかっていく。

「時雨は、相手が何でも喰う。喰って、血と糧にする、蛇だから」

不穏な言葉を残し、完全に男の気配はなくなった。

何が起きたのかと呆気に取られていた紗夜は、傍らにいる時雨の腕を引く。

「今の、誰なの？」

「空木という、昔の知り合いだ」

時雨は端的に答えて、まだ緊張が解けない紗夜の肩に手を回した。

「少し無遠慮なやつなんだ。近づけさせて悪かったな。怖かったか？」

「怖いというか、うなじがびりびりして鳥肌もすごかったの。他のあやかしとは違う感じがしたけど……妖力が強い方なの？」

「そうだな。妖力は強いが、特殊な血族なんだ。違う感じがしたというのは、それが理由かもしれない」

歩けるか、と尋ねられたので頷き、時雨の腕に掴まって再び歩き出す。

「その特殊な血族って？」

「蟲なんだ。その身は小さく、妖力も矮小《わいしょう》で、あやかしの中で最も弱いとされる血統。しかし、ただ一点において、他のあやかしと違う習性を持つ。それにより、蟲の一族からは強大な妖力を持つあやかしが現れることがある。空木もその一人だ」

種族によって生まれ持つ妖力に差異があり、それぞれ違った習性まであるのかと感心しつつ聞いていた時、時雨がぴたりと足を止めた。

「さぁ、着いたぞ。泉門屋の玄関だ」

「あ、うん。入る前に、さっきの方が言い残したこと……」

「相手が何でも喰うというやつか？　それなら、あいつが言ったとおりだぞ。俺は欲深い蛇だからな。うまそうなものは何だって喰う」

彼はあっさりと認めて、紗夜をからかう時と同じく愉快そうな声色で続ける。

「お前からもうまそうな匂いがする。そのうち本気で喰ってしまうかもしれないから、よく気をつけろよ」

「……はぁ〜。なんだか肩の力が抜けたわ」

彼がそうやって、わざと怖がらせるような言葉を放つ時は大抵、本気ではないのだ。

おぞましい話ではあるものの、そろそろ紗夜も、あやかしの理が理解の範疇を超えたものであるというのを受け入れ始めていた。

——人である私の感覚で、良いとか悪いとか決めていいものではないんだわ。

とりあえず『あやかしの世では、そういうこともある』と考えないと思考が追いつかないので、何でも喰う云々の話は聞き流すことにした。

時雨が低く笑いながら紗夜を導いて、湯屋の暖簾をくぐる。

「芳雲、貸し切り湯を借りるぞ」

「時雨殿、お待ちしておりましたよ。……おや、そちらの娘さんが紗夜殿ですか。妻と息子たちが、いつもお世話になっています」

「もしかして、あなたは──」

「雪柳の夫、芳雲です」

「ああ、やっぱり！　私こそ、いつも奥様と息子さんたちにお世話になっています」

紗夜は温厚な声が聞こえるほうに向かって深々と頭を下げた。

芳雲の妖力を感じ取り、うなじはぴりぴりしたが、空木と対峙した時と比べたら気にならない。

芳雲と二言、三言話してから、草履を脱いで湯屋に上がった。

時雨に手を引かれて歩くと板張りの廊下がぎしぎしと鳴り、向かいから他の客の声が近づいてくる。また、うなじが少しぴりぴりとした。

緩やかな足取りで屋外にある渡り廊下を進むと、茹でた玉子のような刺激臭が濃くなって、ぎぃいと木戸の開く音がする。

「さぁ、着いたぞ。着物を脱ぐんだ」

脱衣のために作られた小屋なのだろう。手探りで確かめると、着物を入れる木の籠が置いてある。

時雨の手が離れていき、しゅるしゅると衣擦れの音がした。

湯屋に到着してからは何ごともなくここまで来られたので、紗夜もほっと胸を撫で下ろして半纏を脱いだが、ふと重大な問題に気づいた。

——あれ？　時雨も一緒に入るの？

湯を浴びに行くと連れて来られて、つい自然に受け入れそうになっていたが、この状況はさすがにまずくはないだろうか。

うろたえて固まったら、容赦なく時雨の手が伸びてきて帯をほどかれた。

「自分で脱げないのか。貸してみろ」

「あっ、待って……！」

紗夜がおろおろしているというのに、時雨は無視してさっさと着物を脱がしてしまう。

「湯船はこっちだ」

「……時雨。一緒に入るのは、ちょっと……」

「お前の裸はもう見たことがあるし、俺はまったく気にしない」

「私は、ものすごく気にするわ……！」

たぶん今の自分は耳まで赤くなっていることだろう。

急いで木の籠にしがみつくが、意味を成さずにずるずると引きずられた。

「うっ、うぅ～……」

「その情けない声はなんだよ。初めて聞いたんだが」

時雨がまた、喉を鳴らして笑ったので、どきりと胸が高鳴る。

動きが鈍った隙に、彼の腕がするりと腰に巻きついてきて、そのまま軽々と抱え上げられてしまった。

「あぁ……」

「そんな嫌そうな声を出すな。ただ湯に浸かるだけだろうが」

紗夜も一応、妙齢の女で、何よりも時雨を好きだと自覚したばかりだ。

実際に肌を重ねた経験があるとはいえ、ただの一度きりであり、その時だって意識が朦朧としていた。

夢の中でのあれこれは論外だし、色恋のいろはに対する免疫もほとんどない。

そんな状態で意中の男と湯に浸かるのは、いささか難題である。

時雨が開き戸を開けると、たちまち川の音が聞こえて、硫黄の香りが鼻腔を満たす。

もはや抵抗しても無駄だと悟り、項垂れていた紗夜は面を上げた。

――暖かい空気と、温泉の匂い。

「そら、髪を縛ってやる」

「……あ、うん。ありがとう」

時雨が湯船の横で屈みこみ、紗夜の髪を束ねていた紐を解くと、てきぱきとお団子にして高い位置で縛ってくれる。

彼は「少し待て」と自分の髪も纏め直してから、手探りで湯船を見つけた紗夜に、今度は桶で掬った湯をかけてくれた。

「お湯、温かいわね」

「もっとかけてやろう」

 紗夜がしてほしいことを言う前に、時雨は手際よく世話を焼いていく。たっぷりのお湯を使って全身を濯いだあとは、時雨に抱えられて湯船に浸かった。肩まで沈み、身体が内側からじんわりと温まる。

それだけで、すっかり力が抜けてしまった。

「はぁ～」

「自分で座れるか」

ええ、と首肯して、おそるおそる身を乗り出す。

どのくらいの深さなのか分からなくて緊張したが、さほど足を伸ばさぬうちに爪先がつんと湯船の底に当たったので、紗夜はほっと安堵の息をついて座った。

「湯加減はどうだ」

「ちょうどよくて、気持ちがいい……温泉って初めて入ったわ」

「気に入ったのなら、また連れてきてやる」

「本当に？」

「ああ。屋敷からも近いし、いちいち沐浴のたびに湯を沸かすのは面倒だからな」

時雨も寛いでいるのか真横で「ふぅー」と息を吐いている。

先ほど言っていたとおり、彼がこの状況を気にしていないと伝わってきて、紗夜は複雑な気分だった。

これまでも時雨は着替えや沐浴を手伝ってくれたが、常に平然としていたし、もしかしたら紗夜を女として意識していないのかもしれない。

出会った直後に抱かれたことも、もはや夢だったのではないかと思えてくる。

――時雨が私をどう思っているのか分からなくなってきたわ。

紗夜には他者の表情が見えないから、声色や触れ方、言葉選びに注意を払う。

しかし、それだけでは相手の心の機微をすべて読み取ることはできない。

時雨の言動からは好意を感じられるが、紗夜と同じく恋慕の情なのか、はたまた単なる親愛からくるものなのかは判断がつかない。

肩まで湯に沈んで考えていた時、桶で湯を掬った時にできる波紋で水面が揺れて、ちゃぷ、ちゃぷ、ぎゅっと何かを絞る音がした。そして温かい手拭いが頬に押し当てられる。

「?」

「顔を拭いてやるから、このままじっとしていろ」

「それくらい自分でできるのに」

「いいから、俺がやる」

時雨がぴしゃりと言い、紗夜の顔を丁寧に拭いていく。

その手つきも色気ある触れ合いとはほど遠くて、むしろ手がかかる子供の世話を焼く親といったところか。

——時雨って、何かと世話してくれるのよね。

時雨は顔を拭き終えると、その流れで肩や腕まで洗ってくれる。

湯に濡らした布が肌を撫でる感触は心地いいが、たまに節くれだった彼の指が素肌をかすめるものだから顔が熱くなった。

——恥ずかしいし、すごく緊張してきた。

身体を拭かれたことは一度や二度ではないのに、お互い裸になって湯に浸かっているだけで羞恥心が倍増する。すぐそこにある時雨の裸体や、静かな息遣い……とにかく存在そのものを強く意識して心臓はとくとくと早鐘を打った。

どうにか平静を装うものの、耳の先まで赤くなっている自覚がある。

——でも、きっと私ばかりが動揺している。

なんだか悔しくなって、つい俯きがちになった。

すると、黙々と作業していた時雨が紗夜の顎に指を添えて持ち上げた。肌に突き刺さるような視線と彼の吐息を間近に感じる。

「時雨？」

熱く火照った顔をじっくりと眺めまわされている気がして、堪らなくなって彼の名を呼んだら、時雨が笑う気配があった。

「紗夜。さっきから、すごい顔をしているな」

「すごいって、どんな顔?」

「今まで見た中で一番、赤い顔」

「!」

「療養中に身体を拭いてやっても、そんな反応しなかっただろうが」

「……あれは体調が悪くて、それどころではなかったから。改めてこんなことをされると、照れるのは当然だと思うわ」

それに恋仲でもないのに一緒に湯に浸かるなんて、普通はしないのよ。

顔を背けてもごもごと告げると、時雨が喉を鳴らして例の笑い方をしたものだから、紗夜は更に顔が熱くなった。

「時雨、どうして笑っているの」

「更に顔が赤くなったなと、愉快で」

「……仕方ないでしょう。こうして男性と湯に浸かるのは、初めてなの」

しかも好きな男性と、と心の中で付け足し、思いきってこう続けてみた。

「時雨は意識していないかもしれないけど、他の男性が相手なら、私は顔や身体を拭かれることだって、ここまで許していないわ」

それこそ彼でなければ、ほんの少し触られただけで逃げ出しているだろう。

紗夜は顎をとらえている時雨の手を押し戻し、熱い顔を見せまいと伏せたが、すぐに彼の手が追いかけてきて上を向かされた。

数秒の静寂。

ちゃぷん、と湯が跳ねる。

乗り出してきた時雨の身体が肩に当たり、鼻の頭に吐息が降りかかった。

——あ、接吻される。

そう直感した刹那、唇に齧りつかれて四肢が震えた。

「っ、ん……!?」

思わず顔を背けようとしたが、強く顎を摑まれて遮られる。

「……し、ぐれ……?」

いきなり何を、と紡ごうとして口を開けた拍子に、時雨の舌が侵入してきた。

「ふ、っ……うっ、あ……」

いつの間にか、二本の腕が蛇みたいに身体に巻きついている。

しゃべろうとしても言葉ごと丸呑みにされて、ぬるぬると舌を搦め捕られるものだから力が抜けていった。

時雨とは何度も接吻を交わしたが、それは苦痛を訴えた時だけで、あくまで身体を楽にするための行為だと認識していた。

しかれども、これは違う。もう痛みはなくなったから口づける意味がないはずだ。

胸の鼓動がとくとくと速まり、いっそ身を委ねてしまいたくなるのを堪えて、紗夜は最後の抵抗とばかりに身を捩った。両腕を曲げて時雨を押し返そうとしたが、あっけなく手首をとられる。

行き場を失くした両手を彼の首まで導かれて、ここにしがみついていろと促されたため情けなく眉尻が下がってしまう。

「っ……どうして、急にこんなことを……」

「急じゃない。今までだって、していただろう」

「あれは痛みを取るための行為でしょう」

「一度でも、そんなことを言ったか？」

時雨は声を一層低くして、肩で息をする紗夜の唇をねっとりと舐める。

「俺はただ痛みを取るためだけに、お前の口を吸っていたわけではないが」

「っ！」

話している最中に、時雨の声が右側へ移動していく。

ほどなく耳朶に温かい吐息が触れたので、神経を研ぎ澄ませていた紗夜はぴくりと肩を揺らした。

「まだ耳の先が赤いな。接吻を嫌がっているわけではなさそうだ」

意地悪めいた口調で囁かれて頬がかっと火照る。

胸の奥深くにこっそりと隠しておいた慕情まで見透かされている気がして、羞恥と居たたまれなさの板挟みになった。

——まさか、私の気持ちに気づいていて、わざとこんなことをしてくるのかしら。

なにしろ先刻まで色めいた空気は一切なく、紗夜ばかりがうろたえていたのだ。

突然の口づけも、時雨が反応を見るためにあえて仕かけて、面白がっているだけだとしたら——。

紗夜は火を噴くほどに火照った顔を、震える右の手のひらで覆った。

「……時雨。もし、からかっているだけなら、やめて」

「何だと?」

「私の反応を見るのが愉快だと、いつも言うでしょう。ただ面白がって、こういうことをしているのなら……やめてほしいの」

自分だけが彼を意識しているのだと虚しくなるし、悲しくもなる。

気づいたばかりの恋心が、手のひらで無遠慮に握り潰されるような心地がするのだ。

恥ずかしさのあまり消え入りそうな声になった時、いきなり強く抱きしめられた。

湯の中で素肌がぴたりとくっつく。乳房が硬い胸板に押し当てられて、あまりにも距離が近いから心臓の鼓動がどくんと鳴った。

「なっ、何……？」

「ただ反応が面白いからという理由で、俺は口づけなんてしない」

「え……」

「さっきは、お前の口を吸いたくなったから実行した。それだけだろうが」

紗夜がはっと息を呑んだら、湯の中で背中をゆっくりとさすられた。頭上から静かな声が降り注ぐ。

「お前は表情がころころと変わるから、見ていて飽きない。つい意地の悪いことも言ってやりたくなる。だが、それで誤解されるのは、俺も本意じゃない」

「……時雨？」

おそるおそる顔を上げると、時雨の温かい吐息が頬を撫でて、ほのかに甘い熱と色気を帯びた低音でこう囁かれる。

「だから、誤解を解くために……俺がどれだけ本気でお前に触れたいと思っているか、少し教えてやろう」

絶句する紗夜の顔を両手で包みこみ、時雨が遠慮なく唇を重ねてきた。

「んっ！　……は、っ……」

抱きすくめられて、彼の舌が口の中に入ってきたが、それはさっきと形状が違う。

長い舌の先端は二又に裂けていて紗夜の舌を挟みこんだ。

「っ!? ふっ、んー……ん……」

――この舌の形、確か、夢の中でも……?

混乱している間に舌の根元から搦め捕られ、挟んだまま卑猥にこすりたてられた。

唾液が混じり合って滑りがよくなり、くちゅくちゅと淫らな音が響く。

「……んっ、ん……はぁ……」

「は……紗夜……」

吐息交じりの声で名を呼ばれただけで、お腹の奥がじんと熱くなった。

今にも腰が抜けて、蕩けてしまいそうなほど甘く唇を嬲られるから抵抗する気も早々に失せてしまう。

時雨の手が、わずかに反った身体の曲線をいやらしく撫で上げる。

恐怖ではない官能的な痺れに見舞われ、紗夜はあえかな吐息を零した。

「あ……しぐ、れ……」

名を紡ごうとしたが、すかさず舌を搦め捕られてまともな音にならない。

そうかと思えば唇をがじがじと甘噛みされ、自然と口が半開きになると舌が挿しこまれて舐め回される。

緩急をつけて口の中と外を責め立てられるから徐々に息が上がっていった。

「は、っ……む、んん……」

「……ふ……」

時雨が顔の角度を変えたため口づけが深まり、うまく呼吸ができなくなる。首を捩って息を吸おうとするが、すぐにさせまいと唇に齧りつかれた。

「ん……はぁ……はっ……」

延々と終わらぬ口づけを強いられて、紗夜は縋るように時雨の背にしがみつく。

その瞬間、彼の引き締まった背に薄らと傷があると気づいた。

ちょうど紗夜の指でなぞれる位置に、誰かが爪を立てた痕みたいな——。

——これは、爪痕……？

一瞬、頭の片隅に疑問が過ぎったが、時雨が前のめりになって身体をぐいぐいと押しつけてきたので思考が霧散する。

「紗夜……もっと、くっつきたい」

「あっ……」

「もっと……もっとだ」

臀部のあたりに右手を這わされて、乱暴に彼のほうへ引き寄せられた。

男らしい裸体と密着し、胸板の厚さと腹筋の硬さが生々しく伝わってきて、下腹部に硬い棒みたいなものが押し当てられる……しかも、二本も。

男性の身体を調べたことはないが、さすがに性器は一つしかないはずだ。

混乱に見舞われていると臀部を撫で回され、ぎゅっと鷲掴みにされたので「ひゃっ」と声が出た。

「時雨、そこは……」

「ここは柔くて、手触りがいいな」

うなじから背中までぞくぞくするほど甘い声で耳に吹きこまれる。

「だが、この程度では足りないぞ」

無遠慮に揉みしだかれて身悶えていたら、弛緩した身体が浮いて、胡坐をかいた時雨の膝に乗せられてしまう。

逃げられないよう腰を固定し、淫靡な手つきが臀部を撫で回した。

「んっ……あ、あっ……うっ」

紗夜はくすぐったさと、もどかしさで身体を揺らす。

時雨がたえまなく仕かけてくる口づけにも翻弄され、思考が麻痺してきた頃、臀部を撫でていた手が乳房に移動する。

胸の頂を指でぴんと弾かれた瞬間、夢での愛撫を思い出し、紗夜はぶるりと震えた。

時雨、と呼ぼうとしたけれども見計らったみたいに口を吸われる。

「っ……んんーっ……ん」

滑らかな膨らみを手のひらで丹念に揉まれて、つんと尖った乳頭をしつこく弄られた。指の隙間で挟み、くりくりと転がされるとお腹の奥に熱が生じる。

「は、っ……はぁ……」

「紗夜……もっと、触れたい」

時雨の吐息が敏感になった首筋を掠め、長めの舌がねっとりと舐め上げた。

「もっと、もっと……」

湯がちゃぷちゃぷと揺れて、彼の熱っぽい息遣いが鼓膜を犯した。

硬くなった逸物を腹部にごりごりとこすりつけてくる時雨の興奮と、もっと触らせろという強い欲を感じ取って、紗夜の呼吸も荒くなっていく。

「はっ、あ……あぁ、あ……」

胸の膨らみをしつこく揉まれて、先端をきゅっと摘まれると鼓動が速くなった。

自分から求めるように時雨の首に腕を巻きつければ、乳房の柔らかさを堪能していた手のひらが離れていき、足の間にするりと這わされる。

不意打ちで媚肉を撫で上げたので、思わず高い声が零れた。

「あぁ、っ……！」

「もう十分、俺の欲は伝わっているだろうが……せっかくだから、お前だけでも気持ちよくしてやろうな」

時雨が色気ある掠れ声で囁き、紗夜の足の間を手のひらで刺激する。

かつて一度だけ、彼を受け入れたことのある陰唇に指がずぶりと入ってきて、手のひらの腹の部分で、その上の突起をぐりぐりと押された。

——ああ、これ……すごく、気持ちがいい。

「あ、ぁ、あ……んんっ……」

ひときわ甲高い声が漏れそうになったが、時雨が口づけで塞いだ。

彼の手が太腿の間で規則的に動く。紗夜が感じる花芽を手の腹でこすり、隘路に挿しこんだ指をゆっくりと出し入れした。

「はっ……はぁ、っ……」

生じた快感の種が、あっという間に大きな炎へと変わる。

制御する術も分からず、紗夜は時雨の首に抱きついたまま、じりじりと身を焦がす悦楽の塊に呑みこまれて——。

「ん、んっ……あ、あぁっ……！」

何が起きたか分からぬうちに、びくんっと四肢を強張らせていた。

全身が痺れたような心地よさに包まれ、一気に身体の力が抜けて時雨に凭れかかる。

「はぁ……はぁ……」

余韻に浸りながら息を整えていたら、時雨の掠れきった声が聞こえた。

「――これで分かっただろう、紗夜。こういうことをしてやりたいと、俺はいつだって考えているんだ」

ねっとりと身体中に絡みつきそうな甘ったるい言葉。

思わず震えたら口づけが落ちてきたが、それは触れるだけのものだった。

何度か口を吸われてから、時雨がぐったりとした紗夜を抱えて湯を上がる。てきぱきと身体を拭いて浴衣を着せたかと思えば、彼女を抱いたままどこかに腰を下ろした。

しばし外の風に当たって、紗夜の息がようやく整ってきた頃、時雨がぽつりと零す。

「俺が欲しいのは、お前だけだ。欲しいから口づけるし、さっきみたいに触れたい」

時雨が手のひらを紗夜の胸元に当てる。ちょうど心臓があるあたりだ。

紗夜はわずかに首を傾げると、彼の腕を控えめに引いた。すかさず顔を近づけてくれたのが分かったので、ひそひそと内緒話をするみたいに尋ねる。

「……それは……私を好きになってくれた、ってこと？」

途端に時雨が黙りこんだ。

重苦しい沈黙に怖気づきそうになったが、紗夜は今ここで確認しておかねばと自分を鼓舞して続けた。

「口づけをしてくれたり、さっきみたいに触れたいと言ってくれたり……そういう意味だと思ったんだけど」

「…………」

「言葉にしてもらえると安心するの。もちろん、私も言うから。時雨をどう思っているのか伝えておきたい」

「…………」

「分かった。じゃあ、私が先に言うわね。……その、私は……時雨の、ことが――」

耳まで熱くなってしどろもどろになった時、唐突に顎を掴まれて、まるで続きを喰われるみたいに口にがぶりと齧りつかれた。

その先を告げようとするたびに甘い接吻で遮られ、紗夜がとろんと蕩けて何も言えなくなるまで彼の口づけは終わらなかった。

◆

言葉をしつこく接吻で封じていたら、紗夜はすっかりおとなしくなり、今は腕の中でぼんやりとしている。

触れ合いのせいか力も入らないらしく欠伸を連発していて、放っておけば眠ってしまいそうだ。

時雨は湯冷めしないよう紗夜に半纏を着せてやり、貸し切り湯が見渡せる岩に座り直した。安心しきった様子で凭れてくる彼女の髪に頬を押し当てる。

『……私を好きになってくれた、ってこと？』

――好き、か。

直球で尋ねて、自分の想いも隠さず伝えようとするところが、いかにも純朴な紗夜らしいなと口角を歪めた。

しかれども、今のところ時雨は〝最低限の触れ合い〟で耐えているのだ。

ここで愛の言葉なんて告げられたら止まれなくなってしまう。

そもそも好きだとか愛しているとか、それらの言葉で括られる純真な思慕と、時雨が紗夜に対して抱く感情はかけ離れている。

――これは、そんな綺麗なものではない。

紗夜の髪に押し当てていた頬を離し、さりげなく首を曲げる。

いつの間にか時雨の肩に頭を預けて、うとうと船を漕いでいる紗夜を見下ろした。

睦み合いの真似事をした余韻で、まだ薄らと頬の赤みが残っている。濡れた前髪が肌に張りついて色っぽい。

少しはだけた襟からは細い首筋が覗き、ちらほらと赤い花弁が散っていた。

浴衣で隠れてしまっているが、柔らかな乳房にはもっとたくさん痕が残っている。

時雨は先の割れた舌を出し、自分の唇をぺろりと舐めた。

——呑気なものだ。無防備にも程がある。

あどけない寝顔をさらしてもよいほどに心を委ねてくれているのだろうが、やはり警戒心に欠けている。

ここにいる男は、いつだって紗夜を女として見ているのに。

その時、船を漕いでいた紗夜が身じろぎをした。寝心地のいい場所を探すようにもぞもぞと動き、身体ごとこちらを向いて顔を押しつけてくる。

彼の浴衣をぎゅっと握る仕草に、時雨は黄金色の双眸を弓なりに細めた。

「寒くはないか、紗夜」

半纏の乱れを整えてやりながら訊くと、紗夜がこくりと頷く。

「湯冷めする前に帰るとするか。ゆっくり屋敷で寝たいだろう」

眠くて堪らないのか返答はないが、時雨は気にも留めずに彼女の額に口づける。ほっそりとした身体を抱き直し、緩やかな足取りで貸し切り湯を後にした。

帰り際、また空木の姿を見かけた。木立の向こうからこちらを覗き見ている。

時雨が冷えた双眸で一瞥すると、空木は木の陰に姿を消した。

——あいつ、鬱陶しいな。

時雨に関心を寄せるだけならば捨て置いたが、紗夜にまで興味を持ち、これ以上絡んでくるのならば排除も考えねばなるまい。

それに空木の顔を見ると、否応なしに昔の出来事を思い出す。

ささやかで愛しい日々の記憶と、忌々しくて口惜しい記憶。

どちらも忘れられない思い出だが、それが紗夜ではない別の誰かを見たことで呼び起こされるのは不愉快極まりない。

——それに、俺は〝蟲〟が嫌いだ。

深い沼底にこびりついた汚泥のごとく、その嫌悪感が消えることは一生ないだろう。

嫌な記憶が蘇りそうになり、時雨がすっと無表情になった時、肩に下ろした髪をくいと引かれた。下を見やれば微笑んだ紗夜が大事そうに彼の髪を握っている。

そのいとけない姿に、かつての光景がだぶったので、時雨は口の片端を持ち上げた。

「相変わらずだな、お前は」

ここが自分の居場所だと嬉しそうに笑い、忌み嫌われる蛇に寄り添って眠る。

どうしようもなく憐れで、誰よりも愛らしい娘。


時雨にとって、唯一無二の大切な女。

ある蛇の記憶　一

あやかしの世界で、彼は蛇の一族に生まれた。

蛇の一族の中には時折、強大な妖力を持つ者が現れて、人間から崇められることで神格を得たり、土地神やそれに準ずる守り神になる場合があった。

しかし大抵の蛇族は妖力が弱く、人型をとることができない。

彼も生まれた瞬間から地を這う黒蛇の姿をしていた。

妖術はろくに使えず、人型にはなれない。移動は畜生のごとく地を這って進み、獲物を捕獲する際は牙と痺れ毒を用いる。

生みの親は、彼が黒い体躯を持つことから「黒《くろ》」という名を与え、狩りのやり方を教えてくれた。だが単独で生きるという蛇の習性ゆえに家族で暮らしたりはせず、一人で獲物を捕れるようになると親元を離れた。

知能や妖力を除けば、彼——黒の生態は人の世にいる蛇とほぼ同じだったが、同胞の中でも抜きんでたものが一つだけあった。

それが身体の大きさである。

黒は生まれた時から他の兄弟より大きく、歳月を経るにつれてあやかしの中でも恐れられるほどに成長していった。

結局、その身の巨大さから街へ行っても怯えられるようになり、黒は自分を知る者がいない人の世へ移動した。深閑とした山奥でのんびりと暮らし、腹が減ったら適当な獲物を丸呑みして自由気ままに生きていたのだ。

ある時、黒は狩りの最中に、浅葱《あさぎ》という名のあやかしと出会った。

「妖力を辿って来てみれば、こりゃまた図体だけはでっけぇ蛇のあやかしじゃねぇか」

浅葱は人間の男の姿をしていたが、大蛇の黒を見るなり残念そうに言った。

「てっきり、おれと同じ蟲の一族かと思ったが違ったな。しかも、そんななりをしているくせに妖力は弱っちいし、喰ったところで糧になりやしねぇ」

「……俺が弱いかどうか、確かめてみるか」

失礼極まりない台詞に威嚇で返し、腹立たしさに任せて齧りつこうとしたが、浅葱の右腕一本であっけなく鼻先を殴り飛ばされた。

「ぐっ……！」

「力量差が分からねぇほど頭も悪いときたか。だが、その図体は気に入ったぜ。人間はお前を一目見ただけで怖がるだろうさ。おれが使ってやるから一緒に来いよ」

浅葱は傲岸不遜に言い放った。

――使ってやる、という言い方は腹が立つが、こいつは俺よりも遥かに強い。

体格差を物ともせずに打ち負かされて、黒は生まれて初めて屈辱を味わいながらも、浅葱から滲み出る妖力の強さには心惹かれた。

――こいつの言うとおり、今の俺は地を這うだけのけだものだ。誰からも煙たがられるが、こいつについていけば何かが変わるか？

人目を避けて山奥にこもり、ただのけだものとして生きるのではなく、明確な生きる意味というものができるかもしれない。

逡巡ののち、黒は浅葱の申し出に是と応じてみたが、その判断は誤りだったと早々に分からされることになった。

浅葱はどこへ行っても嫌われ者だった。人間界で悪事を働き、強いあやかしがいれば襲って、澄んだ霊力を持つ人間を見つけたら攫って喰う。

黒の大蛇の姿は、あやかしを退治できるほど霊力の強い人間にも威圧感を与えたが、浅葱はそんな黒を利用するだけ利用し、手柄やうまそうな人間を独り占めした。

分け前がないことに食って掛かっても、あっけなく殴り飛ばされて「お前はほんとに弱っちいな」と鼻で笑われる。

そんなやり取りを続けるうちに、黒はある野望を抱くようになった。

——いずれ、俺が浅葱を喰ってやろう。

浅葱の本性は、大百足《おおむかで》。もともと矮小な蟲けらだが、妖力の強いあやかしを喰うことで、強大な妖力を手に入れたのだとか。

あやかしの世で疎まれる〝共喰《ともぐ》い〟と呼ばれる行為だ。

とりわけ蟲の一族は共喰いの習性があり、街で暮らす者たちから忌み嫌われた。

しかし街の生活に馴染めなかった輩や、人の世で悪事を働くあやかしにとって、より強い同胞を喰らって己の血肉にするという考え方は手っ取り早く妖力を高める手段だとみなされていた。

なにより強いものを打ち負かして喰う、という行為そのものが、分かりやすい強さの指針だったのだろう。

——浅葱を喰えば、強い妖力が丸ごと手に入る。

黒は図体が大きすぎて、ろくに妖術も使えなかったが、頭の回転は悪くなかった。

正面から襲っても返り討ちにされるのは目に見えていたので、利用されるふりをして浅葱を喰おうと、虎視眈々と狙いを定め始めたのである。

縄張りにしていた山中で行き倒れた人間の少女を発見したのは、浅葱と出会って一年が経過した頃だ。

近くの崖から転げ落ちたらしく、少女はうつ伏せで倒れて意識を失っていた。

黒は警戒しつつ少女に近づき、長い舌を使って匂いを確かめた。

——なんだか、うまそうな匂いがする人間だ。

獣の肉などの匂いとはまた別で、不思議と食欲をそそる匂いだ。

彼はまだ人間の味を知らなかったが、霊力を持つ人間というのは大層美味で、喰うと妖力が増すのだと浅葱から聞かされていた。

——こいつも霊力があるのかもしれない。

黒はさりげなく周りの様子を窺う。人型をとることのできる浅葱は人間の街に拠点があり、用がある時にしか黒のもとに顔を出さなかった。

最近はとんと見かけないため別の地方へ移動したのかもしれない。

いずれ喰ってやろうと狙っているが、自分から会いに行くほど親しみはなく、二度と関わらなくて済むのならそれはそれで構わないと思っていた。

ゆえに今なら、このうまそうな少女を独り占めにしてしまえるが——。

——狩りを終えたばかりで満腹なんだよな。

つい先ほど大きな猪を仕留めて丸呑みしたばかりであった。消化できておらず、いささか動きが鈍くなっている。

ここで少女を胃袋に詰めこんだら消化不良を起こしそうだ。

――この人間は幼いな。骨と皮しかなく、食いでもなさそうだ。

地面に投げ出された細い手足を見て、黒は黄金色の双眸を細める。

普段であれば満腹時に人間を見つけても捨て置いたが、この少女から香るうまそうな匂いは魅力的だった。

――餌にするなら、もっと太らせてから喰うという手もある。霊力を持つ人間はそうそう手に入らないし、できればまるまると肥えて脂がのった状態で食いたい。

今の季節は夏。数ヶ月もすれば冬がくる。

人間界にいる蛇のように冬眠とまではいかないが、本格的に冷えこむと動きが鈍くなるため例年、秋には食いだめするようにしていた。

冬の備えとして、この人間を太らせておくのもありではないか。

黒は意識のない少女に尻尾を巻きつけると、締めつけない程度に持ち上げて、ねぐらにしている山奥の洞窟まで引きずっていった。

地面に転がして様子を窺っていると、まもなく少女が呻き声を漏らした。重たげに頭を持ち上げ、手探りで地面を触る。

洞窟内が薄暗いせいか、まだ黒の存在に気づいていないらしい。

今か今かと悲鳴が聞こえるのを待つが、少女はいつまで経っても叫ばなかった。

崖から落ちた際に痛めたのか、腫れた足を引きずり、洞窟の入り口でとぐろを巻いた黒が見える場所まで四つん這いでやって来ても声一つ漏らさない。

その時になって、黒はあることに気づいた。

――この人間、目が見えないのか。

少女は薄く瞼を開いているが、その目はすぐ近くにいるはずの黒を捉えない。

手探りで周囲を確かめながら近づいてくる少女を観察して、黒は「しめたな」と思う。

もし逃げられそうになったら痺れ毒を使って洞窟に捕らえておこうと考えていたが、相手はここがどこかも分かっていない盲目の人間。

足を怪我している上、ここは山深いため一人で逃げることは不可能だ。

「……誰か、いるの？」

自分以外の生き物の息遣いを感じ取ったのだろう。

動きを止めた少女が不安そうに問うてくるが、黒は無言を貫き、瞳孔の開いた目で観察を続けた。

やがて少女が黒のもとまで辿り着いた。行く手を阻む大蛇の胴体を手のひらで撫でて、怪訝そうに首を傾げる。

「岩じゃない。なんだろう……冷たくて、つるつるしてる……」

「それは俺の身体だ」

低めの声で応じた瞬間、少女の身体が大げさに強張った。

「えっ!? だ、誰っ……?」

「お前は、俺が喰うためにここへ連れてきた」

問いかけには答えず、黒はまた舌を出して匂いを嗅いだ。

「食欲をそそる匂いがする。喰うのが楽しみだ」

顔面蒼白になった少女が熱いものに触れた時のように手を引っこめて、じりじりと後退する。薄暗い洞窟の壁に背中を押しつけて、それきり動かなくなった。

「逃げるなよ、小娘。そういうそぶりを見せたら、すぐに丸呑みにしてやるからな」

少女が小刻みに震えているのが分かったが、黒は気にも留めなかった。

それから一晩中、洞口の入り口で見張りをして、夜が明ける頃には疲れ切った彼女が寝入ってしまったので狩りに出る。

——まずは太らせないと。

寝ぼけた様子で巣穴から出てきた野兎を捕らえると、牙を刺して痺れさせてから洞窟まで持って帰った。

黒の移動する音で目を覚まし、眠たげに欠伸をする少女の前に野兎を投げ捨てる。

「おい、朝飯だ。それを喰え」

少女はびくりと身を震わせたが、ためらいがちに地面を探った。

しかし野兎を見つけた瞬間、小さな悲鳴を上げる。

「ひゃっ……こ、これ、何なの……？」

「野兎。お前の身体の大きさなら、それで十分に腹が満たされるはずだ」

少女は呆気に取られた様子で固まっていたが、もう一度、おそるおそる野兎に触れた。

生きてはいるけれども、痺れ毒のせいでぴくぴくと痙攣しているのを確かめて、少女はまたしばらく動きを止めてから小さな声で言う。

「……この子、まだ生きてる」

「動けないよう麻痺させてある。生きたまま捕らえたほうが肉は柔らかいからな。放っておくと痺れ毒が抜けて逃げ出すぞ。さっさと喰ってしまえ」

「………………」

「喰わないのか？」

「……生では食べられないわ」

少女が弱々しい声で応じて野兎を抱き上げると、意を決したように告げる。

「それに、普段は肉を食べないの」

「は？　じゃあ、何を喰っていたんだ」

「豆や野菜、雑穀米とか。お寺で暮らしていたから、生き物を殺してはいけないという戒律があったの」

——何だ、それ。まったく意味が分からないんだが。

獣の肉は糧であり、身体を動かす活力となる。

黒はあやかしだから頻繁に食事をする必要はないが、それでも肉体を強くするためにはある程度の栄養を必要とした。

てっきり人間も自分たちと同じように肉を喰い、生きているものだと思っていた。

しかし、少女が続いて放った言葉で更に混乱に陥る。

「だから、この子は逃がしてもいい？」

「馬鹿を言うな。肉を喰えないわけではないだろう。生で喰えないのなら、焼けばいい」

「……どうやって？　あなたが火を起こしてくれるの？」

「俺ができるわけがないじゃないか。お前が自分でやれ」

「でも、火打石がないわ。危険だから、火を扱うのはだめだと言われたこともあって」

少女が野兎を右腕で抱き直し、俯きがちに目元を示した。

「私、目が見えないの。火事にするかもしれない」

「…………」

「だから逃がしてもいい？」

もういい、お前が喰わないなら俺が喰う。

そう言いかけたが、それでは少女を太らせるという目的から外れるし、昨日の猪がまだ胃袋に残っているので腹も減っていない。

いっそ脅して口に詰めこんでやろうかとも思ったが、吐き出されても困る。

黒は苛立ちで尻尾を地面に叩きつけ、牙を剥いて言った。

「うるさい小娘だ。本気でその野兎を逃がすつもりなら、今後、自分で喰うものは自分で取ってこい。飢えて死んでも知らないぞ」

威嚇するように炯々《けいけい》とした双眸で睥睨し、ぱかりと口を開けて牙と長い舌を見せつけたが——その時、少女が面を上げた。

閉じていた瞼を開け、夜の底みたいな漆黒の瞳でまっすぐに射貫いてくる。

生まれてこのかた蛇の鋭い眼光を恐れて目を逸らされることは多々あれども、真っ向から受け止められたのは初めてで、黒はわずかにたじろいだ。

「……分かった」

やがて少女は瞬きもせずに応じた。細い身体はぶるぶると震えていて、虚勢を張っているのは丸わかりなのに声を張り上げる。

「食べるものは自分で探すから、この子は逃がしたい」

私とは違って、きっとまだ家族がいるはずだから。

そう続けた少女の瞳は曇り一つなく、甘いことを言うなと怒鳴り返せばよかったのに黒はどうしても動けなかった。

——こいつ、目が見えていないいんだよな。

見えていないのに、こんなふうにまっすぐ見てくるなんて——いや、むしろ逆か。

黒は己の姿を見下ろした。黒い鱗に覆われた長い胴体。地を這う醜いけだものの姿が見えていないからこそ、きっと彼をこうして直視できるのだ。

結局、少女は野兎を逃がし、宣言どおり自分の食べるものを探しに行った。

といっても逃げられるわけにはいかないため、黒は足を引きずって進む少女の後を追いかけたが、彼女は木の根があれば躓いて転び、大きな岩があればぶつかって、獣道で足を滑らせたかと思えば真下の川に落ちそうになった。

そのたびに黒が尻尾を巻きつけて支えてやり、間一髪のところで難を逃れた。

——俺がついてこなければ、とっくに死んでいたぞ。

泥だらけになりながら歩く少女に呆れ返ってしまい、仕方なく、近くにあった柿の木に体当たりをして揺らした。

「ほら、柿だ。それなら食えるだろう」

どさどさと実が落ちた音を聞いてか、少女が手探りで柿を見つけ出し、着物の袖で丁寧に拭いて齧りつく。どうやら腹が減っていたようだ。

「まだ熟してなくて、渋い」

「文句を言うな。それで我慢しろ」

少女は不承不承に頷くと、両手いっぱいに柿を抱えた。

たぶん落とさずに洞窟までは戻れないだろうなと思いつつも、洞窟まで案内してやったら案の定、途中で転んでほとんど落としていた。

仕方ないので尻尾を使って拾えるぶんは拾ってやり、もしかしたら面倒くさい人間を拾ったのではないかと、ようやく気づいたが遅かった。


少女との共同生活において黒は事あるごとに頭を悩ませた。

常に食事の問題が付きまとい、彼女が用を足しに行くだけでも目が離せず、放っておくと体臭がひどくなるため川で水浴びをさせなければならなかった。

その上、夏でも山奥なので朝晩と冷えこんで寒がるし、着物を洗っても臭いと汚れが取れなくなったらしく「着替えが欲しい」と細い声で頼まれた。

人間の小娘一人、どうとでもなる。

そう思っていた自分を叱咤したくなるほどに少女は手がかかった。

うまそうな匂いにつられて、面倒だからもう喰ってやろうかと思う時もたびたびあったが、骨と皮ばかりの彼女を見て「もう少し待て」と自制した。

しかし予想外だったのは、少女が泣いたり喚いたりはせず、かと言って逃げ出すそぶりもなく洞窟の生活を受け入れたことだ。

「おい、芋だ。村から適当に引っこ抜いてきてやった」

朝日が射す洞窟の入り口で寝ぼけ眼をこすっている少女のもとへ、黒は尻尾で摑んで持ってきた芋の株を放る。

深夜に麓の村へ下りて畑に忍びこんだのだ。株の根元には大量の芋がぶら下がっていた。

「……芋？」

「それから、これも。適当に取ってきてやった」

身体を巻きつけて引きずってきた竹の葛籠《つづら》を少女のほうへ押しやった。

芋を取るついでに民家の蔵へ侵入し、古い着物が入っている葛籠を見つけたのだ。

少女は戸惑いぎみに芋をかき集めてから、手探りで葛籠を開けた。中から着物を引きずり出して身体に当てている。大人用で袖は長そうだが、ないよりましだろう。

男ものの半纏も入っていたらしく、少女は一通り確認すると、おずおずと黒のいるほうへ顔を向けてきた。改まった様子で息を吸いこみ、小さくはにかむ。

「……ありがとう」

何を言うかと思えば、まさか礼だとは。

黒は少女の笑みを見て、しばし動きを止めたあと、ふんと鼻を鳴らした。

「お前には健康的にまるまると肥えてもらわないといけないからな」

「……うん」

「たらふく芋を喰い、うまそうな餌になれよ。いずれ丸呑みしてやる」

そう告げた途端、空に燦然と輝いていた太陽が雲間に隠れたかのごとく、少女のあどけない顔が翳りを帯びる。

黒は俯いてしまう少女からすばやく目を逸らし、葛籠を洞窟の中へ押しこんだ。

——今、愚かなことを考えそうになった。

自分はあやかしの街に居場所がなかったはみ出し者で、人間のことだって餌としか見ていない、ただの地を這うけだものだ。

それなのに、まるで慈悲ある者のような考えが一瞬、脳裏を過ぎりかけたのだ。

——本当に愚かだ。餌でしかないのに。

たとえ少女に対して何かを感じたとしても、それは一時の気の迷いに違いない。

自嘲した時、どこからか視線を感じた。

顔を巡らせて洞窟から離れた木立に目をやるが、今さっき何かが飛び立ったのか枝が揺れていて、ばさばさっと翼の羽ばたく音が聞こえた。

そうして、なんとか少女を肥えさせようと奔走して暮らすうちに、彼女との生活に少しずつ変化が生じ始めた。

はじめこそ無気力な様子で洞窟の隅にいて、外へ出るのも川へ行ったり、食べ物を採りに行ったりするだけだった少女が自主的に動くようになったのだ。

黒が村から拝借してきた獣の毛皮を敷き、半纏を蒲団代わりにして寝床を整え、洞窟の入り口に川原から拾ってきた石で焚き火する場所を作る。

少女は落ちている細い枝や枯れ葉、松ぼっくりも集めてきて、拾った石をかち合わせて火を起こそうと試みていた。

色んな石を使い、根気よく何日も続けた結果、とうとう火を起こすことに成功した。

黒が何をするのかと眺めていたら、彼女は「あちっ」と悲鳴を上げつつ大きな葉を濡らして芋を包みこみ、薪をくべた焚き火の中へ放りこんだ。

「ねぇ、火加減を見ていてほしいの」

めったに口を開かない少女から頼まれて、黒は従った。

焼いた芋を喰うつもりなら太らせるためにも必要なことだと思ったからだ。

「焦げてきたぞ。煙が出てきた」

「あっ、うん……あ、熱い……あちっ……」

少女が木の棒を使って、おっかなびっくり焚き火から芋をかき出した。

ほどよく冷めるまで待って黒くなった木の葉を開くと、焼けた芋のいい香りがする。

「おいしそう」

彼女が赤くなった手で焼き芋を頬張り、初めて満面の笑みを浮かべた。

黒は少女の後ろから身を乗り出し、その様子をじっと眺めていた。

熱々の芋で口をいっぱいにする少女は血色がよく、とても生き生きとして、暗い表情をしていた時と比べたら別人のようだった。


少女がいなくなったのは、山全体が鮮やかな秋色に染まった頃だ。

ほんの少し洞窟を離れた隙に姿が見えなくなり、慌ててふためいて探し回ったら、彼女は岩がごろごろ転がっている川の下流で泣いていた。

「うぅっ……うぅっ……」

川原で膝を抱えている少女はずぶ濡れだった。

黒がずるずると這いながら「おい！」と声をかけたら、少女は勢いよく面を上げた。

「お前は馬鹿なのか！　俺がいない時、勝手に外へ出るな！」

少女がふらふらと立ち上がって両手を伸ばし、怒鳴りつける黒のもとへ歩いてくる。

何度か石に躓いてよろめきつつも、黒の身体に触れた瞬間、安心したらしく涙をぽろぽろと流し始めた。

「ごめんなさい……水を汲みに行こうと、思って……でも、足が滑って……川に、落ちて……どこなのか、分からなくなってしまって……」

そこまで話して、少女は黒の胴体にくっついて嗚咽を零す。

よほど恐ろしい思いをしたのだろう。彼女のほうから触れられるのも、こうして泣かれるのも初めてだったから、沸騰しかけた怒りが一気に冷めてため息をつく。

「ここは下流だ。川沿いに上っていけば簡単に戻れるだろうが」

そこまで言って「ああ、そうか」と気づく。

少女は目が見えなかった。黒にとっては簡単でも、彼女にとっては困難なのだ。

今更なことに思い至り、泣きじゃくる少女を見下ろす。

最近はたらふく芋を食べているはずなのに、相変わらず手と足は細かった。裾を上げないと大きさの合わない着物を纏い、伸びてきた髪は適当に結ばれているだけで、両手には焚き火で作った赤い火傷の痕。腕や足は山歩きでついた、すり傷だらけだ。

一日に一回、必ず水浴びをさせて清潔なのが、せめてもの救いか。

黒は少女をじっくりと眺めて、その顔で視線を留めた。

人間の美醜は分からないが、あどけない顔立ちだなとは思った。きらきらと光る涙がとめどなく頬を伝い落ちていく。

「……さっさと泣きやめ、小娘が。洞窟へ帰るぞ」

黒は顔を背けると、くすんと洟を啜る少女の頭を尻尾で軽く小突き、ずるずると上流へ移動を始めた。少女も涙を拭いながらついてくる。

「……川には、何度も来ていたから……水を汲むくらい、平気だと、思ったの」

道中、安堵感からか、訊いてもいないのに彼女が話し始めた。

「でも、だめだった……また、失敗したわ」

「………」

「いつも失敗してから、どうしてこんなことをしてしまったんだろうって、後悔するの。もっと慎重に考えて、行動するべきだったのに、って」

少女は消え入りそうな声で吐露したきり黙ってしまう。心なしか足取りまで遅くなったので、黒は振り向いて尻尾で彼女の頭をつついた。

すると少女がためらいがちに手を伸ばし、黒の尻尾に掴まって歩き出す。

尻尾を掴むな、と文句を言いそうになったが、いちいち少女がついてきているか確認しなくて済むかと思い直して好きにさせることにした。

無事に洞窟まで戻ると、少女は焚き火で温まりながら、今度はぽつぽつと自分の生い立ちを語り出した。

両親が感染症で亡くなり、寺に預けられたが、そこでの生活が寂しかったこと。

住職には叱責されてばかりで、誰とも親しくなれずに孤立し、一人ぼっちだと思うたびに胸が苦しくなったのだと涙交じりに話す。

「だから、あの日、寺を出たの。それで道に迷って……さっきみたいに、どこにいるのか分からなくなって、斜面を転がり落ちた。ここで死ぬんだと思って、なんて馬鹿だったんだろうって後悔したの。……だけど目が覚めたら、この洞窟にいた」

「…………」

「あなたに食べられてしまうと分かって、怖くて堪らなかった。でも、ここから逃げるのも怖かったの。また、どこかで足を踏み外したら、今度こそ死ぬかもしれないって」

少女がまた、くすんと洟を啜った。

「ここにいても、遅かれ早かれ、あなたに食べられてしまう。どうせ死ぬなら、もうどうでもいいと思ったけど……私が外に出て、危ない目に遭うと、あなたはいつも助けてくれた。その尻尾で」

黒は自分の尻尾を見た。危なっかしい少女の後をついて回り、何かあるたびに尻尾で身体を支えてやっているのだ。

「着物や、毛皮も持ってきてくれて……それで私ね、もう一度、考えてみたの。あなたとはちゃんと話ができるかもしれないって」

「俺と話だと？」

「だって、こんなふうに話しかけたら無視せずに答えてくれるでしょう。寺にいる時は人に話しかけても、よく無視されたわ」

「…………」

「あなたが何者なのかは分からない。でも言葉が通じて、意思疎通もできるから、もしかしたら食べないでいてくれるかもって思って……ひとまず自分にできることを増やそうとしたの。少しでも、私を食べるのが惜しくなってほしかったから。だけど、また失敗してしまった」

――こいつは何を言っているんだ。

少女が涙交じりに吐き出す言葉が信じられなくて、黒はひどく混乱した。

お前を喰うのだと幾度も宣言しているし、黒がただの動物ではない異形であると彼女も分かっているはずだ。

それなのに黒と話をして、できることが増えたら自分を食べないでいてくれるかもしれない、だって？

――なんて愚かな小娘なんだ。

黒ははじめから彼女を餌としか見ていない。太らせてから食べるのが目的だ。うまそうな匂いに釣られて喰ってしまおうかと迷ったのも一度や二度じゃない。

ここまで苦心して世話してきたから、いざ喰うとなればためらうはずがないのに――。

「ねぇ、近くに行ってもいい？」

黒が答える前に、少女が手探りで近づいてきた。彼の心の迷いを映すように、うろうろと揺れている尻尾を見つけ出し、何を思ったのか腕に抱えこむ。

「っ……」

「これって尻尾でしょう。ゆらゆら動いてる」

「気安く触るな」

勢いよく尻尾を動かしてみたが、少女はしがみついて離れない。

それどころか胸中を打ち明けて開き直ったらしく、こんなことまで言い出した。

「私、食べられたくないし、ここで死にたくないの。ちょっとずつ自分でできることを増やしていくから、私を食べないで。でも、他に行く場所もないから、ここに置いて。なんでも頑張るから」

「何を勝手なことを言っているんだ。しかも喰われたくないくせに、ここに置けだと？　お前、図々しいにもほどがあるぞ！」

「お前じゃないわ。私ね、紗夜、っていう名前なの。あなたの名前は？」

「はぁ？　なんで名乗らなきゃいけないんだ」

「名前があったほうが、何かあった時に助けを呼びやすいわ。川に落ちた時とか、崖から落ちた時とか、これからは危なくなったら、あなたの名前を呼ぶから」

生きる気力を取り戻した少女——紗夜は思いのほか逞しかった。

苛立ちに任せて、今度こそ喰ってやろうと口を開けたものの、紗夜がいつしか泣きやんで笑みまで浮かべていたから動きが鈍る。

「教えてくれないのなら、勝手に名前をつける」

「馬鹿なことを。名前なんて意味はない」

「この間、雨が降っていたでしょう。今はまだ秋になったばかりだけど、秋の終わりから冬の初めに降る雨を〝時雨〟っていうんだって。寺に来る行者が教えてくれたの。綺麗な響きでしょう」

黒は迷いを打ち消すように紗夜の頭を齧ろうとしたが、続けて彼女が放った言葉で再び動きが止まった。

「季節の移り変わりを表す雨の言葉。あなたの身体はひんやりとしていて雨に打たれる時を思い出すから、これからは時雨って呼ぶことにした」

季節の変化を表現する雨の名と、同じ響き。

それは何のひねりもない〝黒〟という名前と比べたら、とても知的で、地を這うけだものにつけるには似つかわしくない。

黒は黄金色の双眸を見開くと、無防備に尻尾に抱きつく少女を見下ろした。

これ以上は何も答えるな。さっさと喰ってしまえばそれで終わる。

本能がそう警告していたのに、黒は無意識に反芻した。

「時雨……」

「ええ。あなたをそう呼んでもいい？」

紗夜が閉じている両目を開けて、彼を見上げてきた。

視線は決して絡まないが、その漆黒の瞳は逸らすことなくこちらに向けられている。

「ねぇ、時雨？」

これまで名前なんて気にかけたこともなかった。

ただ名があると便利だからと、親が適当につけたものであり、進んで名乗る相手もほとんどいない。自分でも忘れかけていたほど無価値だった。

しかし今この瞬間、彼の中で、名前というものが意味を持った。

自分でも醜いけだものと思う身体に寄り添い、その温度が雨に似ていると口にする少女がつけた、彼には分不相応な美しい響き。

黒はゆっくりと口を閉じる。相変わらずうまそうな匂いがするのに急に食欲が失せ、黙って紗夜を見つめることしかできなかった。


この日、彼は〝黒〟から〝時雨〟になった。

そして餌として拾ってきたはずの少女を、何故か喰うことができなくなってしまった。

第五話　大蛇と大百足

真夜中。薄闇のもとでうとうとしていた時雨は目を覚ます。ふと視線を落とせば、胸元にくっついてすやすやと寝入る紗夜がいた。

華奢な彼女を腕で包みこみ、その温もりを確かめて安堵の息を吐く。

二人で寄り添う褥の中、紗夜はその身に何も纏っていない。時雨も一糸纏わぬ姿で、彼女と隙間なく素肌を重ねていた。

「紗夜」

呼び声に返ってきたのは健やかな寝息だった。

紗夜の胸の膨らみの狭間、小刀を突きたてられた場所に指を滑らせる。とっくに傷は塞がっているが、すべらかな肌には似つかわしくない傷痕があった。

この傷がもう少し横に逸れていたら、心臓を一突きにされていただろう。

あやかしは心臓が傷ついても、妖力を生み出す命の源――〝妖核《ようかく》〟が無事な限り即死することはない。それは人間の魂と同じで形のないものだが、すべてのあやかしの身の内に宿っている大切な命の核であった。

けれども、人間は心臓を貫かれれば多量の血が噴き出して絶命する。

紗夜の心臓が無事だったのは僥倖か、もしくは痛みを長引かせると分かった上で、供物の血を流しすぎないよう意図的に避けられたのか。

真偽のほどは不明だが、紗夜がひどい苦痛を味わわされたのは事実であった。

憤懣《ふんまん》やるかたないところだが、時雨は激情を抑えるように双眸を伏せ、紗夜を抱きこみながら蒲団を被る。

彼女の肌は温かくて心地よい。今少し素肌を合わせていたかった。

しかし、滑らかな曲線を描く紗夜の身体つきに、不埒な欲望がむくりと頭をもたげる。

当然のごとく下腹部も硬くなったが、時雨は目を閉じたまま己を律した。

――今日のぶんは、もう終わっている。

本来、蛇は強欲な生き物だ。欲しいものを手に入れるまで諦めないし、ひとたび手に入れたら誰とも分け合うことなどせずに独り占めする。

その性質は物欲だけに留まらない。ひときわ性欲も強く、精力旺盛ゆえに蛇の交尾は数日にわたたって行なわれた。

時雨も生まれながらの蛇だから、本気を出せば延々とまぐわっていられるほどに強靭な体力と精力を持ち合わせている。

だが、彼は微動だにせず欲求を抑える。

気を抜けば、無防備な紗夜を組み伏せてしまいたくなる衝動を捻じ伏せ、健やかな寝息に耳を澄ませるのだ。

——紗夜がこれに気づいたらどう思うだろうな。

そんな考えが過ぎるが、まぁどうでもいいかと打ち払う。

どうしても必要不可欠な行為であったし、罪悪感なんて欠片も抱いていなかった。

それどころか、むしろ——。

時雨は薄目を開けて、瞳孔の開いた双眸で壁の一点を見つめた。

——所詮、俺は欲深い蛇だ。

紗夜を大切にしてやりたい。優しくしてやりたいし怖がらせたくない。

そう思っているのは確かだが、時雨が胸の奥底に抱く感情は恋や愛といった美しい言葉では表現できない。

沼底の汚泥みたいにどろどろとした欲望と、底知れぬ執着が混在した醜悪なものだ。

——それでも、好意には違いないが。

紗夜の髪に頬ずりをして、自分の側から離すまいと両腕を絡みつける。

一度は手放した紗夜を、こうして取り戻したのだ。

たとえ本人が嫌がろうとも、もう二度と手放すつもりはなかった。

◆

時雨と貸し切り湯へ行った日から、紗夜には新しい日課ができた。

彼が仕事へ行く時、玄関の外まで見送るようになったのだ。

「今日は帰りが少し遅くなる。芳雲が雪柳たちを迎えに来たら、お前もついでに泉門屋まで送ってもらえ」

時雨の言葉に、紗夜は「分かったわ」と真剣に頷く。

ここのところ幽朧街では人間がかどわかされる事件が起きているらしい。

総じて夕暮れから夜にかけて失踪し、街で暮らす人間は警戒を強めているのだとか。

雪柳と息子たちは、夫の芳雲が仕事を抜けて迎えにくるようになり、紗夜も時雨の帰りが遅い日は、彼らの帰り道にある泉門屋まで同行させてもらった。

特に紗夜は一人でいる時に侵入者がいても気づけないし、最近は日が落ちるのも早くなってきたため、時雨は心配しているのだろう。

ちなみに日によって、時雨本人が仕事を抜け出して迎えに来てくれることもある。

紗夜にしてみれば「心配しすぎでは」と思う時もあるが、泉門屋へ連れて行かれて番頭台の後ろにちんまりと座り、時雨の仕事ぶりに耳を傾けるのは楽しい。

女将である常盤や芳雲をはじめとし、他の従業員も話しかけてくれるので、これがなかなか新鮮なのだ。

「念のために言っておくが、一人では出歩くなよ」

「分かってる。屋敷でやりたいこともたくさんあるし、勝手に外へ出たりはしないわ」

時雨がふうと息を吐いて紗夜の頭を撫でていく。

「ここでの生活にも、ずいぶん慣れてきたみたいだな」

「ええ。火を使う炊事とか、水を汲みに行かないといけない洗濯とか、まだできないことも多いけど雪柳さんが教えてくれるから。最近は凪と紺も手伝ってくれるの──」

「そうか。泉門屋で他のあやかしに会っても、うろたえなくなった」

「それも慣れだと思うわ。みんな親切だし、私が人間でも普通に接してくれるでしょう」

頭を撫でる手に触れて笑いかけたら、首を引き寄せられて唇を奪われた。

突然のことに「むぐ」と呻いた紗夜を抱きしめると、時雨は軽く口づけて顔を離す。

「なぁ、紗夜。今日の仕事が終わったら話がしたい」

「話？」

「ああ。お前の今後に関わる、大事な話だ」

戸惑いつつも頷けば、彼が名残惜しそうに紗夜の唇をぺろりと舐めていく。

「じゃあ、行ってくる」

「うん。いってらっしゃい、時雨……っ！」

行ってくると言ったくせに、時雨はもう一度、がぶりと唇に齧りついてから離れた。

「じゃあ、行ってくるからな」

「……それ、さっきも言ったわ」

顔を背けて手をひらひらと振ったら、くくっ、と笑い声がして足音が遠ざかる。

紗夜は彼が去ったのを音で確認し、熱を持った顔に手の甲を押し当てた。

——このごろ、時雨が甘い。

以前から距離は近いと思っていたが、あの貸し切り湯での一件以来、彼のふるまいは甘さを増した気がする。

当たり前のように口づけをされ、添い寝に至っては寝入る時も、目覚める時も、時雨に抱きしめられているのだ。

それ以上の触れ合いはないものの、手を出されていないのが不思議に思えてきた。

——好きだと言わせてくれなかったけど、これって両想いってことよね。

時雨も『欲しいのは、お前だけだ』と言ってくれたし、好きということかと尋ねても否定されなかったので恋仲で相違ないはずだ。

紗夜は唇に触れたが、時雨との接吻を思い出して照れくさくなり、そそくさと杖を突いて部屋に戻った。

午前中は、朝日の射す東の間で繕い物に挑戦した。針を何度も指に刺して「いたた」と声を上げつつも浴衣のほつれを縫っていく。

そうこうしていると昼時になり、雪柳と息子たちがやって来た。

日当たりのよい縁側で賑やかな昼餉をとって、雪柳が水を汲みに行っている間、紗夜は庭先で遊ぶ凪と紺の声に耳を澄ませていたが――。

がさっ、と庭の向こうから枯れ葉を踏む音を聞きつけ、反射的に顔を向けた。

どこからともなく肌に刺さりそうな視線を感じて縁側から立ち上がった時、凪が「うわっ！」と大きな声を上げた。

直後、また枯れ葉を踏む音と、走り去る足音がする。

「びっくりした……」

「凪、どうしたの？」

「向こうの木のところに、知らない男がいたんだ」

「なんか、すごく変な匂いがした。今まで、かいだことがない感じ」

紺がくんくんと鼻を鳴らして不安げに言い、紗夜の足にくっついてきた。いつもやんちゃな凪まで無言でくっついてきたので、双子の頭を撫でてやり、紗夜は顔を巡らせる。

耳に意識を集中するが、もう枯れ葉を踏む音は聞こえなかった。


夕暮れ時、芳雲が雪柳たちを迎えに来た。

紗夜も愛用の杖を持ち、屋敷の戸締まりをしてから雪柳の手を借りて泉門屋へ向かう。

「父上、おんぶしてよ」

「おれも、おれもー。紺だけずるいよ」

「分かったから、よじ登るな。いっぺんに背負ってやるからじっとしていなさい」

山道を歩きつつ、前方から聞こえる会話だけでも、妻子のために仕事を抜け出してきた芳雲が凪と紺にじゃれつかれている光景が想像できた。

「いつも騒々しくてごめんなさいね、紗夜さん」

「賑やかで楽しいですよ」

隣を歩く雪柳の腕に左手を置かせてもらい、紗夜は杖で地面を突きながら歩いていく。

季節は秋を通り過ぎ、日が落ちた途端、きんと冷える空気からは冬の気配がした。

山全体が冬支度をしているらしく虫の鳴き声はめっきり減って、秋と比べたらずいぶん静かになった。

――あやかしの街にも雨や雪は降るのかしら。

ここへ来てから一度も降っていないが、紗夜は雨が好きだった。

寺の屋根、石畳、水たまり。雨粒が当たる場所によって音が微妙に変わり、じっと動かずに聞いていているだけで楽しいからだ。

——そういえば、この時期に降る雨のことを、時雨っていうのよね。

秋の終わりから冬の初めに降る雨。季節の変化を感じられる、美しい響き——。

『今はまだ秋になったばかりだけど、秋の終わりから冬の初めに降る雨を〝時雨〟っていうんだって』

——あれ？

ふと記憶に引っかかりを覚えた。

この話を、自分は以前どこかでしなかっただろうか？

紗夜が眉根を寄せて、おもむろに額を押さえた時だった。

「ねぇ、紗夜さん」

隣を歩いている雪柳が話しかけてきたので我に返る。

「何ですか、雪柳さん」

「実は、前々からあなたに訊きたかったことがあるの。時雨さんとの関係についてなんだけど……あなたたち、夫婦の契りを交わしているの？」

声をひそめて問いかけられて「えっ？」と上ずった声が出てしまった。

「私たちは、その……夫婦にはなっていませんが……恋仲では、あると思います」

しどろもどろに応じれば、雪柳が何故かほっと息を吐いている。

「恋仲なのね。それならいいの」

「急にどうしたんですか？」

「いえね、ちょっと心配していたのよ。私はもともと天狗の梧桐様に頼まれて、あの屋敷の掃除をしていたの。時雨さんが暮らすようになっても続けていたんだけど、時雨さん本人とはあまり交流がなくて、距離を置いていたから……」

雪柳は言葉を濁し、腕に摑まっている紗夜の手をぽんぽんと撫でてきた。

「紗夜さんが屋敷に来た時、衰弱していて、時雨さんが世話をしていたでしょう。経緯も分からないし、どういう関係なのか気になっていたのよ。ただ、面と向かって訊くのも立ち入りすぎかなと思って」

「……私は村で死にかけていたところを、時雨に救ってもらったんです。彼が看病までしてくれて、今は行く宛てもないので屋敷に置いてもらっています。恋仲になったのは、その過程でというか……」

「そうだったのね。私、時雨さんが急に若いお嬢さんを連れて来た時、本当に驚いて……正直、どこからか攫ってきたんじゃないかって心配していたの」

雪柳が言いづらそうに続けたので、紗夜は一瞬きょとんとしたが、無理もないかと苦笑する。

いきなり身元不明の衰弱した娘を連れて来たら「何があって、どこから連れて来たの？」と不審に思うだろうし、あれだけ甲斐甲斐しく世話をしているのを見れば、どういう関係だと疑問を抱いてもおかしくはない。

——実際、傍から見れば、私は人の世から攫われてきたと思われるのかしら。

紗夜にしてみれば人の世に未練はないし、助けられたという感覚のほうが強いのだが。

「でも、安心したわ。望んで一緒にいるのなら何も言うことはないの」

「……はい。私たちのこと、気にかけてくれてありがとうございます。あと、ご心配をおかけしました」

紗夜がまじめに付け足したら、雪柳がおっとりとした笑い声を上げた。

「ふふ。どういたしまして」

しかし、その言葉が終わった直後、右手の方向から何人もの足音が聞こえた。がさがさと枯れ葉を踏み潰し、木の枝が揺れる音がする。

紗夜が音のするほうへ顔を向けた時、温厚な芳雲が大きく声を荒らげた。

「何者だ！」

芳雲が駆け寄ってくる気配があり、凪と紺の怯えた声が重なる。

乱入してきたいくつもの足音が交じって、何が起きているか分からぬうちに雪柳の腕に置いていた左手が強く引っ張られた。

雪柳が狼狽の声を上げ、紗夜も身体の均衡を崩して尻餅をついてしまう。

「お前たち、私から離れるな！　雪柳！　紗夜殿……！」

芳雲が悪態をつき、取っ組み合いでもしているのか重たいものがぶつかる音がした。

そこに子供たちが泣き叫ぶ声と、どこかへずるずると引きずられていく雪柳の甲高い悲鳴が交錯する。

「母上、母上……っ！」

「おまえら、母上にさわるな！」

「来てはだめよ、凪、紺……！　父上から離れないで！」

——いったい何が起きているの……!?

あたりは阿鼻叫喚の騒ぎで、周りの状況がまったく分からずに全身が総毛立つ。

紗夜は必死に音を拾いながら両手で地面を探った。

「雪柳さん、雪柳さん……！」

どうにか声を頼りに地面を這い、さっきまで隣にいたはずの雪柳を探していたら伸ばした手をがっちりと掴まれた。

その瞬間、掴まれたところから一気に鳥肌が立ち、うなじにびりびりと痺れが走る。

「——あんたも、おれと来て」

「！」

聞き覚えのある声に息を呑んだ瞬間、首筋に吐息を感じて、わずかな疼痛が走った。

それは初めて時雨に抱かれた時、首を噛まれて痺れ毒を注がれた瞬間の痛みと、そっくりで——数秒後、紗夜の意識はぷつりと途切れた。


かすかに啜り泣きの声が聞こえた気がして、緩やかに意識が浮上する。

自分が横向きで転がされていると把握するのに少し時間を要したが、紗夜は真下の地面の湿っぽさに身震いすると同時に、現状を理解した。

——そうか……私、攫われたんだわ。

意識を失う直前、時雨の知り合いの男——空木の声を聞いた。確か蟲の一族だと言っていただろうか。

紗夜は手足を動かして起き上がろうとしたが、後ろ手に縛られているせいで身体がうまく起こせない。

しばらく芋虫みたいにもぞもぞと動き、辛抱強くうつ伏せになったり横向きになったりしてみて、どうにか身を起こすことに成功した。

「雪柳さん？」

あの状況では、たぶん雪柳も攫われているはずだが、呼んでも返事はない。

紗夜は身を縮ませて俯き、じわじわと這い上がってきた恐怖にぶるりと震えた。

あたりは無音だ。ここがどこなのかも分からない。

不安のあまり息が詰まりそうになって、しばらく動けずにいたけれど、どこからか小さな啜り泣きが聞こえたので勢いよく面を上げた。

——誰かが泣いているわ。

ここからは遠そうだが確かに聞こえる。耳に意識を集中すると、天井の高い場所にいる時みたいに泣き声が少し反響していた。

それ以外は音がしないので攫った犯人たちはここにいないのだろう。

きつく唇を噛みしめてから深呼吸をして自分を鼓舞した。

——なんとかして逃げないと。ここで震えていても、どうにもならないわ。

そのためには助けが要るし、同じように捕まっている者と接触して、まずはここがどこなのかを確かめなければならない。

紗夜は感覚を研ぎ澄ませて、雪柳の名前を呼びながら膝立ちで進んでみた。さほど前進しないうちに、ごつごつとした壁にぶち当たる。

勢い余って肩と額を強かにぶつけたが、紗夜は構わずに自分から肩を押しつけた。

——土壁……ううん、この感触は岩壁かもしれない。あちこちに尖った石が突き出ていて土蔵とは思えないわ。

今度は岩壁に肩を押しつけたまま前進してみる。膝にあたる地面は湿っていて、湿気と苔の生臭さが鼻をついたので、やはりここは室内ではないと確信した。

土蔵や牢ではなく、遠くにある音が反響するほどに広く、捕らえた人間を置いておくために使う場所といえば……もしかして洞窟だろうか。

そう予測をつけて進んでいくと膝に何かが当たった。これは人の足ではないかと思った時、細い呻き声が上がる。

「う、うぅ……」

「雪柳さんですか？」

「……紗夜、さん？」

「無事でよかった！　怪我はないですか？」

間違いなく雪柳の声だったため、ほっと安堵の息を吐く。

「……頭は、ぼうっとしているけれど……それ以外、痛いところはないわ。……紗夜さんは、怪我はない？」

「はい。でも、後ろ手に縛られているので動きづらくて」

「私もよ。それに、周りが真っ暗なの」

「真っ暗？」

「ええ、明かりもない。どこだか分からないわ」

明かりの入ってこない真っ暗な場所。ならば、やはり洞窟の中なのかもしれない。

耳を澄ませると、まだ啜り泣きが聞こえた。

これが雪柳の声ではないとすると、他にも捕らわれている者がいるのだ。

「雪柳さん、あの啜り泣く声、聞こえますか?」

「声?　……私には、何も聞こえないけれど」

「…………」

「紗夜さん?」

「いえ、私の気のせいかもしれません」

脳裏に過ぎったある考えを隅っこのほうへ押しやり、紗夜は提案した。

「ここは、たぶん広い洞窟の中だと思うんです。私たちを攫った相手はいないみたいだし、壁伝いに移動してみませんか。出口が見えるかもしれません」

「……そうね、分かったわ。移動しましょう」

あたりが真っ暗ならば、視覚は頼りにならない。感覚の鋭敏な紗夜が先導するからと雪柳を促し、その場に立ち上がって壁伝いに歩き出す。

だが、さほど移動しないうちにざっ、ざっ、と何かが近づいてくる音がした。

紗夜が立ち止まると、口数少なく後ろをついてきた雪柳が背中にぶつかる。

「っ……紗夜さん、どうしたの？」

「足音がします」

「え……あっ！」

真後ろで雪柳が悲鳴を呑みこみ、その直後に空木の声が響いた。

「どこへ行く」

抑揚のない声を聞いた瞬間、紗夜のうなじに例のびりびりとした感覚が走ったが、背中から雪柳の震えが伝わってきたので、どうにか冷静さを保つことができた。

「逃げても無駄だ。この洞窟、広くて長い。迷うだけ」

空木の声がするほうへ顔を向ける。足音の数や、気配の多さから鑑みて、おそらく仲間がいるのだろう。

誰かが松明でも持っていたのか、彼らの姿が見えたらしく雪柳が怯えた声で囁く。

「……蟲の一族だわ。おぞましい姿をした者もいる」

「おぞましい？　おれたちが？」

空木が抑揚のない声で反芻しながら近づいてきた。

「そんなに、おぞましいか？」

「ひっ……」

背後で竦み上がっている雪柳を庇うように、紗夜は両足にぐっと力をこめて立った。

後ろ手に縛られた手は小刻みに震えていたけれど、自分が怯えていることは悟らせまいとして声を張り上げる。

「ねぇ、あなた。私たちをどうするつもりなの」

「あー……待て。移動しながら話す。熊が追ってくる。あいつら、鼻が利く。さっさと、ここを離れないと」

――熊って、もしかして芳雲さんのこと？

攫われる際は荒事になっていたが、無事だったのかもしれない。

現状、紗夜と雪柳は拘束されているし、相手は多勢だ。自力で逃げるのは難しいが、芳雲が助けに来てくれるのならば希望はある。

――芳雲さんが無事であれば、時雨にも知らせてくれているかもしれない。そうだとしたら、きっと助けに来てくれる。

胸に灯った希望の光が大きくなったところで、空木が仲間に指示を出して、紗夜の腕を握ってきた。

「おとなしくすれば、傷つけない」

そう言って、紗夜を肩に担いで歩き出す。

どうやら雪柳も担がれたらしく弱々しい呻き声を漏らしていた。

「……あなたたち、捕らえた人間を食べるの？」

揺れる肩の上からおそるおそる尋ねると、空木は「喰わない」と応じた。

「人間を喰いたがっている、あやかしに売る。霊力を持つ人間、うまいらしい。喰えば、妖力も高まる。だから、高値で売れると聞いた。今回は、あんたと、そこの女を攫ったら、街を離れる予定だった。それで、強引な攫い方した」

「いつも、そんなことをしているの?」

「ううん、これが初めて。いつもは、行商してる。着物、薬、人間界の食い物。街を巡り、何でも売る。でも、おれたちは蟲。みんな、買うのを嫌がる。儲からない」

「…………」

「この洞窟も、おれたちが深く掘った。品物を保管できるように。街で暮らすには、たくさん金がいる。だから、金を稼がないと。おれたち、街で暮らしたいんだ」

普通のあやかしみたいに、と空木が熱をこめて言う。

「人間を売れば、大金を稼げる。それを持って、別の街へ行く。そこで暮らす」

「……ねぇ、疑問なんだけど……みんなどうして、あなたたちが蟲だからって理由で買うのを嫌がるの?」

「嫌われているから。そこの女も、おぞましいって言った。おれたちは弱い。弱いから、共喰いする」

「共喰い?」

「そう。あやかしの妖核を、喰って取りこみ、妖力を強くする。だから強くなるために、仲間をたくさん喰う」

仲間を喰う。その言葉に肌の上を蟲が這うような、ぞわぞわとした悪寒が走った。

初めて空木に会った直後、時雨が蟲の一族について説明してくれたことがある。

特殊な血族で、彼らには他のあやかしとは違う習性があるのだと。

おそらく、それが〝共喰い〟なのだろう。

「でも、仲間を喰うと、妖力が濁る。それで怖がられて、嫌われる。泉門屋の湯も、妖力の濁りは、消してくれない。あの湯、妖力の回復に効く。だが、浄化作用はないから」

空木の話に耳を傾けている間に、あの啜り泣きの声が近づいてきた。

やはり他にも攫われた人間がいるようで、空木の姿に気づいた途端、泣き声が悲鳴に変わる。たぶん声は数名分。どれも女性のものだった。

「静かに。おとなしくすれば、傷つけない」

空木は先ほどと同じことを言い聞かせ、怯える彼女たちを運ぶように指示を出して再び歩き出す。

紗夜が身を硬くしていたら、空木がぼそりと言った。

「みんな、おれたちを怖がる。蟲の一族は醜いから。自分たちと違うから」

怖がるのは、それだけが理由ではない。

　こんなことをしているから余計に怖がられるのだと告げようとしたが、紗夜は舌が上顎に張りついてしまったみたいに声が出なかった。

　人の世で育った紗夜には、あやかしの道理は理解できないことばかりだ。

　強さを得るために仲間を喰う、という感覚も分からないし、恐ろしくておぞましい行為だと感じる。

　だが、一点だけ。自分たちと違うから、という嘆きは少し理解できた。

　紗夜自身、周りと違う盲目であるがゆえに馴染めずに孤独を感じていたからだ。

　その時、空木がぴたりと足を止めた。紗夜の耳も、誰かが走ってくる音を拾う。

「熊か……ずいぶん、早い」

　空木が憂鬱そうに呟いた直後、あたりに獣の咆哮が響き渡った。

「私の妻を返せ！」

　番《つがい》を攫われて、赫怒《かくど》した熊――芳雲の哮《たけ》り声だ。

　いつもの温順な芳雲からは想像もできないほどの猛々しさに、紗夜は安堵感を抱くよりも先にはっと息を止める。

「っ、あなた……！」

「面倒だな」

　空木はぼやき、深いため息を吐いた。

「お前ら、下がれ。人間は傷つけるな」

紗夜を地面にそっと下ろし、空木が離れていこうとしたので咄嗟に呼び止める。

「待って！　何をするつもりなの？」

「熊の相手。すぐ、終わらせる。時雨も、追ってくるから」

「時雨？」

「あんたを取り返しに。おれは、時雨に勝てない。その前に逃げる」

空木の声が低くなり、ざわり、と髪が逆立つ感覚に見舞われた。空気が急に重さを増して、すぐそこにいる空木の気配が大きくなる。

刹那、攫われてきた女性たちが悲鳴を上げた。

「大百足だわ……」

雪柳が怯えきった声で囁くのが聞こえたので、紗夜も思わず両目を開け、聴覚に集中しながら巨大な気配を追いかけた。

そこから始まったのは、音を聞いているだけでも震え上がるような戦いだった。

熊の唸り声と、硬いものが地面を這いずる音がし、時たま岩壁にぶつかる鈍い衝撃とともに地面が振動する。

決着はあっという間だった。どすん、と何かが倒れて、雪柳が悲痛な声を絞り出す。

「ああ、そんな……何てこと……」

押し殺した嗚咽が聞こえ、他の女性たちも恐怖のあまり泣き出した。

がさがさ、と地を這う音が近づいてきたから、固唾を呑んで耳を澄ましていた紗夜は口を開く。

「芳雲さんを、どうしたの？」

恐怖心をぐっと腹に呑みこみ、震える声で問うと、斜め上から空木の声が降り注いだ。

「眠らせただけ」

紗夜は双眸をぱちりと瞬かせて声が降ってきたほうを見上げる。

「百足の牙は、相手を眠らせる。数少ない、蟲の妖術だ」

「じゃあ、生きているのね」

「当たり前だ……あれ？」

空木が訝しげに言い淀んだ。前のめりに顔を近づけてきたのか、巨軀の関節が軋むような音が聞こえて、すぐそこに彼の吐息を感じる。

「あんた、その瞳……瞼を閉じていたから、気づかなかった」

思ったよりも近いところから声がしたので、紗夜は身を強張らせた。

しかも、なにやら至近距離でまじまじと見つめられている気がする。緊張しつつも顔を逸らさずにいると空木が呟いた。

「ああ、そうか……そういうことか」

「?」

「あんたの名、紗夜だっけ？　時雨が連れ歩くの、不思議だった。なんでこうも、時雨の気配がするのかも」

鼻先で、がきんっ、と硬い音がしたため身体がびくりと跳ねる。

百足が牙をかち合わせたのだと気づいた時、吐き出された多量の呼気が顔に吹きかけられて、乱れた髪が後ろへ大きく靡く。

「何か、大事なものを一部、与えたな。そういう術があると、旅をしている時、聞いたことがある……でも、そんな高等な術、誰が扱えるんだ。さすがに、時雨でも無理だ」

「……さっきから、何の話をしているの？」

「時雨が、紗夜を大事にする、理由の話」

紗夜が唇をきゅっと引き結んだら、空木がまた牙を鳴らした。

「本当は、あんたのこと、攫うか迷った。必要なのは、そっちの女だけだから。でも、おれが知りたかった。時雨と、紗夜の関係を。あんたは、うまそうな匂いもしたし」

だから商売と関係なく、おれの一存で攫ってきた。

そう続けた空木は先ほどから紗夜の顔を覗きこんでいるようで、それこそ喰われてしまうのではないかと危惧するほどの距離で息遣いと視線を感じる。

思わず顔を背けそうになったが、空木の話の続きも聞きたかったから、紗夜は正面を見つめ続けた。

——彼の言っていることは、たぶん私にとって、すごく重要な話だわ。

喰うためではないのなら、時雨がどうして紗夜を助けて大事にしてくれるのか。

結局、今もその答えは有耶無耶《うやむや》にされているのだ。

面を上げたままでいると、空木が抑えた声で囁いた。

「この姿でも、紗夜はおれから、顔を背けないな。まっすぐな目。見えているみたい」

「……見えてないわ。でも……相手の話を真剣に聞く時、目を見るものだと聞いたの。その真似事を、しているだけ」

虚勢を張って言い返したけれども、空木からじわじわと伝わってくる威圧感と、がきんっ、と時折聞こえる牙をかち合わせる音がとても怖くて、腰が抜けてしまっていた。

両手は震えているし、足にも力が入らず、たぶん立ち上がることはできない。

——時雨、時雨……！

心の中で時雨を呼びつつも、紗夜は怯えて顔を伏せたりはしなかった。

話を聞くついでに、平気なふりをして会話を長引かせれば時間稼ぎができる。

その間に芳雲が目覚めるかもしれないし、もしかしたら、すぐそこまで時雨が来てくれているかもしれない。

「真剣に、聞いていたのか。おれの話を？」

感情の起伏がなかった空木の声が少し高くなり、わずかな喜色を帯びた。

「そんなこと言われたの、初めてだ……紗夜の目、好きだな。おれを、ちゃんと見てくれる。時雨の目は、苦手だけど」

「……どうしてそこで、時雨の目の話が出てくるの？」

「だって、それは——」

一呼吸おいて、空木が言った。

「あんたの目、時雨と同じだから」

紗夜が口を噤んだ時、遠くのほうから子供たちの声と、俊足で駆けてくる足音が耳に飛びこんできた。

まもなく洞窟内に怒りと焦燥の入り混じった時雨の声が響き渡った。

◆

——半刻前。

時雨は両脇に子熊を抱え、薄暮に包まれた山を疾走していた。

「あっちだよ、時雨！　父上の匂いがする！」

「あっち、あっち！」

「分かってる、騒ぐな」

早く、早くと急き立てる凪と紺を一喝し、時雨は切れ長の目を鈍く光らせる。

紗夜と雪柳が攫われたと叫びながら、子熊たちが転がるようにして泉門屋に駆けこんできたのは、つい先ほどの出来事だ。

芳雲も熊だから、それなりに腕は立つものの、多勢に無勢で襲われたことで手傷を負わされて二人は攫われてしまったのだとか。

その芳雲は息子たちに時雨を呼びに行かせて、先に追跡を行なっている。

泉門屋の女将、常盤も状況を知るなり「早くお行きなさいな！」と甲高く叫んで、時雨を送り出してくれた。

――子熊たちの話を聞く限り、攫った連中は蟲の一族だ。行商で立ち寄った空木が関わっている可能性が高い。

しかし、雪柳を攫うのは理解できるが、どうして紗夜まで連れて行かれたのか。

梧桐にも忠告されたから、念のため身の回りに気を配っていたが、時雨の庇護下にあるのは周知の事実であるし〝今の彼女〟を攫う理由が分からない。

時雨は走りながら顔を歪めた。

――空木は、紗夜に興味を示していた。それで連れて行ったか。

時雨に対して、空木はやたらと関心を抱く。その延長線上で、時雨が大事に扱う紗夜にも関心を抱いたのかもしれない。

やはり排除しておくべきだったなと胸中で零した時、凪が斜面を指さした。

「時雨、ここを下りて！　下のほうから匂いがする！」

熊の嗅覚は、獣の中でも優れているという。追跡にはひときわ役立つ能力だ。

時雨は子熊の指示に従い、身軽に斜面を駆け下りた。

「ねぇ、洞窟だよ！」

「あそこから匂いがする！」

「洞窟か。いかにも蟲が好みそうな場所だ」

時雨は子熊を抱え直し、山肌にぽっかりと空いた真っ暗な穴に躊躇なく飛びこむ。

洞窟内は天井が高くて入り組んでいた。光源もないため、夜目の利かない時雨には先まで見通せなかったが、代わりに子熊たちがどう行けばいいか指示を出す。

ほどなくして洞窟の奥に、ちらちらと松明の火が見えた。

明かりのもと巨大な大百足が浮かび上がり、その真正面には両手を後ろで縛られた紗夜が座っていた。

百足が口を開ければ、あっけなく頭をがぶりと喰われてしまう距離に彼女の顔がある。

それを見た瞬間、脳裏にかつての記憶が過ぎった。

巨大な百足の前で、時雨の名を呼びながら怯えて泣きじゃくる、紗夜の姿――。

「紗夜！」

怒鳴るようにして彼女の名を叫び、時雨は抱えていた子熊を放り投げると、腹の底からこみ上げた憤怒に任せて人型を解いた。

長い手足が瞬く間に漆黒の大蛇に変貌する。

視界がぐんと高くなり、地を蹴る足が無くなっても尻尾で地面を弾き、怒りのままに大百足の首に齧りつく。

「今の声は、時雨!?」

紗夜が自分を呼ぶ声を聞きながら、百足の赤黒い巨軀に鋭い牙を食いこませる。

不意を衝かれた大百足――空木がひっくり返って苦悶の声を上げた。

「ぐっ、うぅっ……！」

「何っ？　時雨なの……!?」

うろたえている紗夜を巻きこまないよう、時雨は顎の力で空木を持ち上げて奥の岩壁に叩きつける。どしんっ、と大きな地響きがした。

天井から岩の屑がぱらぱらと降り注ぐが、意に介さずに空木に巻きつく。

鋼のごとき硬い鱗に覆われた大蛇の身体は、たとえ百足の甲殻であっても関係なくぎしぎしと締め上げた。

「う、ぐぐっ……時、雨……やめ、ろ……」

空木が苦しげに呻いて、尾の先についた蟲の毒針で刺してきたが、時雨は大百足の首に突きたてた牙を抜かなかった。

「く、苦しい……離せ、時雨……おれが、悪かった、から……」

聞く耳を持たずに渾身の力で締め上げると、空木は苦痛に身を捩り、拘束から逃れようと暴れ出す。岩壁にぶつかるたびに衝撃で壁はがらがらと崩れて、地面も揺れた。

広い洞窟とはいえ、さすがに巨大な蛇と百足が取っ組み合うには狭すぎたのか天井まで崩れ始める。

かどわかされてきた女たちが絹を裂くような悲鳴を上げ、空木の仲間と思しき蟲のあやかしたちも焦った様子で、彼女たちを抱きかかえて離れたところへ避難する。

いくばくもなく空木は失神して動かなくなったが、怒り心頭に発するあまり、時雨は締め上げるのをやめなかった。

いつしか洞窟内は静けさを取り戻し、女たちが漏らす押し殺した泣き声と、荒くなった自分の息遣いだけが響く。

しかし、不意に誰かが尻尾を触ってきた。

激昂した頭を一瞬で冷ます、愛しい女の声が耳に届く。

「時雨」

馴染みのある温もりに、はっとして視線をやれば、紗夜が尻尾にくっついていた。

「ひんやりして、つるつるしてる……あなた、時雨でしょう」

尻尾の手触りを確認している彼女は髪が乱れ、両手を縛っていたはずの縄を尖った岩で強引に切ったのか、細い手首には血が滲んでいた。

「すぐそこにも、尻尾みたいなものがあったんだけど、ごつごつして硬かったから、そっちはたぶん空木かなと思って」

音だけを頼りに、ここまで手探りで這ってきたのだろう。

紗夜は手のひらと膝を泥だらけにして、彼の尻尾に触りながらほっと息を吐いている。

「よかった。やっと、見つけた」

安堵の呟きを聞くなり、時雨はゆっくりと牙を抜いた。

空木に巻きついていた身体をほどき、持ち上げた頭を紗夜に近づける。息遣いと気配で気づいたのか、尻尾を撫でていた彼女が面を上げた。

「紗夜……」

自分でも情けないほどに弱々しい声で呼ぶと、紗夜がほっそりとした手を伸ばして顔に触れてくる。

刹那、時雨は身を震わせた。怒りに任せて乱闘した直後で、大蛇の姿のままだ。

怖がられるのではないかと息をひそめたが、紗夜はそんな臆病な心を吹き飛ばすかのように遠慮なく顔を撫で回してくる。

「すごい音がしていたのに、急に静かになったから、何があったのかと思って……怪我はない？」

彼女がまじめな顔で訊いてきた。

化け物じみた頑丈さを持つ大蛇が無事かどうか本気で案じているらしい。

「俺は頑丈だ。怪我をしたってすぐに治る」

「そんな言い方をするのは、怪我をしたってこと？」

「……してない」

「本当に？」

時雨は疑わしげに顔を顰める紗夜を見つめてから、あたりを確認した。離れたところにかどわかされた人間たちと空木の仲間がいる。

空木の仲間は皆、不完全な人型をした蟲のあやかしばかりで、時雨を怖がって縮こまっているし、人間たちも怯えた様子で一ヶ所に固まっていた。

その横では芳雲が倒れており、凪と紺が心配そうに父の顔を覗きこんでいて、雪柳が付き添っている。焦るそぶりがないので、芳雲は意識を失っているだけだろう。

ちらちらと視線を送ってくる雪柳と目が合っても、すばやく逸らされた。

大蛇の姿で大百足に齧りつき、一方的に打ちのめした時雨に対する怯えと恐れが、その場にいる者たちから伝わってくる。

まぁ、それが普通かと思いながら紗夜に視線を戻した。

例外なのは、この娘だけなのだと、とっくに知っていたことだ。

その紗夜はというと、尚も心配そうに顔を撫で回し、身体のほうまで確かめようとしているから、時雨は尻尾を巻きつけて制止した。

紗夜がきょとんとしている間に、落ちている着物の近くまで移動して人型に戻る。

驚いて倒れかかる紗夜を支えてやってから、すばやく着物を身に纏った。

「人の姿に戻ったのね」

「ああ、戻った。頭が冷えたから」

戸惑う紗夜を腕に包みこみ、長々と安堵の息を吐き出す。

「……お前が空木に喰われてしまうかと思って、かっとなって、我を忘れた」

紗夜にしか聞こえない声量で囁くと、細い腕が背中に回された。

「無事で、よかった」

抱擁を返してくれる彼女を強く抱きしめて絞り出すように告げたら、紗夜が「うん」と泣きそうな声で返事をした。

「時雨が来てくれるの、待っていたわ……ありがとう、助けてくれて」

時雨は口角を緩めたが、その直後、気が抜けたみたいに足に力が入らなくなる。

ぐらり、と身体が傾いで紗夜に凭れかかると、彼女が尻餅をついてしまった。

「……悪い、紗夜……眩暈がして……」

急に脇腹が痛み始めて視界がぐるぐると回った。

「どうしたの、時雨！」

「……子熊たちを、呼べ……あいつらに、街まで、助けを呼びに行かせて……」

紗夜の肩に顔を埋め、時雨は霞む視界を閉ざす。

――ちくしょう、空木の毒針だ……気が抜けて、回ってきた……これだから、蟲は嫌いなんだ。

空木が目を覚ましたら、また仲間とともに紗夜たちを攫おうとするかもしれない。

ぎりぎりと歯を嚙みしめて紗夜をきつく抱きしめた。

意識を手放す直前に頭を過ぎったのは、たとえ自分の身がどうなろうとも、二度と〝あの時〟のように彼女を手放したりはするものかという執着めいた想いだった。

ある蛇の記憶　二

時雨を名づけた日から、紗夜はよくしゃべり、笑うようになった。

夜になると半纏と毛皮に包まり、とぐろを巻いた時雨の腹の隙間へもぐりこんで、ここが他のどこよりも安心だと言わんばかりに朝まで熟睡する。

どこへ行くにも「時雨、時雨」と名を呼び、にこにこしながら彼の尻尾を握ってついて回る少女は「鬱陶しいからくっつくな」と悪態をついても、まったく気にしない。

「時雨。これ、食べる？」

ある夜、紗夜が焼きたての芋を半分に割って差し出してきた。

ぱちぱちと爆ぜる焚き火を眺めていた時雨は、ちらりと芋を一瞥して鼻を鳴らす。

「いらない。そんな小さな芋を喰ったところで、腹の足しにもならないからな」

「そうかもしれないけど、半分こして食べるとおいしく感じるの。お父さんとお母さんが生きていた頃、たまにやっていたわ」

紗夜が火傷して赤くなった手で芋を持ち直し、時雨の声を頼りに近づけてきた。

「口、開けて。二人で分けて食べましょう」

にっこりと無邪気な笑みを向けられたので、時雨は尻尾で地面を叩きつつも不承不承に口を開ける。

紗夜の手を喰わないよう芋を舌で搦め捕って食べた。ほんのり甘い芋の味。

正直、甘いものは好きではないが、満足そうに残りの芋を頬張っている紗夜を見ていたら、まぁ悪くはないかと思う。

――って、悪くはないって何なんだ。

自分の考えが信じられなくて首を振っていたら、紗夜が芋をもぐもぐと食べながら両目を開けて天を仰いだ。つられて目をやると宵空に星が散っていた。

「時雨。今日はたくさん星が出ているの？」

「……ああ。晴れているからな」

「星ってどんな感じ？　きらきらと光っているの？」

「まぁ、そうだな。光っている」

「星の位置は変わると聞いたの。昨日と違う？」

「そこまで分かるかよ。どれも同じに見える」

紗夜の質問に一つずつ答える間、彼女はまるで自分でも星が見えているみたいに双眸を向けている。小さな口から息を吐くたびに寒気で白く染まった。

「もうすぐ冬がくるわね」

「冬は嫌いだ」

「どうして？」

「寒くて動きが鈍くなる」

「時雨は寒いのが苦手なのね。……もしかして冬眠する？」

「冬眠はしないが、ねぐらからは出ない。今のうちに食いだめしておかないと」

嫌そうに答えたら、紗夜が「そうね」と両目を細めて笑った。

すでに実りの秋は終わりかけており、彼女も冬に備えて、時雨が村から盗ってきた芋や雑穀、山で採った栗などを洞窟の奥に溜めこんでいる。

寒そうに肩を縮こませた紗夜がもぞもぞと時雨の腹の隙間へ潜りこんできた。

彼の鱗はひんやりとしているが、洞窟で丸まっているよりは暖かいのだと言われてからは文句を言うのをやめた。

時雨はとぐろを巻いて紗夜を抱えこみ、ぱちぱちと爆ぜる焚き火を見つめる。

ここのところ朝晩がずいぶん冷えこんできた。紗夜を見ると両手をこすり合わせて息を吹きかけている。半纏だけでは寒そうだ。

人間が山の冬を越すためには、もっと厚手の着物と蒲団が必要だろう。また麓の村から盗って来てやらねばなるまい。

——まったく。俺はいったい何をしているんだ。

喰うために連れてきたはずなのに、あれやこれやと世話してしまっている。

相変わらずうまそうな匂いはするし、喰おうと思えばいつでも喰えたが、安心しきったそぶりで側を離れない紗夜と接していると、どうしてもその気になれないのだ。

紗夜が彼の胴体にぺたりと頬を押しつけながら大きな欠伸をした。

「ふわぁ〜。眠くなってきた……」

それから十秒も経たないうちに彼女は眠りに落ちる。寝つきがいいのが特技らしい。

時雨はため息をつき、周りに積まれている木の枝を咥えて焚き火に放りこんだ。

熱い火は好きではないけれど、焚き火が消えると空気が冷える。

気温の変化を嫌う時雨にとっても、寒い時は焚き火の近くにいると暖かくて楽だから、夜は火を絶やさないように番をしていた。

——本当に、何をしているんだか。

ただの洞窟だったねぐらは一気に生活感が出て、近くの木には沐浴に使う手拭いが干してあるし、飲料水のための甕と柄杓《ひしゃく》まで置かれていた。

すべて時雨が近隣の村から拝借してきた品々である。

紗夜が来てからあまりに慌ただしく、これまで一人で生きてきたことも、彼女が来るまでこの洞窟でどうやって暮らしていたのかも忘れかけていた。

——こいつ、少し肥えたな。

無防備に寝息を立てる紗夜はたらふく芋を食べているせいか、体形がふっくらとしたけれども両手は火傷だらけだ。火をつける時に石を叩くため爪の先はひび割れている。最近は木の棒を杖代わりにして歩いているが、頻繁に転ぶため全身すり傷だらけで、また着物も擦り切れてきただろうか。

——やっぱり、新しい冬用の着物が必要だな。

呑気な寝顔を見つめてから洞窟を見渡し、時雨は物憂げに尻尾を揺らした。

冬がくれば、雪が降る。山の厳寒を紗夜は乗り切ることができるのだろうか。

餌だったはずの少女への心情の変化に戸惑いつつ、真っ白な雪の中で彼女が凍える姿を想像したら、なんだか妙に不安になった。


紗夜とのささやかな暮らしが終わりを告げたのは、冬の初めのとある朝。

前日の夜から小雨が降ったりやんだりしており、時雨は悪天候と宵闇に乗じて麓の村まで下りていた。

いつものように着物の葛籠を盗んでねぐらへ帰ったら、紗夜の姿が見当たらなかった。彼女も一人で沐浴をしに川へ行ったり、山菜や果物を採りに行ったりするようになったものの、今日は朝から小雨が降っている。

雨の日は足元が滑りやすいから出歩きたくないと、以前に言っていたのだ。

――何かあったのか。

そう察して、急いで近くの川へ向かった。頻繁に洞窟と行き来するため斜面には小道ができていたが、その道がぐちゃぐちゃに踏み荒らされている。

不安と焦燥感に襲われ、時雨は川へ向かい、その川原で――真っ黒な甲殻の大百足になって紗夜を追いかけ回し、弄んで喰おうとしている浅葱を見つけた。

「ははは っ！　そんな必死になって逃げ回ったって無駄だぜ。おれがどこまでも追いかけて行って、ちゃんと喰ってやるからよぉ！」

「あぁ……嫌っ……時雨、時雨……っ！」

「おお、よしよし。可哀想になぁ。何にも見えなくて怖いんだろう。だから、どうやって喰ってやるか教えてやろうなぁ。まずは指を一本ずつむしり取って――」

嗚咽交じりに時雨の名を呼ぶ紗夜にのしかかり、がきんっ、がきんっ、と牙を鳴らしている浅葱を見た瞬間、時雨は目の前が真っ赤になるほど激昂した。

なりふり構わず浅葱に飛びかかって、己の牙を胴体に突きたてようとしたが、硬い甲殻によって弾かれた。ついでに毒針のついた尻尾で殴られて地面に転がる。

「あぁんっ？　……何だ、黒かよ。今、おれを齧ろうとしやがったのか？」

「……その娘は、俺が見つけた、俺のものだ……お前に喰われて、たまるか……」

「はっ！　こんなうまそうな匂いがする娘を見つけておきながら、おれに黙って独り占めしようとしていたのかよ？　……黒、お前、身の程も知らずに許せねぇなぁ！」

げらげらと哄笑した浅葱が襲いかかってきて、そこからは記憶が曖昧だ。

痛みが麻痺するほど百足の牙で嚙みつかれ、毒針を刺され、必死に応戦したが返り討ちにされる。

最後には傷だらけの満身創痍で倒れ伏し、身動きも取れなくなった。

浅葱はというと傷一つない身体で「相変わらずお前は弱っちぃなぁ、そこで見てろ」と嘲笑し、さんざん甚振《いたぶ》って満足したらしく顔を背ける。

その視線の先には、どうにか自力で逃げようとしているのか、泣きじゃくりながら周囲を手で探っている紗夜がいた。

「で、なんだっけ？　……そうだ、指を一本ずつむしり取ってやるって話だった」

「……ひ、っ……や、やめて……」

「安心しな。おれに喰われていくのがよく分かるように痛覚を麻痺させてやろうなぁ」

紗夜が震え上がって激しく嗚咽を零し始める。

時雨はどうにか尻尾を動かし、ずる、ずる、と彼女のもとへ向かおうとするが、痛みがひどくて動けなくなった。

――もう、だめだ……俺では、どうにもできない。

このまま紗夜は浅葱に喰われて、そのあと時雨もとどめを刺される。

――俺のせいだ……あいつの側を、離れなければ……浅葱が来た時、逃がすことが、できたかもしれないのに……ちくしょう……。

心の中で悪態をついた。

――ちくしょう……ちくしょう……！　なんで、俺はこんなにも弱いんだ……！

同じあやかしなのに浅葱に歯が立たず、人間の娘一人、守れないなんて。

霞む視界に紗夜を捉えながら瞼を閉じようとした時、紗夜が「時雨！」とひときわ大きな声で叫んだ。

秋の終わりから、冬の初めに降る雨――時雨。

彼女がくれた、美しい名。

その瞬間、諦めかけていた時雨はかっと双眸を開いた。なけなしの力を振り絞って頭をもたげ、見開いた黄金色の目で浅葱の姿をとらえる。

「だけど、この姿で喰うと一口で終わっちまいそうだなぁ。……じゃあ、こっちで喰うことにするか。これならじっくり、たっぷり、時間をかけられるからよ」

浅葱がけたけたと笑い、真っ黒な甲殻に覆われていた肉体を人の姿に変貌させ、右手で紗夜の胸倉を摑み上げる。

その一挙手一投足から目を逸らさず、時雨は血を吐いてむくりと起き上がった。

「さぁ、まずは指から……」

次の瞬間、彼は勢いよく尾で地面を弾き、長い胴体をくねらせながら浅葱の頭に嚙みついた。呻き声を上げる暇さえ与えずに、強靭な顎の力と遠心力を使って悪辣なあやかしの頭部を引き千切る。

そこからは、もう夢中だった。浅葱が再生する前にその身を貪り喰う。

自分が生き延びるため、何よりも餌として連れてきたはずの少女を救うために、まだ人型を保っている大百足を必死に喉の奥へ押しこむ。

小雨が降る中、あたり一帯にはおぞましい音が響き渡り、ひどい血の臭いがした。

「ぐっ、がはっ……」

激しく噎せて吐き出しそうになりながらも、時雨はひたすら呑みこみ続け、やがて浅葱の身体が跡形もなくなる。

血まみれの顔をのろのろと巡らせたら、紗夜が仰向けで倒れていた。

——紗夜……。

ずる、ずる、と重たい身体を引きずって彼女のもとへ移動する。

紗夜は虚ろな目で天を見上げていた。追いかけ回されて頭を打ったのか、額には血が滲んでいて、浅葱の首から噴き出した血が顔にべっとりと付着している。

眦からは涙が溢れ、恐怖のあまり顔は真っ白だった。

「紗夜」

時雨は顔を近づけて名を呼んだが、呆然自失とした紗夜の反応はない。

せめて血を拭ってやろうと舌を伸ばしたけれど、その舌まで浅葱の血にまみれていた。

慌てて引っこめ、洞窟まで紗夜を運ぼうとしても尻尾が重くて持ち上がらない。

結局、降り注ぐ小雨から紗夜を守るように覆いかぶさる。雨に打たれ続けたら冷えてしまう。彼女が風邪を引いたら困るから――。

両目を閉じて気絶してしまった紗夜を見下ろし、時雨は呟く。

「……ちくしょう」

降り注ぐ雨が隆線を描く時雨の身体を伝い落ち、紗夜の身体を濡らしていった。

自分は所詮、地を這うだけの弱いけだものだ。

「ちくしょう、ちくしょう……！」

浅葱に好き放題にされ、こんなふうに紗夜が傷つくのを止められなかった。

彼女の涙を拭う指も、安全な場所まで運んでやるための腕もなければ、もう大丈夫だからと抱きしめてやることもできない。

瞳の端から、雨ではない大粒の雫がぽたぽたと流れ落ちていく。

胸に押し寄せるものが悔しさなのか、自分への怒りなのか分からないまま、時雨は降り注ぐ雨を少しでも遮るためにその場を動かなかった。

それから、どれだけ時間が経っただろうか。

ばさっ、と翼の音が聞こえて、いつしか意識を飛ばしていた時雨ははっとした。

目を開けると、すでに小雨がやんでいて視界が妙に低かった。

紗夜の上に覆いかぶさっていた身体を起こそうとするが、違和感がある。

——これは……俺の、手か？

紗夜の頭の横に突いているのが人の手であると理解した時、傍らから覗きこむみたいに誰かが立っていると気づいた。

勢いよく見やれば、一本歯の下駄を履いた銀髪の男が立っていた。

「おお、ちゃんと生きておったか。死んでしまったのではないかと心配したぞ」

「……あんた……天狗か？」

「そうじゃ。儂は天狗の梧桐。よく分かったのう」

「……妖力の高さで分かる。秋口から、俺のことを監視していただろう」

「気づいておったか。たまたまこのあたりを飛んでおったら、大蛇と人間の娘が見えたのでな。気になって観察しておったんじゃ。儂の家はここから少し遠いから、たまに見にくる程度じゃったがな」

天狗は神通力も操ることができ、山神に近い存在だ。

あやかしの世も、人の世も自在に渡り歩き、悪心を持つあやかしが目に余る行動をとれば制裁を加えることもある。

「大蛇と大百足が争っていると、このあたりの鳥たちが知らせてくれてのう。おまえさん、おそらく大百足を喰ったんじゃろう。妖力が跳ね上がっておるぞ」

「妖力？」

「まだ自覚はないのじゃな。しかし、その強さは手に余りそうじゃ。妖力に濁りもあり、浄化も必要じゃろう」

屈みこんだ梧桐が紗夜に触れようとしたので咄嗟に弾き返したが、長い爪で天狗の手を傷つけてしまった。

「！」

「そう怒るな。儂は危害を加えたりはせぬ。娘の状態を確かめようとしただけじゃ」

梧桐が苦笑して血の滲んだ手を振っているのを見て、時雨は自分の手を掲げる。

人の形をしているが、尖った爪が生えていた。腕を辿り、首や顔も確認していく。

「これは、人型か」

「大百足の妖核を吸収し、妖力が強まったからのう。だが自然に人型になるとは考えづらい。おまえさんが望んだのではないか？」

時雨は意識のない紗夜を見下ろし、少し間を置いてから答えた。

「……そうかも、しれない」

「ふむ。ひとまず、これを着ておけ」

梧桐がどこからともなく着物を取り出したので、時雨はぎこちない手つきでそれを身に纏うと、紗夜の傍らに屈んだ。

「洞窟まで運ぶ」

「待て。その娘は怪我をしておるし、このまま人の世へ返したほうがよいかもしれぬぞ」

「何だと？」

「おまえさんたち、仲睦まじく暮らしているように見えてのう。放っておいてもよいかと思ったが、こうなったからには見過ごせぬ」

時雨は紗夜を守るように天狗と対峙したが、続いてかけられた言葉に息を呑む。

「よいか、大蛇よ。これから冬がくる。その娘と生きるつもりなら、凍えることのない住居や、暖かい蒲団、身体に合う着物。そして十分な食事を与えてやらねばならぬぞ」

「っ……」

「怪我の手当てはもちろん、人は病も患う。冬なら風邪を引くじゃろう。粥を与え、湯で身体を拭いてやらねばならぬ。やり方を知っておるか？」

「……それ、は……」

「何より、おまえさんはあやかしだ。人間は儂らよりも寿命が短く、必ず先に逝く。最期まで看取ってやらねばならぬぞ。──その覚悟が、あるか?」

「やめろ!」

思わず声を荒らげて制止した。震える手で顔を押さえようとして、長い爪を見る。

天狗の手すら傷つけた爪。紗夜の肌なんて容易に傷つけるだろう。

「人の世で生きづらい者、人に捨てられた者が、あやかしの世へ来る。しかし本来、人は人と生きるもの。自らの意思であやかしと生きると決めたのならよいが、その娘はまだ幼く、人の世に帰る場所もあるのではないか?」

「……こいつは身寄りがない。寺の暮らしは孤独だったと言っていた。だから他に生きられる場所を探して、寺を出てきたと……」

途中まで言いかけて口を噤んだ。山中で迷い、倒れていた紗夜を喰うためだけに山奥まで連れてきたのは時雨だった。

時雨はもう一度、紗夜を見下ろす。雨のお蔭で、浅葱の血は流れ落ちていた。

おそるおそる手を伸ばし、指の背ですべらかな頬をそっと撫でる。

少し力を入れただけでも傷つけそうなほど柔らかく、爪で傷つけないようにするので精一杯だった。

——俺はあやかしで、紗夜は人。人は、人と生きるもの。

二人は寿命が違う。身体の丈夫さも違う。

紗夜と共に過ごした日々があるからこそ、時雨にはその違いがよく理解できた。

——天狗の言う通りだ。今の俺はこいつに何も与えてやれない。

恐ろしい思いをさせて、厳しい冬を凍えずに越させてやれるかどうかも分からない。

本人は寺へ帰ることを望まないかもしれないが、洞窟の生活よりは衣食住が整っているし、いずれ嫁いで家庭を築き、人として幸せになるという道もあるだろう。

どうすることが一番いいのか、もう答えは出ていたけれど、どうしても言葉が出てこなくて紗夜を見つめていたら、梧桐が穏やかな口調で言う。

「おまえさん、その娘を愛おしいと思っておるのじゃな」

「……愛おしい？」

「そうじゃ。その娘を大切にしてやりたいと願い、ただ共にいるだけで幸福だと感じることはなかったか。それが愛おしいという感情じゃ」

——愛おしい、か。

両目を細め、触れるか触れないかの力加減で紗夜の額を撫でてやった。

指に触れた髪を梳いてやり、蛇の姿の時は、こんなふうに優しく触れてやることもできなかったなと思う。

――そういえば、面と向かって名前を呼んでやったことすらなかった。

己の愚かさに自嘲の笑みを浮かべる。

紗夜にはさんざん振り回されて、腹立たしいこともたくさんあって、喰ってやろうと思ったのも一度や二度じゃないのに、どうしても喰うことができなかった。

居場所がなくてあやかしの世を離れ、たった一人で山にこもって生きてきた時雨にとって、たぶん紗夜と過ごす賑やかな日々は楽しくて――こんなにも離れがたいと思うほど愛おしく、幸福な時間だったのだ。

「どうする、大蛇よ」

「……紗夜は、人の世に返す。早く、手当てをしてやらないと……ここには道具も、何もないから」

紗夜は湿しくて明るい娘だ。その前向きさで時雨の心を開いたみたいに、きっと人の世で誰かに愛を注がれて生きることができる。

そう信じ、初めて腕に抱き上げた紗夜はとても軽くて、無意識にすり寄ってくる仕草が腹の隙間にもぐりこんでくる姿と重なったから自然と瞼の奥が熱くなった。

「心配ならば、たまに様子を見に行けばよい。その娘もおまえさんを恋しがるかもしれんし、人の世で健やかに成長してから、改めて今後どうしたいかと、本人の意思を問うてもよいであろう」

梧桐が背中をとんと叩いてくる。

「だから、そう泣くでない」

閉じた瞼の端から熱いものが溢れて止まらず、時雨は食いしばった歯の隙間から「泣いてない」と応じると、別れを惜しむように紗夜の髪に頬を押しつけた。

その後、天狗の付き添いのもと、彼女がいたと思われる寺まで送り届けた。

雨の当たらぬ境内に寝かされた紗夜はすぐに寺の小坊主に発見される。

「おい、まさか紗夜なのか？　……怪我をしているぞ、住職を呼んでくれ！」

松の木の上から紗夜が運ばれていくのを眺めていたら、天狗が話しかけてきた。

「のう、大蛇よ。おまえさん、これからは山に籠もるのではなく、街で暮らしてみてはどうじゃ。分からぬことがあれば儂が教えてやるぞ」

「なんだ、いきなり」

「儂の棲み処は、人の世にあってのう。近くに幽朧街があるのじゃ。街にも儂の屋敷があるが、今は使っておらんのでな。誰か住まわせようと考えておったのじゃよ」

「俺みたいな蛇を、その屋敷に住まわせるつもりか？　あんた、正気かよ」

「儂は正気じゃ。それに、今のおまえさんを放ってはおけぬ。妖力の扱い方を教えて、濁りも浄化してやらねば。あの大百足のような、ならず者にはならぬように」

時雨はしばし考えた。妖力が強くなったとはいえ浅葱のようにはなりたくないし、扱い方とやらも知っておきたい。誰かに教えを請うのは苦手だが、相手が賢明な天狗ならば悪くはない話だ。

——あのねぐらに一人で帰るのも、気が重いからな。

寺を一瞥すると、時雨は結論を出した。

「分かった。あんたについていく」

後ろ髪を引かれる思いで寺を後にし、そこから新たな生活が始まった。

幽朧街の屋敷を借りて、天狗のもとで妖力の扱い方やまっとうな金の稼ぎ方を教わり、妖力の濁りとやらも浄化してもらう。

「この太刀を持っておれ。北の地に、斗鬼刀《ときとう》一族という鍛冶師の鬼族が暮らしておってな、浄化の術をかけた刀を打つのじゃ。持っておるだけで浄化作用が得られる貴重な品じゃ」

「ふうん。じゃあ、刀としては使えないのか」

「もちろん使えるぞ。切れ味は抜群じゃ」

とにかく持ち歩けと念を押されたので従ったが、時雨がそれを抜く機会はなかった。

浅葱を喰ってから身体能力が跳ね上がり、いざという時は蛇の姿になれば大抵の相手は気圧され、刀を使うまでもなかったからだ。

そして幽朧街での暮らしに慣れてきた頃、深編笠をかぶった男が屋敷を訪ねてきた。

「あんたが、時雨か。おれは空木。浅葱の弟だ」

「浅葱の弟？　……俺に何の用だ」

空木が深編笠を持ち上げ、警戒する時雨の顔をじっと見つめた。

「あんた、浅葱を喰ったろう。あいつの気配が、残ってる」

「だったら何だ。復讐でもしに来たか」

「ううん。感謝する」

そう言って、空木が百足の長い牙を覗かせながら歪に笑う。

「浅葱はおれのこと、喰おうとした。浅葱は強くて、おれは怖くて、いつも逃げてた。これでもう、逃げなくていい。礼を言う」

時雨は顰め面で「礼はいらないから二度と来るな」と返したが、それから顔を合わせるたびに空木はまるで親しい兄と会ったような態度で接してきた。

日々の合間に、よく紗夜の様子も見に行った。

木の上から紗夜が寺のお務めをする姿を眺めて、寂しがっていないか気にしていたが、ある時、小坊主の会話から彼女が記憶を失くしていることを知ってしまった。

「紗夜のやつ、失踪していた間の記憶がないらしいぞ」

「檀家の間では神隠しと言われているみたいだが、よほど恐ろしい目に遭ったんじゃないか。若い娘だし、数ヶ月もの間、男にでもかどわかされて何かされていたとすれば、記憶を失うのも無理はない」

それを聞いた直後は、俺のことまで忘れたのかと苛立ちと悔しさを抱いたけれど、頭が冷えてからこう思った。

——紗夜にとって山での暮らしは、俺に喰われるという恐怖から始まり、浅葱に襲われたという恐怖で終わった。忘れたいほど恐ろしい記憶だったのだろう。

紗夜はおそらく時雨が浅葱を貪り喰う音も聞いていた。

浅葱の血を浴びて呆然自失としている彼女を思い返したら、きっと心を守るために記憶を失くしたのだと納得できてしまったのだ。

それほど恐ろしい記憶だったのならば、もう思い出さなくていい。

時雨が彼女を喰うためだけに連れて来たということも、ずっと忘れたままでいい。

自分でも思い返すだけで、愚かさに自嘲の笑みが零れるほどだったから。

——俺を忘れているのなら、もう関わることもないんだな。だが、それでいいのかもしれない。あいつは人の世で、人と結ばれて生きるのが幸せなんだから。

そう自分に言い聞かせ、胸の奥の痛みには気づかぬふりをしたが——。

——ふざけるな、ふざけるな！

血まみれの紗夜を抱きかかえ、時雨は脇目もふらずに山の稜線を駆けた。

木々の隙間を縫い、餌を求めて滑空する鳥を追い越し、天狗の梧桐のもとを目指す。

――俺はこんな目に遭わせるために、紗夜を手放したわけではない！

紗夜と出会って五年の歳月が流れ、彼女が冷泉家に養女として迎え入れられてからも、時雨はたまに様子を見に行っていた。

だが、その日は村が物々しい空気に包まれており、紗夜が蛇神に捧げる供物にされると知ったのだ。

――あの社に蛇神なんていない。あそこは浅葱の縄張りだった。蛇神として居座り、人間が捧げる供物を喰っていると自慢げに話していたのを聞いたんだから。

裕福な家に引き取られ、衣食住に困ることなく、いずれ良い嫁ぎ先を得られる。

複雑な心地ではあったが、紗夜が幸福に生きられるのならば構わない、と安堵していた
――その矢先の事件だった。

時雨はなりふり構わず供物の儀に乱入し、大蛇の姿で人間たちを追い払って、瀕死の紗夜を抱きかかえて必死に走っていた。

――こんなところで死なせてなるものか！

紗夜は儀式のため白い衣装を纏っていたが、胸の中心に鮮やかな華が咲いたみたいに真紅の染みが広がっている。村人たちに小刀を突きたてられたのだ。

だらん、と垂れ下がった指の先から、赤い雫が流れ落ちていく。濃い血の臭いがした。

時雨は更に速度を上げ、息を切らしながら彼女の名を呼んだ。

「紗夜」

大きめの声で呼んだはずなのに反応はない。顔からも血の気が失せている。

——疾《と》く、疾く、走れ！　紗夜が息絶えてしまう前に！

焦燥感にせき立てられるようにして駆けていたら、紗夜が身じろぎをした。うう、と苦しげな呻き声と共に、閉ざされた瞼の端から涙がぽろりと零れ落ちたのに気づき、時雨は腸《はらわた》が煮えくり返りそうな怒りを抱く。

存在しない蛇神を崇め、自分たちが助かるために罪のない娘の命を捧げる。

彼女の周りの人間は、どうしてこうも愚かで非道な真似ができるのか。

苦痛に啜り泣く紗夜を抱きしめて、時雨は黄金色の双眸に暗鬱な光を灯した。

——もういい。二度と人の世には返さない。

一度は人の世へ返したが、人が要らぬと紗夜を手放したのだ。

——これからは俺の側に置く。今の俺なら、他の誰よりも紗夜を幸せにできる。

屋根のある住居も、温かい食事も、綺麗な着物も——必要なものをすべて誂えて、彼女が笑って暮らせる場所を与えられる。

だから、何としてでも命を救ってやらねば。

虫の息となった紗夜を連れて山を越え、時雨は梧桐の棲み処へ辿り着いた。

「おい、天狗の爺さん！」

「なんじゃ、時雨。血相を変えて……」

山奥にある庵の縁側で草履を編んでいた梧桐は、時雨と血まみれの紗夜を見るなり立ち上がった。

「いったい何があったんじゃ」

「話はあとだ。急いで紗夜を診てくれ。傷がひどいんだ」

青白い顔で動かない紗夜を縁側に横たえると、梧桐がすばやく彼女の口元に手を翳し、手首の脈を測った。

固唾を呑んで待っていると、梧桐はぴくりとも動かない紗夜の顔を見つめて、その温もりを確かめるように頬を撫でた。

「どうなんだ？　この傷は治せるか？」

「……時雨」

「何だ」

「この娘は、もう息を引き取っておる」

「そんなはずはない！　ついさっきまで、確かに息をして……」

急いで紗夜の手を握った。まだ温かいが、彼女の相貌は紙のごとく真っ白で、血の付着した唇は半開きになっている。呼吸の音も聞こえなかった。

――間に合わなかったのか。

愕然として、全身から血の気が引いていく。

暗い面持ちで見守っていた梧桐が何か言おうとしたが、時雨は遮るように「ちくしょう」と絞り出した。

――俺がもっと早く駆けつけていれば！

そこまで考えて、浅葱に襲われた時も悔いたことを思い出し、不甲斐なさに震える。

――いや、まだだ……まだ、こいつの身体は温かい。

ぎりぎりと歯を食いしばり、温もりが失われつつある華奢な手を握りしめて腹の底から声を絞り出した。

「……なぁ、梧桐。あんたは長命な天狗だろう。妖術でも、神通力でも……何でもいいから、紗夜に息を吹き返させる術《すべ》を知らないのか」

梧桐が口を引き結び、苦渋の面持ちで黙りこんだ。

その反応から何かあるのだと察し、時雨は手の甲で涙をぐいと拭いとった。

「頼む、知っているのなら教えてくれ。俺にできることがあれば、何だってする」

英知に長けた天狗は瞼を閉じて、ゆっくりと口を開いた。

第六話　蛇の執愛

　時雨が瞼を開け、真っ先に視界に飛びこんできたのは呆れ顔をした天狗だった。

　毒針のせいで意識を飛ばしたあと、屋敷に運ばれて寝かされていたのだろう。まだ夜更けらしく室内には行灯の光が灯されている。

「目が覚めたか、時雨よ。儂は呆れておるぞ。大百足と乱闘した挙げ句、毒針に刺されて失神するなど、少しばかり冷静さに欠けた行為じゃ」

「……紗夜は？」

　小言を無視して問うと、梧桐とは反対側から手を握られたので、目線だけ向けたら紗夜がいた。湯浴みと着替えをしたのかこざっぱりとした姿をしている。

「ここにいるわ。目が覚めてよかった」

「お前、怪我は？」

「私はすり傷程度だから、大丈夫。時雨こそ、どこか痛いところはない？」

毒針を刺された脇腹がじんじんと痛んだが、時雨は何でもない口ぶりで答えた。

「どこも痛くない。少しだるいだけだ」

ほっとした顔をする紗夜を眺めていたら、視界の端で梧桐がにやりと笑う。

「大百足の毒針で刺されたのじゃぞ。毒抜きはしたが、しばらく痛みはあるはずなんじゃがのう」

「！　そうなの、時雨？」

「爺さん、余計なことを言うな。……たいしたことじゃない、紗夜。寝ていれば治る」

「ほっほっほ」

したり顔で笑う梧桐を睨みつけて、紗夜が追及してくる前にさっさと話を変えた。

「それで、なんで天狗の爺さんがここにいるんだ」

「儂がおまえさんをここまで運んだからじゃ。街まで薬を卸しに来たら、泉門屋の女将から連絡がきてのう。かどわかしの事件に、おまえさんたちが巻き込まれたとな。急ぎ腕利きの知人に声をかけ、鳥たちの案内で追いかけたんじゃよ」

「鳥たちの案内ということは、もしかして梧桐様は鳥と話ができるんですか？」

「うむ。儂は天狗じゃからのう。鳥の声も聴くことができる」

時雨が寝ている間に、紗夜は梧桐と自己紹介を済ませたらしい。感心した口ぶりで「天狗ってすごいわ」と唸ったので、時雨はふんと鼻を鳴らす。

「相変わらず、でたらめな爺さんだ。だが、あんたは巡回していたんだろう。あの連中のこと、天狗の目でも見つけられなかったのか」

「儂にも目が届かぬ場所があるのじゃ。幽朧街は広く、街の外から湯屋を訪ねてくるあやかしの数も多い。まして街外れの山奥に、あんな洞窟があるとは知らなんだ」

梧桐は苦々しい表情でかぶりを振ると、膝を叩いて立ち上がった。

「時雨も無事に目覚めたことじゃ。儂は席を外すかのう」

「待て。空木たちは捕らえたのか？」

「うむ。捕らえて街の外にある儂の庵まで運んだ。厳重に見張りをつけ、かどわかされた者たちも家に帰したゆえ心配はいらぬぞ」

穏やかな口調で説明し、天狗の表情が苦笑に変わる。

「あの空木とやら、意識を取り戻した時、儂を見て恐縮しておったぞ。天狗に会うのは初めてだと言っておったな。他の仲間も同様じゃ。相応の罰を与えねばならぬが、行商で稼げずに困窮していたようじゃし、蟲の一族はのう……不遇な者も多いゆえ、罰も含めて今後のことも考えてやらねばならぬ」

そんな言葉を残して梧桐は部屋を出て行った。

紗夜と二人きりになり、時雨が目線を彼女に向けると、何か言いたげな表情で口を開けたり閉じたりしている。

「どうした、紗夜」

「……改めてお礼を言いたくて。助けに来てくれて、ありがとう」

「ああ。まぁ、情けなく倒れたけどな」

「だけど時雨が来なかったら、あのまま連れ去られていたと思うの。梧桐様が来てくださるまで、空木も気絶していたし、彼の仲間はおとなしくなった。雪柳さんや囚われていた女性たちの拘束具も、あなたが連れて来た凪と紺が嚙み切ってくれたのよ」

「そうか……騒々しいだけかと思ったが、子熊もなかなか役に立つな」

洞窟の場所を突き止めたのも、あの子熊たちである。

これからは紗夜と遊ぶくらいは大目に見てやるかと、いつになく寛大な考えを抱きつつ彼女の様子を窺う。

礼を言ったあとも、紗夜はまだ何か話したそうにしていた。

膝の上で握りしめた両手の指が白くなっているのを見て、どうしたんだと再度尋ねようとしたが、先に紗夜が話しかけてくる。

「時雨。あのね、私——」

彼女は何か言おうとして、寸前でためらい、口を噤んでしまった。

おそらく大事なことを話したがっている。

時雨は察して起き上がろうとしたが、紗夜が逃げるように立ち上がった。

「厨から、白湯を取ってくる。梧桐様が痛み止めの薬を置いて行ってくれたの。飲んだほうが楽になると思うから」

そう言って部屋を出ていき、危なげない足取りで厨へ行ってしまった。

——戻ってきたら聞き出すか。

しかし、しばらく経っても紗夜は戻ってこない。

時雨はとうとう痺れを切らして起き上がり、脇腹を押さえながら部屋を出た。

薄暗い廊下を進み、そっと厨を覗きこんだら紗夜の背中が見えた。厨の手前にある囲炉裏の脇に座っている。

白湯の支度中だったのだろう。囲炉裏には火が入っており、あたりは薄明るい。

こちらに背を向けている紗夜は前のめりに項垂れ、時雨の足音にも気づかずに考えごとをしているらしい。

縮こまった背がとても心細げに見えたから、時雨は堪らず声をかけた。

「紗夜」

「！」

弾かれたように振り返る彼女のもとへ大股で歩み寄る。

腹の痛みも忘れて後ろから抱きしめたら、紗夜が今にも泣きそうな顔をした。

「……白湯、遅くなってしまってごめんね」

「それはあとでいいから……一人で、何を考えていた」

両足の間に紗夜を引き寄せ、白状するまで離さないという意味で腕を巻きつける。首を曲げて俯きがちな横顔を覗きこんだら、紗夜が長い睫毛を震わせてゆっくりと両目の瞼を開けた。

「私ね、ずっと不思議に思っていたことがあるの。この屋敷へ来て、元気になった頃からなんだけど……周りの音が、とてもよく聞こえるようになった」

「…………」

「雪柳さんがどこで何をしているのか、凪と紺が庭で何をして遊んでいるのか、音だけで聞き分けられる。時雨が走って帰ってくるのも、庭の向こうの木から葉が落ちたことまで分かるの。以前も音に敏感だったけど、ここまでじゃなかった」

紗夜が唇を震わせて緩くかぶりを振る。

「音だけじゃない。空木に攫われて話をした時、こう言われたの。私の目は、時雨と同じだって」

時雨は口角を歪め、不安そうな紗夜の顎を持ち上げてつぶらな目を覗きこむ。

睫毛に縁どられた彼女の瞳は――時雨と同じ黄金色で、蛇のように瞳孔が開いていた。

「その意味を考えていたの。自分では確かめられないけど、もしかして、と思って」

不安げに時雨の手に自分の手を重ね、紗夜がためらいながら囁く。

「――私はもう、人ではないの？」

時雨は深い吐息を一つ落とし、顔をくしゃくしゃにする紗夜を抱きしめた。

彼女の頭を優しく撫でて、これ以上は黙っていられないと腹を括って答える。

「ああ、そうだ」

「……どうして、そんな……」

「供物の儀の直後、人としてのお前は一度、死んでしまったから」

紗夜がひゅっと息を止めた。小刻みに揺れる背中を宥めるようにさすってやる。

「だから天狗の術で、俺の妖核を半分与えた。妖核は、あやかしの命の核。分かりやすく言えば……俺の寿命を、お前に分け与えたということだ」

「！」

めいっぱい見開かれた紗夜の瞳を見つめて、時雨はふっと笑う。

「寿命を、私に……？」

「本来、あやかしは何百年も生きる。だが、そんなにも長い時を一人で生きたってつまらないだろう。だから、お前にほんの少し分けてやっただけだ」

紗夜が口元に手を添えて、まもなく、ぽろぽろと涙を流し始めた。

時雨は指の背で拭ってやり、柔らかい声で続ける。

「お前は息を引き取った直後で、魂が身体に留まっていたから間に合った。その代わり人ではなく、俺に近い存在となった」

「っ……」

「いきなりそんなことを言われたら戸惑い、怯えるだろう。あやかしの存在や、この街の生活に慣れるまでは話さずにいたんだ」

どれだけ拭ってやっても、紗夜の涙は溢れ落ちていく。

いよいよ指では拭いきれなくなったので、着物の袖でこすらぬよう押さえてやった。

「音がよく聞こえるようになったのは、感覚が鋭敏になったからだろう。人であった頃より寿命が延びて、治癒力が高まり、俺の特徴も受け継いだ」

「時雨の、特徴……」

「黄金色の蛇の目だ。皆が顔を背けるから、俺は自分の目が好きじゃない。だけど紗夜の目は、すごく綺麗なんだ。澄んでいて、俺をまっすぐに見つめてくる」

姿見に映る自分を見るたびに獰猛な蛇の目だと苦々しく思うのに、紗夜のぱっちりとした金色の瞳は美しく、いつまで見ていても飽きないのだ。

紗夜はその煌めく目を時雨に向け、また大粒の雫をぽろりと零した。

「泣くな、泣くな。まだ話は終わっていない」

「……うん……」

「ここへ連れてきた直後、全身が痛むと言っていたな。あれはお前の身体が徐々に変化して、妖力が枯渇していたせいだ。瞳の色も、段々と変わっていった」

滔々と説明してやりながら、今度は洟を啜り始めた紗夜を胸元へ抱き寄せる。

「だから、定期的に妖力を与える必要があった。人で言うと、生命維持に必要な栄養のようなものだ。枯渇すれば死んでしまう。最初に交わりをし、頻繁に口づけていたのはそれが妖力を注ぐ手段だったからだ」

時雨の胸に顔を押しつけていた紗夜がぴくりと肩を揺らした。

「まぁ、お前の口を吸っていたのは、それだけが理由ではないが」

前に勘違いされたのでしっかり付け足すと、紗夜の手が背中に回される。

そうして一通りの説明を終えても、彼女は泣きやまなかった。

自分が一度死に、知らないうちに人ではなくなっていたなんて衝撃だろうし、簡単に受け入れられるものではない。

――拒絶されることも想定していたんだがな。

耐えられないと泣き喚いて、時雨を疎んで逃げ出そうとするかもしれないと。

だからこそ早い段階であやかしの存在を打ち明け、怖がるのならばどう対応するかまで考えていたけれど、当の本人は時雨があやかしだと知ってもけろりとしていたし、今も彼にしがみついて離れない。

──まったく。身構えていた自分が阿呆に思えてくる。

時雨は顔を歪めながらも、紗夜が泣きやむのを根気よく待った。

やがて宵空が白み始めた頃、腕の中から消え入りそうな声が聞こえた。

「……ねぇ、時雨……まだ、混乱していて……自分の身体のことも、どう受け止めたらいいか、分からないけど」

一言一句聞き逃すまいと耳を澄ませていたら、紗夜は一呼吸おいて続けた。

「たとえ人じゃなくなっても、今こうして、時雨の側で生きていて……これからも、あなたの側にいられるのなら……私は嬉しいと思えるの」

それが紗夜の出した答えかと、時雨は胸の内から湧いてきた愉悦に身を震わせる。

「ならば、紗夜。これからも俺の側にいてくれるんだな」

「……うん」

「お前の意思も聞かず、人ではないものに変えてしまった欲深い蛇であっても、共に生きてくれると？」

紗夜が目元をこすって頷いたから、時雨は喉の奥を鳴らして笑い、金色の目を細める。

──この瞬間を待ち詫びていた。

これで、ようやく本当の意味で紗夜が手に入る。

「俺も、紗夜と共に生きられるのは嬉しい。だから、これからは──」

よしよしと紗夜の髪を撫でて、愛おしむように頬を押し当てる。

「この命がある限り、俺のすべてで、お前を愛してやろう」

そして互いが死ぬまで離れられない番《つがい》になろう。

時雨はうっとりと笑みを浮かべ、心を明け渡した紗夜のうなじを優しく撫で上げた。

◆

百足の毒にやられた時雨は騒動から二日足らずで全快した。

梧桐が置いていった痛み止めも「必要ない」と一蹴し、本当に寝ていただけで元気になったので、紗夜はすごい回復力だと感心してしまった。

「じゃあ、もう仕事に復帰するの？」

夕餉の席で、雪柳が届けてくれた握り飯を食べながら尋ねると、湯呑みを机にことんと置いた時雨が「いや、十日ほど休みをもらっている」と言った。

「泉門屋には連絡を入れてある。芳雲が復帰して、天狗の爺さんも顔を出しているようだからな。そうそう変な客は来ないだろう。もし何かあっても、泉門屋までは近いから、いつでも駆けつけられる」

「そう……芳雲さんも元気になってよかった。梧桐様にもお礼を言わないとね」

握り飯を一つ食べ終えたら、時雨が手のひらに二つ目の握り飯を乗せてくれた。

流れるように頬張り、もぐもぐと口を動かす。

「そういえば、俺が寝ている時、天狗の爺さんと話したんだろう」

「ええ。時雨と知り合いの天狗だと自己紹介されて、前にあなたが話してくれた方だとぴんときたの。慌ただしくて、ゆっくりお話はできなかったけどね」

梧桐と名乗った天狗は穏やかで、初対面でも「時雨からおまえさんのことは聞いておった。話すのを楽しみにしていたのじゃ」と親しげに話しかけてくれたのだ。

「梧桐様とお会いした時、他のあやかしの方たちと違う感覚がしたわ。うなじはびりびりしたけど、嫌な感じではなくて、纏う空気が清浄というか……川へ行って、とても綺麗な水を浴びた、みたいな感じがして……これ伝わっているかしら」

「言いたいことは分かる。天狗は山神に近い存在だ。普段はお節介な爺さんだが、人もあやかしも見守り、時として罰も下す。いずれ神格を得るかもしれない」

「すごい方なのね。なんだか、途方もない話だわ」

紗夜は憂いを帯びた吐息をついて、物思いに耽る。

あやかしの世の出来事は、己の常識では測れないことばかりだった。

自分が人ではなくなったと言われた時はうろたえたが、時雨が側にいてくれたから今こうして落ち着いていられる。

──衝撃だったのは確かだけど、なんていうか……人ではなくなった悲しみは、ほとんど抱かなかった。

どちらかといえば自分が一度死んだという衝撃と、時雨の妖核をもらって生かされたという驚きで、自然と涙が溢れたのだ。

もともと人の世には馴染めなかった身だし、耳がよくなったこと以外に実感がないのも理由の一つだと思う。

──時雨の特徴を受け継いだと言っていたから、私は傍から見れば蛇のあやかしに見えるのかしら。だけど普通にお腹が減るから食事をとるし、身体能力が抜群に高くなったというわけでもない。

時雨に食事の件を問うた時は「腹が減ったのなら食事をとれ。その身はもともと人間だったから、身体が欲しているんだろう」とあっさり言われたので、これまでと変わらず食事はとるつもりでいる。

これからは徐々に変わった部分と、これまでどおりの部分をすり合わせて変化を実感していくことになるのだろう。

──普通はもっと取り乱すものなのかもしれないけど、私は人の世にいた時よりも、今のほうがずっと心が楽だわ。

たとえ人ではなくなっても、これからは時雨と長く共に生きられる。

暗闇の中で一人、孤独に震えていた時と比べたら何てことはないのだと思えてしまうから、やっぱり自分は〝普通〟ではないのだろう。

二つ目の握り飯を食べ終えると、時雨が三つ目の握り飯を手渡してきた。

「三つは食べられないから、明日の朝のぶんとして取っておくわ」

「いや、喰っておいたほうがいいぞ。長い夜になる」

きょとんとすれば、時雨の手が頬を撫でて首筋まで下りていく。

指の腹でさするような色気ある触り方にぴくりと身を震わせたら、彼の気配が近づいてきて右耳に吐息を吹きかけられた。

「今宵は交わるつもりだから。食べ終わったら、沐浴を手伝ってやろう」

「！」

瞬く間に顔が熱くなり、力の抜けた手から握り飯がぽとりと落ちたが、時雨がくっくっと笑いながら拾って手に乗せてくれた。

――そうだわ。私たち、もう恋仲だもの。そういう行為をしてもおかしくないのね。

『この命がある限り、俺のすべてで、お前を愛してやろう』

時雨がくれた言葉が蘇り、紗夜は火照った顔でおとなしく握り飯を頬張る。

倍ほどの時間をかけて握り飯を食べて、狼狽しつつも茶を飲み終えたら一息つく暇もなく抱き上げられる。

あっという間に湯殿へ連れて行かれ、脱衣所に下ろされた途端、帯をしゅるしゅると解かれた。目を瞠る速さで襦袢《じゅばん》一枚にされてしまう。

あまりの手際のよさに呆然とすると、襦袢も脱がされそうになった。咄嗟に手で押さえたら笑い交じりに言われる。

「なんだ、脱ぎたくないのか？」

「……急すぎて驚いているの」

「握り飯を喰う間に、心の準備をする暇はあったろう」

心の準備どころか動揺しすぎて、握り飯の具材が何だったのかも思い出せなかった。

「まぁいい。少し支度をするから、それは着ていろ」

時雨に手を引かれて板張りの湯殿へ連れこまれる。

どうやら夕餉をとっている間に、湯浴み用の湯を沸かしておいたらしい。

大きな盥《たらい》に沸騰した湯を多めに注いで、ほどよい温度になるよう水を加えて沐浴の支度を整えてくれる。

紗夜が縮こまって隅で待っていると、ほどなくして立ち上る湯気を感じた。

「よし、紗夜。ここへ来い」

時雨に導かれて盥の横に正座をしたら、背後から抱きかかえられる。

濡れないようにと袖を抜いたのか、彼の上半身は裸で、背中に逞しい胸板が当たった。

療養中、身体を拭いてもらっていた時とは違う体勢だから、いったい何だろうと戸惑っている間に襦袢の襟を大きく開かされる。

濡らした手拭いごと時雨の手が襟の内側に入ってきたので控えめな声が漏れた。

「ん……」

「綺麗に拭いてやるからな。じっとしていろ」

いつもより掠れた声が耳元で聞こえたため背筋がぞくりとする。

襦袢を着せられたまま襟の内側に侵入してきた手で、ゆっくりと首筋から乳房まで拭かれていった。

ただ肌を拭かれているだけなのに、時折、時雨の指が素肌に触れると、貸し切り湯での触れ合いを思い出して火照った顔を伏せる。

ちゃぷ、ちゃぷ、と手拭いを湯に浸す音がした。

「はぁ……」

意図的なのかは分からないけれど、先ほどから胸を拭いている彼の手のひらが慎ましやかな先端を掠める。

しかも、わざとらしく何度もそこを往復するから先がつんと尖ってしまう。

「ん……ん……」

紗夜は変な声を出すまいと唇を噛みしめるが、どうしても堪えきれない。

薄手の襦袢も湯に濡れて、乳房の形が浮き出るみたいに肌に張りついているから、胸の先が尖っていることに気づかれてしまうのではないかと恥ずかしくなった。

いっそ脱いでしまえと思って襦袢の腰紐に手をかけたが、すかさず手首をとられた。

「こら、勝手に動くな」

「……濡れたから、脱いだほうがいいかと思って」

「だめだ。まだ着ていろ」

時雨が声をひそめて囁くと、手拭いを濡らして襟元に差し入れ、そのまま腹部のほうへと下ろしていく。

濡れて張りつく襦袢の内側で、ゆったりと動く手に意識を持って行かれたら、彼が空いている手で襦袢の上から乳房に触れてきた。

「あんっ」

妙に甘ったるい声が出てしまい、手の甲で口元を押さえる。

耳の横で時雨の低い笑い声がして乳房を刺激された。

「あ、っ……う……ん」

布越しに手のひらで包まれ、先端をぐりぐりと押された。

じかに触られる感覚を知っているからこそ襦袢を隔てた刺激がもどかしく、紗夜は無意識に身をくねらせる。

その間にも、時雨が腹回りを拭いていた手拭いに湯をたっぷりと含ませて襦袢の内側を拭いていった。

温かさとくすぐったさに吐息を零せば、もどかしかった乳房の愛撫が強くなる。

襦袢を押し上げるように尖った花蕾をぎゅうと押し潰されて、布ごと摘まれたかと思ったら、膨らみ全体をじっくり揉みしだかれた。

あからさまに熱を高める触れ方に肌が火照り、足の間がじんじんとしてくる。

「ん……あぁ……」

紗夜は色めいた声を零し、足を崩して背後の時雨に凭れかかった。

──もどかしくて、気持ちがいい、けど……。

できれば膨らんだ頂をじかに摘まみ、指の先で優しく弄り回して──と、淫らな願望を抱いてしまい、紗夜は悩ましげに眉を寄せる。

──私ったら、いつから、こんなはしたないことを考えるようになったの？

時雨とこうして触れ合った経験は、そう多くないはずなのに。

懊悩していたら顎をとられて、ちゅっ、と音を立てて口づけが降ってくる。

「はぁ、っ……ふ……」

これまで接吻された時にしていたように口を開けたら、先のほうが二又に裂けた舌が入りこんできた。

まだ不慣れな舌を挟まれ、ねっとりと絡まれつつ胸の愛撫が再開する。

「ふ、っ、ん……あ……時雨の、舌……」

「ん……ああ、この舌か？」

時雨が唇を甘噛みして囁いた。

「俺は蛇だから、二つに裂けているんだ。気持ち悪ければ、舌は一つにまとめておくが」

そういえば初めの頃、口を吸われても彼の舌が裂けているのは分からなかった。怖がらせないようにまとめておいてくれたのかもしれない。

「そのままで、平気だけど……いずれ、私の舌もそうなるのかしら」

蛇の特徴が出ると言っていたし、知らないうちに瞳の色も変わっていたようだ。もしかして自分が気づいていないだけで、他にも変わっている部分があるのではないか。

——今のところ、舌は変わっていないと思うけど。

少し不安になったら、時雨が安心させるように頬を撫でてくれた。

「俺の特徴を受け継ぐと言っても、お前はもともと人間だ。あやかしに近くなるだけで完全な蛇になるわけではない。今の時点で変わっていないのなら、そのままだろう」

柔らかな声で説明し、彼が接吻を深める。

くちゅくちゅと唾液を絡ませ、口内を余すところなく舐められていると、またもや足の間が熱くなってきた。

「ふ、っ、ん……う……」

口を吸われて胸の頂をくりくりと弄られるうちに、身体の芯がとろんと溶ける。

じゅわり、と太腿の奥から何かが溢れたのが分かって膝をこすり合わせた。

——お腹が熱い……濡れてきている。

まだそこを触られていないのに感じていると知られてしまうではないか。

全身の熱が上昇して頬が赤くなった。

すると時雨が見計らったみたいに、ちゃぷん、と手拭いを湯に浸してから、襦袢の裾の中へ入れてきた。丁寧に太腿を拭きながら上のほうまで移動する。

ひっそりと濡れている媚肉をざらついた布でなぞられて、紗夜はびくりと跳ねた。

「あ……っ」

高い声が出てしまって口元を手で押さえると、耳元で、くっ、と色っぽい笑い声がする。

「ここはまだ触れてもいないのに、濡れてる」

甘ったるい声で囁かれて、からかうように耳朶を食まれた。

「……時雨の触り方が、いやらしいから……んっ……」

「なんだ、俺のせいにするのか」

時雨が頬をぐりぐりと押し当ててくる。

秘部の形をなぞって優しく拭かれたが、それが気持ちのいい突起をかすめたので、紗夜は熱い吐息を零した。弱々しい声で呟く。

「……ううん……自分の、せいかも」

「ん？」

「さっきから、はしたないことばかり、考えてしまうから」

どこを、どう触られたら気持ちいいのか、まるで事細かく知っているかのように身体が反応し、実際そうされたいと望んでしまうのだ。

――はしたないと分かっていても、もっと触れてほしい。

紗夜は震える手を伸ばして時雨の顔を探り当てた。

ひんやりとした頬に自分から唇を押し当てれば、すかさず後頭部を引き寄せられて唇にがぶりと嚙みつかれる。

「むっ……んん……」

「……ふ、っ……」

時雨が呼吸を乱し、ぼちゃん、と水飛沫の音がした。たぶん手拭いを盥に放りこんだのだろう。

「お前がはしたないなら、俺なんてどうする。もっと好き勝手に触れたいと、そればかり考えていた」

「……じゃあ、そのとおりにして。たくさん触れてほしいの」

夜更けに見る夢の中でさんざん触れられたように——。

胸中で付け足した瞬間、時雨が背中に覆いかぶさって襦袢の裾に手を差し入れてくる。

先ほど拭いたばかりなのに、とろとろと蜜液の溢れる割れ目を指でこすりたてた。

「あ、っ、ん……！」

濡れて綻んだ花唇に長い指がずぶりと入ってきて、紗夜は思わず身震いする。

前のめりになり、よろめく身体を支えるため湯殿の床板に手を突いたが、時雨の手が乱れた襦袢の襟を大きく引き下ろした。

さんざん布越しに揉まれた乳房がまろび出て、大きな手でぎゅっと掴まれると、先ほど切望したとおりに乳頭をぐりぐりと弄り回された。

「あぁ……あぁっ、あ……」

「紗夜……」

背中に乗り上げてくる時雨の荒い吐息が耳を掠めた。

秘裂に挿しこまれた指の出し入れが始まり、ちゅぷちゅぷと淫靡な音が響く。

乳房の形が変わるほどに揉みしだかれ、床に突いた両手が震えてしまって体重を支えきれずに肘が折れた。板張りの床に突っ伏し、腰を後ろへ突き出す体勢になると、時雨が下腹部を押しつけてくる。

硬く勃起したものを布越しにごりごりと当てられて、紗夜ははっとした。

——時雨も興奮している。

紗夜の背中に覆いかぶさった時雨がうなじや肩に吸いつき、濡れそぼつ秘裂に二本目の指を挿入する。

いとも簡単に指を呑みこんだ女陰は指を入れたり出したりされるたび、ぐちゅぐちゅと卑猥な音を立てた。

「あん、っ、あ、ああ……」

乳房を揉む手も止まらず、時雨の熱い呼吸がうなじを撫でる。牙を立てない程度に首を甘噛みされて、隘路をほぐす指の動きが速くなった。

ついでに秘玉もこすりたてられて脳が痺れるほどの快感に支配されていく。

「ん、ん、っ……」

「ほら、ここが気持ちいいだろう」

「……きもち、い……あっ、はぁ、っ……」

法悦の波が迫ってくる。全身が熱くて溶けてしまいそうだと思った。

この先にある快楽の果てがどれほど心地いいのかを知っているからこそ、紗夜は撓く腰を揺らし、閉じた眦から心地よさの涙を零した。

何も見えない代わりに素肌を這い回る時雨の指と、たえまなく鼓膜を揺らす淫蕩な音色が興奮を煽る。

——どこを触られても、気持ちがいい。

時雨に弄られすぎた秘所から蜜液が溢れ出し、太腿につうと伝うのが分かった。

挿入された指で内側のある一点をぐりぐりと押されると、どうしようもなく気持ちがよくて官能の塊が襲ってくる。

「あ、あぁ……時雨、っ……」

生まれてこのかた光を見たことがないはずなのに、頭の奥がちかちかと明滅する感覚があり、直後に大きな熱のうねりに呑みこまれた。

四肢がびくりと強張って、えも言われぬ法悦の彼方へ飛ばされる。

「んんっ、あぁあ……！」

自分の意思とは関係なく嬌音が零れ落ち、意識が飛びかけて動けなくなった。

いつの間にか、あたりに立ちこめていたはずの湯気は、むせ返るほどの熱気に変わっている。

力なく身を投げ出してぜえぜえと息をしていたら、時雨が蕩けきった蜜口から指を抜いて紗夜の頬を手のひらで撫でた。

「上手に気をやれたな、紗夜」

掠れきった声で褒められて、半開きになった唇をねっとりと吸われる。

「……ふ……時雨……」

「いい、しばし休んでいろ。拭いてやろうな」

背に乗っていた時雨が離れていき、ぐっしょりと濡れてしまった襦袢を脱がされた。胡坐をかいた膝の上で横抱きされて、丁寧に体液を拭きとられていく。

その間も、臀部には硬いままの時雨の逸物が当たっていた。

盥の中で跳ねる水飛沫の音を聞きながら全身を清められたところで、時雨がしゅるしゅると自分の帯を解いた。

「少し待て。俺も身を清める」

裸体に襦袢をかけられて時雨の気配が離れていく。手早く身体を拭いているらしい。

——水の音と、息遣い……。

呼吸の乱れを整えていた紗夜は両手をのろのろと伸ばす。音を頼りに身を清めている時雨の肩に触れ、指先で引き締まった肌をなぞりつつ顔まで至った。

「こら、紗夜……」

時雨の制止を皆まで聞かず、両手で顔を引き寄せる。

このあたりが唇だろうと目測で接吻してみたが少しずれてしまい、時雨が低く掠れた笑い声を零したので、頬がかっと熱くなった。

「……口づけたと、思ったのに」

「惜しかったぞ。だが、あまり煽るな」

行き場を失くした紗夜の手に自分の三つ編みを握らせて、彼が囁く。

「おとなしく待っていろ。すぐに閨《ねや》へ連れて行ってやるから」

いつもより低めの声には色気と欲情が滲んでいたので、紗夜は速まる鼓動の音を聞きながら蛇みたいに長く編まれた髪を握りしめた。

時雨はすぐに沐浴を終えて紗夜を湯殿から連れ出した。

適当に浴衣を纏い、彼に抱きかかえられて東の間まで運ばれたが、到着するやいなや浴衣を剝ぎ取られて褥に押し倒される。

すかさず浴衣を脱ぎ捨てた時雨が上にのしかかってきたので、紗夜は両手を広げて受け入れ、素肌をぴたりと重ね合った。

「ん……時雨」

「紗夜……」

がっしりとした肩に腕を絡みつけて口づけていると、太腿を持ち上げられた。

ほぐされた女陰に屹立した長大なものがこすりつけられるが——紗夜は接吻をやめ、おそるおそる口を開く。

「あの、時雨」

「ん？」

「もしかして、だけど……時雨の性器は、二本あるの？」

ずっと気になっていたことを包み隠さず尋ねてみたら、時雨が一瞬の間をおいて喉をくっと鳴らした。

「そうだな。蛇の陰茎は二本あるから」

「やっぱり、そうなのね」

「安心しろ。二本使うのは、蛇の姿で交尾する時だけだ」

硬い陰茎で緩やかに足の間をこすられ、紗夜はふるりと身震いする。

「……蛇の姿でも、できるの？」

「当たり前だろう。俺はもともと蛇だぞ」

時雨が蛇の姿になると、とても大きいことは分かっている。

一瞬、大蛇に変貌した彼と交わるとなればどうなるのだと想像しそうになったが、心を読んだみたいに頬を摘まれた。

「お前と交わるのは人型の時だけだ。その身を壊しかねないからな」

「……うん」

「まぁ、やり方自体は、蛇の交尾と同じになると思うが」

「？」

含みのある台詞を不思議に思った時、じっくりとほぐされた蜜口に陰茎の先がめりこんできた。

「あっ……」

「さぁ、もうおしゃべりは終わりだ。……そろそろ続きをするぞ」

時雨が声をひそめ、紗夜の両足首を摑んで横に大きく押し開く。亀頭だけを呑みこんだ花唇を広げるかのように浅いところで抜き挿しをした。くちゅ、くちゅ、と愛液をかき混ぜる音がする。

「んっ、ん、ん……」

——早く、奥まで入ってきて。

長く太い男根で中をこじ開け、突き上げられるのを期待してしまう。

初めての交わりか、夢の中でしか経験したことがないはずなのに、淫猥に腰を叩きつけられて絶頂に至る感覚を想像したら、それだけで爪先がぴんと伸びた。

紗夜の反応を窺っていた時雨が情欲を宿した声で囁く。

「きっと何も分からなくなるだろうから、今のうちに言っておく」

「……ん、はぁ……」

時雨の手が紅潮した頰を優しく撫でていった。

ひんやりとした感触に嘆息を零すと、こんな言葉が耳に届く。

「蛇の交尾は数日かけて行なう。ひとたび始めれば絡み合い、決して離れない」

吐息交じりの声が近づいてきた。時雨が摑んでいた紗夜の足を離し、前屈みになったらしく垂れてきた三つ編みが顔に当たった。

「……蛇の、交尾……？」

「そうだ、紗夜。お前は俺の番となった。これから数日かけて、閨の中でたっぷりと交わろうな」

――数日かけて？

不穏でありつつも不埒な誘いに身震いし、紗夜は手のひらで彼の顔に触れた。唇を探し当てると口角が上がっている。なにやらとても愉快そうだ。

「本気で、数日も……？」

「ああ。前にも言っただろう。蛇は貪婪だと」

時雨の唇をなぞる指をぺろりと舐められた。声色がひときわ甘さを帯びて、女陰にめりこんでいた陰茎がずぶずぶと入ってくる。

「あ、ぁっ……あーっ……」

蜜路を抉じ開けられていく感覚がとても気持ちよく、紗夜は嬌声を上げた。

猛った昂りを一息で埋められた瞬間、頭の芯がびりびりと痺れる。交合の痛みは一切なかった。

軽く達して仰け反ると、時雨が色っぽい息をついて紗夜の首を甘噛みしていく。

「はぁ……気持ちいいな、紗夜」

「……ん……時雨……」

大きな背にしがみついたら、よしよしと髪を撫でられた。

「もっと気持ちよくしてやる。抱きついていろ」

まだ呼吸も整っていないのに、時雨が身体を揺すり始める。

紗夜を褥に押さえこみ、遠慮なくゆさゆさと腰を叩きつけてくるので、結合部からは愛液と先走りが混じった体液が溢れて、雨が上がったあとの泥濘《ぬかるみ》を踏み荒らす時のような音が聞こえた。

「や、あっ、ん……あぁ、あ、あ……！」

「ふ……ふっ……」

時雨が力む声を漏らしながら、雄々しく蜜壺を突き上げる。

艶めかしい紗夜の嬌声と乱れきった息遣い、肌のぶつかる打擲音が響き渡った。

「はっ、はぁ……時雨……」

紗夜は薄目を開けて、ひたぶるに腰を揺すっている時雨に一層強く抱きつく。

――時雨と一つになっている。

隙間なく密着して、本能のままに絡み合うことに至上の喜びを感じる。

まるで彼とは元から一つだったみたいに胸が震え、涙が溢れそうになるほどだ。

「あぁ……時雨……時雨……っ」

彼がここにいることを確かめるように名を呼んだら、すぐに口づけが落ちてきた。

硬く反り返った男根で蕩けた花唇をぎゅうぎゅうに埋められて、長い舌が無遠慮に口内を犯していく。

——私の中が、時雨でいっぱいになる。

生まれた時から、いつ瞼を開けても真っ暗闇な視界で、そこに自分は一人きりだった。

しかし、こうして睦み合っていると、上からも下からも、あまねく彼で満たされて孤独など感じる暇がない。

紗夜は唇をわななかせて、喘ぎの合間に囁いた。

「……時雨……好き……大好き」

愛しい、愛しい。彼への愛しさが溢れて止まらない。

思いの丈をこめて時雨の首をぎゅっと抱き寄せる。

「っ……俺もだ、紗夜……お前が、愛おしくて堪らない」

優しい手つきで髪を撫で回されて、雨みたいに降り注ぐ口づけを受け止めながら、紗夜は切々とした声で告げる。

「時雨……ずっと、一緒にいて……」

「ああ」

「……もう……私を、一人にしないでね」

緩やかな揺れの中で「側にいて」と懇願すると、時雨が強く抱きしめてくれた。

「一人になんて、するものか。――二度と離さない」

時雨は愉悦に声を震わせて紗夜の口を塞ぎ、ゆるゆると出し入れしていた昂りを最奥まで突き入れた。

「んっ、んん……！」

紗夜が身悶えている間に臀部を摑み、そこから激しく腰を叩きつける。

「あ、あ、あぁ」

「……紗夜……紗夜っ」

時雨の感じ入った声が耳をくすぐり、ぱんっ、ぱんっ、と打擲音が鳴り続けた。

蜜壺を突かれながら、下腹部には彼のもう一本の硬い逸物がごりごりとこすりつけられていて、丸みを帯びた先で臍のあたりを刺激される。

――ああ、くる……くる……っ！

燃え上がった快感の炎が弾けてしまうと予感した直後、時雨の長い指が結合部を探り、ひときわ感じる陰核をこねくり回す。

情け容赦なく快楽の極みへと押し上げられ、紗夜は色っぽく身をくねらせた。

「ひっ、あぁっ……！」

甘ったるい嬌声に合わせて、時雨がずんっと腰を突き上げる。限界まで膨れ上がった肉槍を根元まで埋め、きつく締めつける隘路の奥へびゅくびゅくと精を注いだ。

同時に腹にこすりつけられていた逸物も熱を放ったのか、温かいものが身体の上に吐き出される。

「……う、っ……」

時雨が重低音の呻きを漏らし、腰を押しつけたまままたっぷりと種付けをする。

腹の中が時雨の子種で満たされていくのも、この上なく心地がよくて、紗夜は弛緩しながら余韻に浸った。

「はぁ……」

時雨の色っぽい呻きに耳を澄ませていたら頬を撫でられて、優しく口を吸われる。

舌を絡めて口づけると、蜜路に挿しこまれたままの雄芯がゆっくり前後に動いた。

くちゅり、くちゅりと下半身から濡れた音がする。

「存外、早く出してしまった……」

すぐそこで時雨が囁き、紗夜の内側から陰茎をずるりと引き抜く。

しかし離れるのではなく、横たわった彼女の隣に寝転がって右足を持ち上げると、あられもなく開かせた足の間に膝を割りこませてくる。

寝転がり抱き合う体位で、高ぶった雄芯を陰唇にこすりつけられて「待って」と止める間もなく挿入されてしまった。

「や、っ……」

反射的に声が出たが、華奢な肢体を二本の腕で抱えられているから身じろぎもできず、下半身が密着する。

時雨の荒くなった息が耳にあたって首筋がぞくぞくとした。

「あ……あぁ……」

「ふぅ……さぁ、ゆっくりと動くぞ」

「……時雨……私、まだ……」

息の乱れも整っていないのに、と続けようとしたが、臀部を淫猥に揉みしだかれたので閉口する。

緩やかに腰が揺れて、剛直がずりずりと出入りする感覚に再び熱がこみ上げた。

「んっ、ん、ん……」

「お前との交わりは、至上の心地よさだ……腰が抜けそうになる」

時雨がうっとりと呟き、震える紗夜の肌をまさぐりながら嘆息を零して、独り言のように続ける。

「こうして、お前を存分に抱ける日が、待ち遠しくて堪らなかった」

「……あぁ……時雨……っ」

手探りで時雨の顔を見つけたら、その手首を持って身体の位置を変えられた。

仰向けになった彼に乗る体勢になり、顎を掬いとられて口を吸われる。

「紗夜……」

「ん、っ……時雨……時雨」

夢中で接吻を返して呼ぶと、時雨が嬉しそうに返事をした。

「ああ、俺はちゃんとここにいるぞ……お前がつけた名だ。好きなだけ呼べ」

その言葉の意味を理解する間は与えられず、真下から緩慢に突き上げられて、紗夜は細い喘ぎ声を漏らす。

臀部をもみくちゃに揉まれて意識が遠のきかけたが、深々と穿たれるたびにはっと目が覚めた。

そこから始まったのは蛇の無尽蔵な精力による快楽地獄。

終わりのない房事に耽りながら、紗夜は蛇のごとく絡みついてくる時雨の腕の強さを感じていた。

◆

『――一つだけ、手段がある』

紗夜が息を引き取った直後、術があるなら教えてくれと請うた時雨に向かって、梧桐は

重々しく告げた。

『古い術ではあるが、おまえさんの妖核を半分、与えるんじゃ。この娘は息を引き取ったばかりで、まだ身体に魂が留まっておるゆえ息を吹き返す可能性が高い。妖核を共有するおまえさんが生きているからのう』

ただし、と天狗は顔を曇らせて続ける。

『おまえさんの寿命は減る。どれだけかは分からぬが、妖核が半分になったのなら、確実に半分以上は減るじゃろう』

『……そうか』

『その娘は人であった頃よりは長生きするかもしれん。ただし、おまえさんは、ずいぶん命が短くなってしまうぞ』

『短くなるといっても、紗夜と同じくらいは生きるのだろう』

『うむ。寿命はほぼ同じになる』

『それなら、ちょうどいい。俺はあんたみたいに長生きしたいわけじゃないからな』

皮肉めいた口調で返したら、梧桐はかぶりを振ってため息をつく。

『分かった。……じゃが、術自体が難しく、成功するかどうかも半々といったところじゃぞ。失敗すれば妖核が消滅し、おまえさんも死ぬ。たとえ成功しても、しばらく弱体化するゆえ、屋敷で静養しなければならぬじゃろう』

時雨は横たわる紗夜を見下ろし、口端を歪に曲げる。

——死ぬ、か……今更だな。

浅葱に紗夜を喰われそうになった時、最後の力を振り絞らなかったら、あの場でとどめを刺されていた。

今こうして生きているのは、救いを求める紗夜に名を呼ばれたから——それだけのことで心が奮い立ったのだ。

なればこそ今更、惜しむ命もなかった。

失敗して死んだとしても、紗夜を一人で逝かせなくて済むのなら後悔しない。

『構わない。覚悟の上だ』

静かな声で応じると、梧桐が何かを堪えるような表情で『あい分かった』と頷き、急いで支度を始めた。

『もし成功したら、紗夜は人ではなくなるのか？』

『そうじゃな。もとが人ゆえ完全なあやかしではないが、それに近い存在になるであろう。おまえさんが蛇じゃから、その特徴も身体のどこかに出るじゃろうな』

蛇は地を這う醜いけだもの。知らないうちにその特徴を受け継ぎ、あやかしに近い存在になったと知ったら、紗夜は大きな衝撃を受けるだろう。

おぞましいと怖がり、嫌悪感から時雨を拒絶することだってあり得るし、いっそ死なせてくれたらよかったのにと責められるかもしれない。

しかし、それでも――。

――紗夜を死なせたくない。これは、俺の願望だ。

本人の意思を無視した、独りよがりな望み。

暗い表情で紗夜の手を握りしめたら、梧桐が準備を終え、古い巻物を紐解いて言った。

『術がうまくいったのならば、娘の体調が安定するまで、おまえさんが定期的に妖力を与えてやらねばならぬぞ。いささか特殊な方法じゃが――』

『無事に終わったら話を聞く。早く術をかけてくれ』

天狗を促し、時雨は指示に従って紗夜の隣に寝転んだ。

巻物をしゅるしゅると開く音を聞きながら、まだほのかに温かい彼女の手を握る。

――紗夜。お前に、俺の命を分けてやる。

瞼を閉じたら、あの洞窟で暮らした短い日々の記憶が過ぎった。

気を揉むこともたくさんあったが、にこやかな紗夜から「時雨」と呼ばれるたびに喰う気が失せて、あれやこれやと世話を焼いた。

あれは間違いなく、ささやかな幸福が詰まった時間であった。

だからこそ紗夜のいない長い生よりも、彼女がいる短い生が欲しいのだと、時雨は心の底から切望したのだ。

ただ共に生きられたら、それだけで十分だったから――。

反応がなくなった紗夜の口を吸うと、時雨は緩慢に身を起こし、ほどけて乱れた髪を気だるげにかき上げた。

身体を繋げていた秘所からゆっくりと自身を抜けば、どろりと白いものが溢れ出す。

紗夜を閨に連れこんでまぐわいに耽り、すでに朝と夜が二回ずつきた。

食事や睡眠の時間を確保しつつも、紗夜が意識を保っている間は、ほぼ素肌を重ねていたと思う。心地よい腹の中で何度果てたのか記憶はない。

褥に投げ出された紗夜の裸体はさんざん時雨に抱かれたからか、婀娜《あだ》めいた色気を放っていた。弄られすぎて先が赤く腫れた乳房と艶めかしい腰つき、投げ出された白い足を眺めていたら、ごくりと喉が鳴る。

――この欲深い身体は、まだ彼女を欲している。

あれだけ精を放ったというのに熱が冷めやらない。蛇の特質とはいえ、我ながら精力の逞しさに驚くばかりだ。

――紗夜に出会う前も、俺には番がいなかったからな。

大蛇の姿では交尾できる相手がおらず、雌に対して欲情もしなかった。

ゆえに梧桐の術が成功した直後、妖核を宿したばかりで死にかけていた紗夜に触れるまで、時雨は知らなかったのだ。

――ただ交わるだけで、こんなにも満たされるとは。

紗夜の頰を撫でて、しつこく口づけをしたせいで腫れぼったくなった唇をなぞる。その指を胸元まで下ろすと数えきれない鬱血痕が散っていた。遠慮なく全身に吸いついたため、白い腹部から太腿に至るまで広がっている。

時雨は瞳孔の開いた目を糸みたいに細めると、紗夜の額に口づけ、しどけなく押し開かれた媚肉の割れ目に再び自身を埋めた。

多量に放った精液がとぷりと溢れ出し、根本まで押しこめば紗夜がぴくんと震える。

「あっ、ん……はぁ……」

彼女の目が薄らと開く。自分と同じ黄金色に染まった瞳を見下ろし、時雨は艶然とした笑みを浮かべて甘い接吻をした。

すぐにほっそりとした腕が巻きついて、紗夜のほうから舌を出してきたので嬉々として吸いつく。

「はぁ……時雨……今は、夜……？」

「夜だ。これが終わったら、一緒に寝ような」

気だるげな紗夜を乱暴に揺さぶったりはしない。一つに溶け合うように肌を重ね、ゆっくり、ゆっくりと男根を出し入れした。

媚肉の内側は驚くほどに柔らかく、絶妙な加減で締めつけてくるので、脳が痺れて行為に没頭してしまう。

——こんな感覚、知らなかった。

「なぁ、紗夜……手も、貸してくれるか」

「……うん」

意図を汲んで頷く紗夜の手をとり、白い腹にずりずりとこすりつけているもう一本の陰茎を握らせる。その上から自分の手で包み、腰の動きに合わせて上下に動かした。

時雨は感じ入った息を零し、紗夜のこめかみに口づける。

「……ああ、そうだ……紗夜……お前に、言っておかないと……」

「ふ、っ、う……う……」

ゆったりと奥を穿つたび、紗夜が意識を飛ばしそうになっている。

浅い呼吸に合わせて強めに腰を叩きつけたら、彼女は足の爪先をぴんと伸ばし、それきり動かなくなった。

気を失ったのを確認すると、時雨は仰け反った白い首に唇を押し当て、胸の内に隠しておいた秘め事を囁く。

「ずっと、黙っていたが……こうして、閨に連れこむ前も……よくこうやって、俺の妖力を注いでいたんだ」

夜更けになるのを見計らい、大百足の浅葱から奪った力——眠り毒の牙を刺すと、紗夜は朝まで熟睡して起きなかった。

「お前が動けるようになった頃から……夜ごと眠らせ、交わった……初めての時、紗夜は俺のこと、すごく怖がっただろう。無理を強いたくなくて」

眠る紗夜の髪を撫でて、時雨はゆるり、ゆるりと腰を揺らしながら告げた。

「こうして交わり、俺の妖力を与えないと、死んでしまうと言われたから……俺は、お前のために——」

官能の熱に浮かされて途中まで口にしたところで、はたと黙りこむ。

——お前のために？

なんて白々しい建前だと顔を歪めた。

「……いや、違うな」

自分の欲望を満たすためでもあったのだと自嘲ぎみに認める。

一夜に交わるのは一回。紗夜を眠らせて抱くと決めた時、自分の中で戒めたことだ。

しかし、続けるうちに段々と物足りなくなっていった。身体を繋げるのは一回きりだと耐えるたび余計に欲しくなる。

はじめは紗夜と共に生きられるだけで十分だったはずだ。彼女に抱いた愛おしさも、愛欲とは関係ない慈愛の情であった。

だが、紗夜が成長していく様を見守るうちに、徐々に別の思いが湧いてきた。

人の世で幸福になってほしいと手放したはずなのに、妙齢になった彼女が人の男と幸せになると想像したら、腹の底にどろどろとした感情が生まれた。

様子を見に行く頻度が落ち、紗夜が供物にされると気づくのが遅れたのも、ひとえにその感情のせいだ。

いつしか純粋な愛しさは形を変えて、しとどに濡れた紗夜の中に己を埋めることで独占欲が満たされ、奥にたっぷりと熱を放てば、これで俺から離れられなくしてやるという執着心まで満たされる。

そんなものを一度でも知ってしまえば、いつまでも耐えられるわけがないじゃないか。

時雨は欲望に忠実な性質を持つ蛇なのだから。

それに何より——夜ごと妖力を注ぐことで紗夜が自分に近い存在に変わっていくのを感じ取って、この上ない喜悦を抱いた。

これでもう紗夜は人の世へは帰れないし、人としては生きられない。

あやかしの道理も分からぬ彼女が、あやかしの世で暮らすには、時雨の側にいるしかないだろう。すべてを彼に頼り、住居や物を与えられて守られながら生きていく。

そう思ったら嬉しくて堪らなかったのだ。

「俺は、この身も心もお前に捧げて、命まで与えた」

秋の終わりから、冬の初めに降る雨。

その美しい名をくれた瞬間から、時雨の心は紗夜に囚われている。

当時は、生活に必要なものもろくに与えてやれなかった。今度こそ彼が持ちうるすべてのものを紗夜に捧げたい。

この屋敷にある着物や家具だって、すべて彼女のために誂えた。

「紗夜のことが、それほどに愛おしくて堪らないんだ」

だから眠っている間に、妖力を注ぐという名目で執拗に愛撫し、時間をかけて無垢な身体に快楽を植えつけたことも。

もしも逃げ出すそぶりがあれば、その瞬間に蛇の閨へ引きこみ、逃げる意思が失せるまで快楽攻めにしてやろうと考えていたことも、すべて許してくれるだろう?

時雨はかすかな呻き声を漏らし、雄芯を突きこんで彼女の奥に熱を放った。えも言われぬ充足感にぶるりと胴震いをして、子種をどくどくと注ぎながら紗夜の首を甘噛みする。

――これほど交わったというのに、まだ物足りない。

愛しい女を抱く悦楽を知り、彼女が気づかぬうちに貪るという歪んだ行為に喜びを抱いてから、とめどなく欲が増していく。

意識のある紗夜と睦み合い、名前を呼んだら呼び返されて、愛を囁き合いたい。

その欲が満たされたら、どうなった？

健気に受け入れてくれる紗夜をたっぷりと愛でて、精魂尽き果てるまでその内側に身を埋めていたくなった。

では、更にその欲が満たされたら？

もっと、もっと、その先が欲しくなる。

時雨は紅潮した紗夜の頬を両手で包みこみ、半開きになった口内へ舌を滑りこませる。

――俺は本当に、欲深い蛇だ。

一度、紗夜を手放したことを死ぬほど悔いた。

だから、もう二度と人の世に返さない。

この腕の中からも絶対に解放してやらない。

その想いが底なしの欲望に拍車をかけ、貪欲に膨れ上がっていく。

――紗夜のすべてが、永遠に俺で満たされ続けてほしい。

そして共に黄泉路へ旅立つその瞬間まで、時雨から離れられなくなればいいのだ。

終章　番の愛

気が済むまで情交に没頭し、四肢を絡めて深く眠ったあと、目覚めた紗夜は口を開くなり言った。

「……このために、十日も休みをもらったのね」

さんざん啼いたためか喉が涸れ、彼女の声は掠れきっている。

時雨は大きな欠伸をしてから、ぐったりとしている紗夜の顔を覗きこんだ。疲労は見て取れるが、思ったより顔色は悪くない。

交合に耽っている間、時雨が求めると応じてくれて意外と意識も保っていた。

——てっきり抱き潰したかと思ったんだが、精力旺盛な蛇の相手をこなせるとは。そんなところも俺の性質を受け継いだか？

情事の痕跡が残る紗夜の肌が瑞々しく、つやつやしているのを確認し、時雨は唇の片端を持ち上げる。

――どこまで平気か、これから少しずつ試していこう。

不埒な想像をしつつも口には出さず、紗夜を蒲団に包んで起き上がった。

「水を持ってくる。他に欲しいものはあるか？」

「……温かいお茶が飲みたい」

「なら、淹れてくる。ついでに食い物も持ってこよう」

浴衣をはおって部屋の空気を入れ替えるために障子を少し開ける。

とっくに日が出ている時間帯だが、空は鉛色の雲に覆われていて初冬のひんやりとした空気が入ってきた。

のろのろと浴衣を着始める紗夜を横目に部屋を出て、厨へ向かうと料理台の上に握り飯の包みが置かれていた。

時雨は囲炉裏に土瓶をかけて湯を沸かし、握り飯を確認する。三食分あった。休みをとるにあたり、食事は届けてほしいと雪柳に頼んでおいたから置いて行ったのだろう。

――空木との戦いを目の当たりにして、俺を怖がって来なくなるかと思ったが、杞憂だったか。

紗夜を連れて来た直後、雪柳と夫の芳雲には、紗夜は人の血が混じり、人の世で育てられた蛇の一族の娘であると伝えてあった。

本人は自分を人間だと思っているから、そう接してやってほしい、とも。

紗夜は明朗な性格だし、瞼を閉じているため蛇の瞳も見ずに済むから、雪柳も接しやすいらしい。今や友人のように打ち解けている。

片や時雨に対しては距離を置き、めったに話しかけてくることはない。

——そういえば一度だけ、正面から目が合ったことがある。

時雨は握り飯を二つ皿に載せ、熱い茶の支度をしつつ記憶を探る。

確か、紗夜の体調がだいぶ良くなった頃だろうか。

寝坊をしてしまい、浴衣をはおって外に面した障子を開けた時、粥を届けに来た雪柳が通った。真っ向から目が合い、部屋の中まで見られたのだ。

この時、蒲団に横たわった紗夜は剥き出しの肩や腕が覗いていた。身を清めてやったあと、時雨がそのまま抱きかかえて眠ってしまったからだ。

見られたなと内心舌打ちして、時雨は雪柳に向かって警告した。

『紗夜に余計なことは言うなよ』

瞠目していた雪柳はすぐに顔を背けて頷き、走り去った。

——あれは、俺が手籠めにしたとでも思っているだろうな。

まぁ似たようなものか、と口元を歪める。

今、紗夜と時雨が仲睦まじく暮らしているのは雪柳も分かっているはずだ。おかしな勘繰りをしたとしても、余計なことは言わないだろう。

支度を整えて東の間へ戻ると、紗夜が縁側に立って曇天を見上げていた。

時雨は卓袱台《ちゃぶだい》に食事を置き、紗夜の隣へ行く。何も見えないはずなのに空を仰いでいる横顔が、あの洞窟で夜空を見上げていた姿とだぶり、思わず彼女の手を握った。

細い肩がぴくりと揺れて金の瞳がこちらに向く。

「時雨？」

「空を仰いで、何を考えていた」

「湿った匂いがしたから、雨が降りそうだなと思って。空気もずいぶん冷たくなったし、もうすぐ本格的に冬が来そうね」

紗夜が言葉を切り、わずかに目を細めた。

「秋の終わりから冬の初めに降る雨のことを、時雨って呼ぶそうなの。寺にいた頃、行者が教えてくれたんだけど、あなたの名前と同じだなと考えていたら、どこか懐かしい気がして……」

それきり口を噤んで、彼女が曇天に顔を戻す。

その横顔をじっと見つめてから、時雨は繋いだ手に力をこめた。

「そうだな、俺の名と同じだ」

「美しい響きね。この時期にしか使わない言葉だけど、冬が来たって分かる」

「名の響きは気に入っているが、冬は嫌いだ」

「そうなの？」

「蛇は気温の変化に弱いからな。寒いと動きが鈍くなる」

「もしかして冬眠する？」

「冬眠はしないが、外に出たくない。食欲も落ちるから、食いだめしておかないと」

「食いだめって、普段からそんなに食べないのに……」

軽やかに相槌を打っていた紗夜がまたしても黙りこむ。

時雨が表情の変化を見逃さないよう観察していると、繋いだ手を強く握り返された。

「時雨、お願いがあるんだけど」

「何だ」

「今ここで蛇の姿になってくれない？　あなたに触れてみたいの」

「……分かった」

紗夜を部屋の中へ連れ戻し、卓袱台を隅へどけてから人型を解く。部屋がいっぱいになるほど巨大な蛇の姿になって彼女を見下ろした。

「蛇になったぞ」

紗夜がおずおずと両手を伸ばし、とぐろを巻いた時雨の胴体に触れた。

鱗に覆われた表面を手のひらでなぞり、顔に触れようと腕を伸ばしてきたから届く場所まで頭を垂れてやる。

紗夜の鼻先まで顔を近づけると、気づいた彼女は「わっ」と小さな声を上げたが、すぐに両手を広げてくっついてきた。

そこから遠慮なく顔じゅうを触り始め、大きな瞼や裂けた口まで探られても、時雨はおとなしく身を委ねていた。

やがて紗夜が鼻先に額をこつんと押し当てて「ねぇ、時雨」と小さな声で呼ぶ。

「私たち、供物の儀で出会う前にも、どこかで会っているでしょう」

「……お前、思い出したのか？」

「ううん。でも、あなたの名前の響きとか、会話の内容とか……この、つるつるでひんやりとした感触も、なんだか懐かしくて堪らないの」

紗夜の声がどんどん小さくなっていく。

「私ね、十三歳の頃、一度だけ寺から逃げ出したことがあるの。だけど崖から落ちて、それから数ヶ月間の記憶がない。もしかしたら、そこで時雨と会ったのかもって」

「…………」

「はじめから、時雨は私の名前を知っていたでしょう。助けてくれたのは、以前にも会ったことがあるからじゃないかと思ったの」

彼女が瞼を閉じ、眦から涙をぽろりと零した。

「でもね……どうしても、あなたのことを思い出せない。ただ、とても怖いことがあったと、それしか分からなくて……」

時雨は舌を伸ばし、紗夜の白い頬を流れ落ちる涙をぺろりと拭いとった。

「確かに、お前とは会ったことがある。だから命を助けた」

だが、と言葉を継いで、何度も助けた時みたいに尾を紗夜の身体に巻きつけると、自分のほうへ引き寄せて、尾の先端でぺしぺしと畳を叩く。

「その時のことは思い出さなくてもいい。お前は恐ろしい目に遭ったから」

「……何があったか、訊いたら教えてくれる?」

「教えない。代わりに俺が覚えておく」

柔らかい声で告げたら、紗夜は黒い胴体に頬を押しつけて嗚咽を零した。

恐ろしい目に遭ったから忘れたままでよいと、その額面通りに受け取ったのだろう。

——知らぬままでいい。

紗夜と暮らした日々は確かに幸せだった。

しかし、すべての始まりは時雨が彼女を本気で喰うために連れて来たこと。

さんざん怖がらせて、ひどい言葉を浴びせて、最後は目の前で大百足を喰ったのだ。

結局、記憶を失くすほどの恐ろしい目に遭わせた元凶は時雨だ。

二人で過ごした思い出はきちんと覚えておくから、紗夜はこの先も何も思い出さず、欲と欺瞞に満ちた時雨の本性なんて知らずに暮らしていけばいいのだ。

「泣くな、泣くな。目が腫れてしまうぞ」

「……うん……時雨の身体、人型の時より、ひんやりしてる」

紗夜が洟を啜り、手探りで大蛇の腹の隙間に入りこもうとする姿が昔と変わらなかったから、時雨は好きにさせてやりながら低い笑い声を立てた。

◆

時雨の休みが終わって、日常に戻ったぽかぽか陽気の昼下がり。

かどわかしの騒動で失くした愛用の杖を時雨が探して来てくれたので、紗夜は杖を持って縁側に座り、凪と紺が戯れる声に耳を澄ませていた。

やがて紗夜の近くへやって来た子熊たちがこんなことを言い出した。

「紗夜の匂い、また変わった？　これ、時雨の匂いかなぁ」

「ほんと、すごい蛇の匂いがする。……ねぇ、もしかして紗夜って蛇のあやかしなの？」

疑わしげに尋ねられ、紗夜は少し考えてから頷く。

「そうね。蛇のあやかしに近いと思うわ」

「おれ、紗夜は人間だと思ってたのに。母上と匂いが似ていたし」

「ぼくは、半妖だと思ってた」

「私もいまいち自覚はないんだけどね。……私の匂い、怖い？」

足にくっついてくる双子を撫でたら「こわくないよ」と揃って答えが返ってきた。

「紗夜の匂いは平気。まだちょっとおいしそうな匂いがするし、このごろ時雨の匂いにもなれてきたんだ。それにさ、時雨って身体が大きくて、つよいだろ」

「そうそう。走ると、すごく速いし」

あんなふうに強くなりたいなぁ、と、例の騒動で時雨の戦いぶりを見ていた双子が呟く。幼くて好奇心旺盛な彼らは大蛇に対する怖さよりも強さへの憧れが勝ったらしい。

紗夜がにっこりと笑った時、ばさっと翼の音がした。

庭の掃き掃除をしていた雪柳が「梧桐様！」と声を上げる。

「邪魔するぞ」

「あ！　梧桐さまだ！」

「梧桐さま～！」

「ほっほっほ。ずいぶん賑やかじゃのう」

柔和な声と澄み渡った気配が近づいてきたので、紗夜はゆっくりと立ち上がった。

「梧桐様、こんにちは」

「うむ。元気そうじゃな、紗夜。少し二人で話をしたいが、時間を取ってくれるか？」

「もちろんです」

「紗夜さん、居間へお茶を持って行くわね。凪と紺は庭で遊ばせておくから」

気を利かせてくれる雪柳に礼を言い、縁側から居間へ移動する。

すかさず梧桐が手を取って座布団の場所を教えてくれて、向かいに座る気配があった。

雪柳がお茶を淹れて、子供たちと庭へ行ったのを見計らい、梧桐が口火を切る。

「先日は慌ただしくて話せなかったからな。改めて、儂は天狗の梧桐じゃ」

「私も改めまして、紗夜です。わざわざ訪ねてくださってありがとうございます」

「うむ。前々から、おまえさんとは話したいと思っておった。しかし、時雨が許可をくれなくてのう。時機を窺っておったのじゃ」

ずずず、と茶を啜る音がした。

紗夜が背筋を伸ばしたら、梧桐は「そう硬くならずともよい」と柔らかな声で言う。

「先日の騒動では巻きこまれて大変じゃったな。蟲の者たちは、儂の預かりとなった。幽朧街は立ち入り禁止にし、罰として妖力を封じた。今は儂の監視のもとで働いておる。妖力の濁りも浄化し、時間をかけて矯正してやらねばなるまい」

と、そこで梧桐の声に苦笑が交じった。

「空木が紗夜のことを話しておったぞ。目を逸らさずに見てくれたおなごじゃと。謝りに行きたいとそわそわしておったが諌めておいた。時雨も許さぬじゃろうから」

紗夜はおもむろに目元を撫でた。真剣に話を聞き、まっすぐに見てもらえるのは初めてだと空木は喜んでいたのだ。

「……空木の怪我は大丈夫だったんですか?」

「蛇の毒が回っておったが、大百足は頑丈ゆえ大事ない。物資を保管する洞窟作りに長けておるようで、まじめに働いておるぞ。根は純朴な男のようじゃ」

空木への恐怖は忘れられないが、彼との対話で蟲の一族に対して複雑な思いを抱いたのも確かだった。

天狗のもとで罪を償い、更生してくれたらよいと願うばかりだ。

後処理の報告がてら挨拶を終えると、梧桐が「さて」と本題に入った。

「もう時雨から聞いたのであろう。この街へ来た経緯と、己の変化について」

「はい。梧桐様が術をかけてくださったと聞きました」

「そうじゃ、時雨に頼まれてな。じゃが、おまえさんはずいぶん落ち着いておるのう。大抵は動揺して受け入れるのに時間がかかるものじゃぞ」

柔らかな声色から気遣われているのだと察して、紗夜は顔を伏せる。

「……話を聞いた直後は、どうしたらいいか分からなかったです。でも、時雨が側にいてくれましたし、正直あまり実感がなくて……徐々に実感して、動揺することもあるかもしれません」

「しかしそれも時雨が側にいるから平気だと？」

こくりと頷けば、梧桐が「うむ、そうか」と噛みしめるように呟いた。

「己の身に起きたことを知った上で、時雨を受け入れ、心の支えとしているのならばよい。時雨もおまえさんを生涯大切にするじゃろう」

二人が恋仲であるのを承知の上で、微笑ましいと言わんばかりの温かい口調だから面映ゆさで頬が熱くなる。

「……はい。私も、時雨を大切にします」

「ほっほっほ。仲睦まじくて安心したぞ。おまえさんを大切にしたいという気持ちが先走って、時雨が無理をさせているのではないかと心配しておったのじゃ。あやつは少し捻くれ者じゃから」

冗談めかした言い方に、紗夜はかすかに笑んだ。

天狗は山神に近い存在だと聞いたが、話しているだけでも鷹揚な態度と滲み出る穏やかさに和んで、すべてを受け止めてもらえそうな包容力を感じる。

妖核を分ける術とやらもかけてくれたようだし、時雨も信頼を置いているのだろう。

——私の恩人でもある。信頼していい方だと感じるわ。

手探りで湯呑みを探して一口啜った時、梧桐が柔らかい口調のまま言った。

「しかしな、紗夜。儂にはまだ気がかりがある。それを確かめるか否か迷っておるが……

その前に、おまえさんのほうから尋ねておきたいことはあるか？」

ぴたり、と動きを止めたら、天狗が先ほどと変わらぬ口ぶりで続ける。

「儂は二人に術をかけた立場じゃから気になってのう。術に伴う気がかりがあれば、時雨がいない今、答えてやれるぞ」

紗夜は湯呑みを置いて、供物の儀の傷痕が残っている胸元に手を当てた。それから自分の目元にも触れる。

「……それでは、一つだけいいですか」

「ふむ。何じゃ？」

「定期的に妖力を与える必要があったと時雨が言っていたんです。枯渇すれば死んでしまうから、手段として、その……」

「あやかしは、相手に妖力を与えるのに体液の交換を用いる。妖術でも可能じゃが、肉体の交合のほうが手っ取り早く、十分な量を与えられる」

天狗が恥ずかしげもなく説明してくれたので、紗夜は唇を引き結んだ。

「おまえさんは衰弱していた。ある程度は回復しても、妖力が足りなければ身体は動かなくなる。ゆえに一日に一度、十分な妖力を与えるようにと時雨に伝えた」

ああ、そうだったか。

ならば頻繁に見ていた夜更けの夢というのは、やはり――。

「実は、儂もそれが気がかりでな。時雨は、おまえさんの意にそまぬことを……」

「いいえ、梧桐様」

天狗の憂いを遮るように、はっきりと言葉を重ねた。

「意にそまぬことなんて何もされていません。教えてくださって感謝します」

「……その落ち着きようを見るに、気づいておったのじゃな」

梧桐の声色が沈んだのを感じ取りつつ、紗夜は傍らに置いてある杖に触れる。

「はじめは夢だと思っていたんです。でも自分の変化を知って、彼に触れられて……あの夢は現実だったのではないかと考えるようになりました」

夜更けにまぐわう夢を見るたび、いつも相手は時雨だと認識していた。

想像力の逞しさに恥じらいながらも触れられる喜びと、幸福感でいっぱいだった。

もし、あれが現実だったのならば、それだけ時雨が愛してくれたということ。

紗夜のためを想って夜な夜な抱いてくれていたということ。

だから深い眠りに落ちている間に、時雨が欲望のままに紗夜の身体を好き放題にしていたとしても——。

「私は、これからも時雨の側にいられるのなら、それでいい」

紗夜は微笑み、杖の先についている時雨の妖力の珠を探り当てた。

「亡くなった両親以外で、私を受け入れてくれたのは時雨が初めてなんです」

「…………」

「彼の声や言葉、優しい触れ方で、大切にされているのが分かります。私から触れても嫌がらず、きちんと対話をして受け止めてくれる。それが、とても嬉しい」

そんなことを言うなと叱られてしまうので口には出さないが、心の内まで明け渡した時雨にならば、もう何をされたって構わないのだ。

「それに、時雨にもらった命です。私の身も心も、すべて彼のものになりました。これから先は時雨のために生きたい。だから梧桐様も心配なさらないで」

紗夜は黄金色に染まった蛇の瞳を天狗に向けて、満面の笑みを浮かべた。

「私は今、すごく幸せですから」


梧桐はお茶を飲み終えると、凪と紺と遊んでから帰って行き、夕暮れが迫ってくると双子たちも雪柳に連れられて帰路についた。

時雨にもらった杖を持ち、紗夜は縁側に座って彼の帰りを待つ。

日が落ちて気温はぐっと下がった。空気は冷えて冴え渡り、厚手の半纏を着ていても寒さを感じるほどだ。

今日は雪柳が屋敷の蔵から火鉢を出してくれたので、冬場は活躍してくれるだろう。

紗夜は瞼を開けて、おもむろに天を仰いだ。宵空に浮かぶ星どころか、吐き出す息が白く染まる様も見えない。

しかし前にどこかで、こうして空を見ている時に誰かが星の説明をして、それに耳を澄ませていたような気がする。消えてしまった記憶の中に答えがあるのかもしれない。

だが、時雨に思い出さなくていいと言われたから、それ以上は考えるのをやめた。

その時、たっ、たっ、と遠くから足音が聞こえたので、紗夜は草履をひっかけて立ち上がった。庭先へ出ると走ってきた音が目の前で止まる。

「お前な、だいぶ冷えこんできたんだから部屋で待っていろ。風邪を引くだろうが」

呆れ交じりの口調なのに、紗夜を抱きしめる腕はとても優しい。

紗夜はにこりと微笑んで口を開いた。

「おかえりなさい、時雨」

「ただいま。……ん？　今日、天狗の爺さんが来たか？」

「うん、私と話をしに来られたのよ。来たって分かるのね」

「子熊たちのように匂いはついていないが、気配が残っている。……何を話した？」

両手で頬を挟まれて時雨の息遣いが近づく。顔を覗きこまれているようだ。

「この間の騒動や、空木のこと。それから体調と、街での生活についても訊かれたわ」

「他には？」

「あとは『おまえさんと時雨はお似合いだ』って言われた」

時雨が少し黙って、ふんと鼻を鳴らした。

「お似合いで当然だろう。紗夜は、俺が選んだ番だからな。……たまには、爺さんの庵まで酒でも持って行ってやるか」

「私も一緒に行きたいわ。がんばって、歩いてついていく」

「お前の足だと三日はかかるぞ」

「そんなに遠いの？」

呆気に取られている間に、時雨に手を引かれて屋敷の中へ導かれる。

冷えた身体が温まるまで居間にある火鉢の傍らに座り、紗夜は彼と仲睦まじく手を繋いで寄り添った。

失くした記憶のどこかでそうしていたように、ささやかな幸福を噛みしめながら。

後日譚　藪をつついて蛇を出す

幽朧街に本格的な冬が到来した。

夜明けの気配を察知し、紗夜は欠伸をしながら身を起こした。

肌を刺すような寒さに身震いして、火鉢の支度をするために蒲団を出たら、時雨が眠たげに声をかけてくる。

「おい、紗夜……まだ、起きるな……」

「火鉢を持ってくるだけよ。まだ昨夜の火が残っているかもしれないから」

「……あとで、いい」

背後から彼の手が伸びてきて、立ち上がろうとした紗夜の腕を摑む。そのまま蒲団の中へと引きずり戻されて、湯たんぽみたいに抱えこまれた。

「寒くて、動きたくない」

時雨の心底嫌そうな呟きが耳に届いたので、紗夜は思わず口元を綻ばせる。

冷えこみが厳しくなった頃から、時雨はずっとこんな調子だ。

もともと蛇は気温の変化に弱いらしく、本来、冬がくると冬眠するのだとか。

「これまで冬場はどうしていたの？」

「……極力、動かないようにしていた」

「仕事は？」

「女将に掛け合い、昼過ぎに出勤していた……その頃なら日も出て、だいぶましだから」

紗夜は「そうなのね」と頷き、不機嫌そうに唸る時雨の頭を撫でてあげた。

しばらく湯たんぽ代わりになって体温を分けてから、もぞもぞと蒲団を這い出る。

今日は時雨の仕事が休みなので、梧桐の家を訪ねる予定だった。昼時には行くと梧桐に連絡してあるため、早めに準備をせねばなるまい。

蒲団の近くまで火鉢を運び、抱きついて離れない時雨の相手をしながら着替えをする。

その間も、彼がずっと「寒い」と文句を零していたので、一足先に支度を整えた紗夜は寒さに参っている時雨を抱擁して、根気よく身支度に付き合った。

◆

「こんにちは、梧桐様」

「おお、よく来たな、紗夜。ほら、ここへ座れ。日当たりがよくて暖かいからのう。すぐに茶と菓子を持ってくるから待っておれ」

「孫を迎える爺さんかよ」

白髪の老爺の姿で出迎えた梧桐がそそくさと茶の支度を始めたので、時雨は思わず小声でつっこみ、にこにこしている紗夜を縁側に座らせてやった。

天狗の棲み処は古びた庵で、幽朧街を出た人間界の山中にある。

今は冬枯れの時期なので木々も丸裸だが、初夏には瑞々しい深緑に包まれるのだ。

かつて紗夜と暮らした山をどことなく思い起こさせる景観だった。

「時雨。ここはずいぶんと静かだけど、本当に人の世なの？」

「そうだ。人里離れた山の奥だし、結界が張ってあるから人が迷い込んでくることはめったにないがな。近くには鬼の一族が住む屋敷もあるらしいぞ」

「鬼の一族……なんだか怖そうね」

「お前、大蛇は平気なのに、鬼が怖いのか？」

「だって鬼は人を食べるとか、そういう言い伝えが多いのよ」

「ただの言い伝えだろう。街の近くで暮らす鬼は理性的な者が多いし、お前はもっと近くにいる蛇に対して警戒したほうがいいと思うが」

隣に腰を下ろし、含みを持たせた手つきで紗夜の腰をするりと撫でてやると、すぐさま彼女が頬を赤らめる。

「……近くにいる蛇って、時雨のことでしょう。警戒なんてする必要がないわ」

「そうやって気を抜いていると、いつかお前を丸呑みにするかもしれないぞ。ああ、それか、喰われる代わりに蛇の閨に引きずり込まれて……」

「ほっほっほ。仲睦まじくていいことじゃのう」

梧桐が気配なく茶と菓子をもって現れ、赤面する紗夜の手に湯呑みを持たせた。

つい天狗の存在を忘れて、いつもの調子で紗夜をからかっていた時雨は口を噤み、微笑ましげな視線を送ってくる天狗からぷいと顔を背ける——と、そこで、木々の向こうでちらちらと見える人影に気づいた。

「さて、紗夜。最近の生活はどうじゃ。困っておることはないか？」

梧桐が縁側に座り、紗夜に話を振りつつ時雨にちらりと視線を送ってきた。

天狗の意図を察して、時雨は「厠へ行く」と紗夜に声をかけ、さりげなく庵を離れる。

耳のいい紗夜が会話を聞き取れない木立まで移動すると、痩身の男が行く手を遮った。

「久しぶり、時雨」

「……何の用だ、空木」

天狗によって捕縛され、幽朧街を出入り禁止にさせられた大百足——空木とは、あの事件のあとに一度だけ顔を合わせて謝罪を受けた。

紗夜は同席させなかったが、梧桐のもとでずいぶん反省したらしく、今は妖力を封じられて街の近くで物資を保管する洞窟作りに励んでいるのだとか。

とはいえ蛇と同様、蟲も冬場は活発に行動をしないため、おそらく梧桐の許可を得て近くで暮らしているのだろう。

「今日、時雨と紗夜が来るって、梧桐様に聞いた。だから、会いに来た」

「紗夜には会わせないぞ」

「分かってる。紗夜は、遠くから見るだけでいい。元気そうで、よかった」

おとなしく頷く空木は少し雰囲気が変わった。濁った妖力は梧桐の図らいで少しずつ浄化され、陰鬱だった顔つきは柔らかく変化し、血色もよくなった。

時雨は目を細め、ふと空木の腰帯に視線を落とす。見慣れぬ脇差しを下げていた。

視線に気づいた空木が嬉しそうに笑う。

「これ、梧桐様が貸してくれた。浄化の力があるって。梧桐様、厳しい時もあるけど、対等に接してくれるんだ。おれ、ずっと天狗に会いたかった。天狗は、山神に近い。おれたちが、どう生きればいいか、導いてほしかった。罪を反省して、罰は受けているけど、梧桐様に会えたのは、すごく嬉しい」

時雨は腕組みをしながら、自分の腰に下げた太刀を一瞥した。

それも梧桐から浄化の効果があるから持っておけ、と押しつけられたのだ。

――本当に、お節介な爺さんだ。

浄化の刀は貴重な代物だろうに、惜しげもなく時雨や蟲の一族に貸し与えるのだから。

「……で、そんな話をするために、わざわざ姿を見せたのか？」

「ううん。他に話があった。梧桐様には、内緒で」

「？」

「おれ、紗夜のこと、聞いたんだ。人の世で、殺されかけたって」

「爺さんが話したのか」

「知りたくて、おれが訊いた。時雨との関係は、知らない。ただ、人に殺されかけて、時雨が助けたって」

――正確には〝殺された〟んだが、爺さんも細かく話してはいないんだろうな。

ひとたび興味を持つと、しつこく追及する空木の性格を鑑みて、当たり障りのない範囲で説明したのだろう。

時雨との関係性は伏せてくれたようだし、紗夜に伝わらなければ構わないのだが、やにわに空木の表情が剣呑なものに変わった。

「紗夜を攫った、おれが言うのも、なんだけど……時雨は、腹が立たないのか？」

「腹が立っているに決まっているだろうが」

死にかけた紗夜を抱えて走りながら、村の連中に対して腸が煮えくり返るほどの怒りを覚えたのだ。許すつもりはないいし、命乞いをされても聞く耳を持つつもりもない。

「でも、今は行動に移せない」

「どうして？」

「冬だから、俺が本調子じゃない。あいつを連れてきたのは秋頃だし、体調が気がかりで目を離せなかったからな。このまま春まで待つ」

「ああ、そういうことか……春になれば、村を襲うのか？」

空木が包み隠さず問うてきたから、時雨は口角を歪めて、ふんと鼻を鳴らした。

「物騒な言い方はやめろ。天狗の爺さんに聞かれたら面倒だろうが」

「その村、外から紗夜を連れて来て、殺そうとしたんだろう。天狗は、公平だ。人も、あやかしも、区別しない。やり返しても、たぶん見逃してくれる。だから、その時は、おれにも声かけて」

「お前に？」

「おれ、紗夜に償いたい。それに、紗夜のこと、好きだから。仲間を連れて行くよ」

時雨は渋面になり「お前の助けなんて要らない」と一蹴しかけたが、ふと思い直す。

――空木は鬱陶しいし、蟲も嫌いだが、役には立ちそうだな。

なにしろ人は蛇を嫌うが、同じくらい蟲も嫌うだろう。

「……分かった、考えておく。だがな、空木」

「うん?」

「俺の前で、紗夜のことが好きだとは二度と言うな。あれは、俺の番だ。——もし手を出したら、今度こそ、お前のことも喰い殺す」

重低音で威嚇して踵を返せば「分かってる。おれ、時雨と紗夜が一緒にいるのを、見るのが好きみたいだ」と、空木は真剣な顔で斜め上の答えを返してきた。

ため息をついて庵へ戻ると、紗夜は梧桐とともに和気藹々と茶を飲んでいたが、時雨の足音にいち早く気づいたらしく「おかえりなさい、時雨」と声をかけてくる。

「ああ。何を話していたんだ」

「時雨が読んでいる書物のことよ。字の勉強をしているのね」

「っ……おい、爺さん。余計な話をするなよ」

「勉強熱心で、感心しておるという話をしておっただけじゃ。おまえさんは捻くれ者のくせに、何だかんだとまじめじゃからのう」

時雨は言い返しそうになるのを堪えると、仏頂面になって紗夜の隣に陣取った。

結局、夕餉の時間まで話しこみ、信頼している天狗と、愛しい番とともに穏やかで幸福な時間を過ごしたのだった。

——数ヶ月後。

雪解けの水が川に流れこみ、木々が芽吹き始めた頃、とある村が異形に襲われた。

古くから蛇神を祀っている村であったが、ある日の夜、巨大な蛇の襲撃に遭い、村人の住居はことごとく破壊された。

蔵の備蓄米や穀物も大量の蟲に喰い尽くされて、およそ人の営みができぬほどに荒らされたそうだ。

隣村の山間部にあり、改修されたばかりの寺にも巨大な蛇が現れて、建て替えた本堂を破壊していったとか。

この出来事は、のちの世にこう伝えられた。

土地を治める〝黒蛇様《くろくちなわ》〟の怒りを買い、寺は罰を受け、村は滅びたのだと——。

あとがき

こんにちは、蒼磨奏《あおまそう》です。あやかしものの一作目が鬼、二作目が妖狐ときたので、三作目は蛇だな、と素案を出したらＯＫをもらえて今作ができました！

しかもティアラ文庫ディープということで、紗夜が逃げようとして……という展開にしようか迷ったんですが、時雨には過去できなくて悔やんだこと（献身的にお世話したり、甘やかしたり）をたくさんさせてあげたかったので、本編は甘めになりました。

ティアラ文庫さんで目の見えないヒロインを書くのは初めてだったんですが、時雨の激重愛を知っても、まるごと彼を受け入れてしまう紗夜の一途な関係性、お楽しみいただけたら嬉しいです！

ちなみに私は百足が苦手なので、空木と浅葱を書く時、とりあえず実家によく出ていた十センチくらいの百足の記憶を掘り起こして「巨大百足とか怖すぎる」と思いながら書いたりもしていました。

そして今作は単品でお楽しみいただけますが、一作目『鬼惑《あやかし》の花嫁』で登場した幽朧街が舞台で、そちらでは天狗の梧桐がサブキャラとして出ています。二作目『妖狐に嫁入り』とは「穢れの浄化」の話題で、さりげなく繋がりがあったりします。

時代設定としては、ちょうど二作の間くらいかなと。世界観が共通している作品ですので、あわせてお楽しみください！

イラストはすみ先生が担当してくださいました！

表紙のラフをいただいた時に「構図と雰囲気がすごすぎる」となり、幻想的でひんやりとした空気感が伝わってくる仕上がりに脱帽です……。時雨に関しては、蛇みたいな髪型にしたくて三つ編み男子をお願いしたのですが、こんなに格好よくなるんですね！　かわいらしい紗夜とあわせて、世界観にピッタリなイラストをありがとうございました！

スケジュールの再調整など、柔軟に対応してくださった担当さんには、毎度のことながら大変お世話になりました！

何より、お手にとってくださる読者の皆様、いつも応援ありがとうございます！

巳年である本年に蛇の物語を書くことができて嬉しいです。よければ、今後ともよろしくお願いいたします！

◆ ファンレターの宛先 ◆

〒102-0072　東京都千代田区飯田橋3-3-1
プランタン出版　ティアラ文庫編集部気付
蒼磨 奏先生係／すみ先生係

ティアラ文庫Webサイト　https://tiara.l-ecrin.jp/

あやかしの執愛《しゅうあい》
黒《くろ》き蛇《へび》は無垢《むく》な乙女《おとめ》を夜《よ》ごとに貪《むさぼ》る

著　者――蒼磨 奏（あおま そう）
挿　絵――すみ
発　行――プランタン出版
発　売――フランス書院
　　　　　〒102-0072　東京都千代田区飯田橋3-3-1
印　刷――誠宏印刷
製　本――若林製本工場
ISBN978-4-8296-6047-8 C0193

本書へのご意見やご感想、お問い合わせは、 QRコード、
または下記URLより弊社公式ウェブサイトまでお寄せください。
https://www.l-ecrin.jp/inquiry

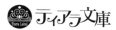

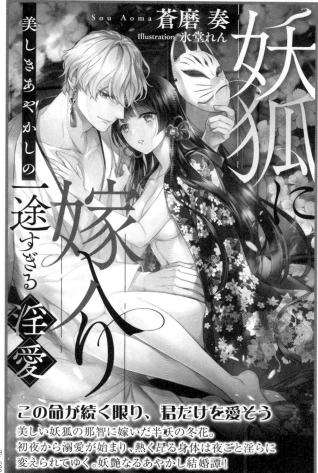